Farid ud-Din Attar

Die Konferenz der Vögel

Farid ud-Din Attar

Die Konferenz der Vögel

Aus dem persischen übersetzt
von Katja Föllmer

marixverlag

Bibliografische Information der Deutschen Nationalbibliothek
Die Deutsche Nationalbibliothek verzeichnet diese Publikation in der Deutschen Nationalbibliografie; detaillierte bibliografische Daten sind im Internet über
http://dnb.d-nb.de abrufbar.

Übersetzung: Dr. Katja Föllmer, Göttingen
Nach der Ausgabe
Mohammad Reza Schafi'i-Kadkani:
Attar-e Neischaburi: Mantiq ut-Tair.
Teheran: Sochan 1384 [2005], S. 233-446.
Korrekturen: Christine Klinger, Usingen
Covergestaltung: Nele Schütz Design, München
Bild-Collage: Nele Schütz Design, München
Satz und Bearbeitung: Medienservice Martin Feiß, Burgwitz
Der Titel wurde in der Adobe Garamond gesetzt
Gesamtherstellung: GGP Media GmbH, Pößneck
Printed in Germany

ISBN: 978-3-86539-193-3
www.marixverlag.de

Inhalt

Vorwort der Übersetzerin

Die Konferenz der Vögel ist wohl das berühmteste epische Werk des islamischen Mystikers Farid ud-Din Attars (ca. 1142-1221 n. Chr.). Eine vollständige Übersetzung des Textes aus dem Persischen ins Deutsche ist bislang nicht erschienen. Auszüge daraus sind von Annemarie Schimmel und Helmut Ritter übersetzt worden. Die einzige vollständige Übersetzung ins Französische erfolgte von Garcin de Tassy, die wiederum die Grundlage für englische Übersetzungen bildete.

Über Attar selbst ist nicht sehr viel bekannt. Er wurde in Nischapur im Nordosten Persiens geboren, zu einer Zeit, als die Ghaznawiden ihre Herrschaft in Chorasan bereits an die Seldschuken abgetreten hatten und die Chwaresm-Schahs ihren Einfluss in der Region vergrößerten, bis sie schließlich durch die Eroberungszüge der Mongolen untergingen. Attar soll bei einem dieser Überfälle umgekommen sein. Er zählt heute neben Dschalal ad-Din Rumi und Sana'i zu den wichtigsten persischen Dichtern der Mystik.

Die Konferenz der Vögel beschreibt die Reise der Vögel zum Göttlichen, bei der sie mit vielen Schwierigkeiten konfrontiert werden. Die Vögel tragen ihrem Anführer, dem Wiedehopf, zunächst ihre besonderen Eigenschaften und Stärken vor, aufgrund derer sie sich nicht auf die Reise begeben wollen. Doch schließlich gelingt es dem Wiedehopf, sie dazu zu bewegen und sich mit ihm auf den Weg zu machen. Auf der Reise erkennen die Vögel ihre Schwächen und tragen dem Wiedehopf ihre Klagen und Ausreden vor, um den Weg nicht fortzusetzen. Dieser gibt ihnen jeweils eine entsprechende Erwiderung in Form eines Rates oder einer Belehrung, die er mit Anekdoten, Gleichnissen oder Geschichten von bekannten oder weniger bekannten historischen Personen illustriert. So gelangen schließlich dreißig Vögel an ihr Ziel.

Für die Lektüre empfiehlt es sich zunächst, die umfangreiche Einleitung Attars zu überspringen, da sie für die Allegorie selbst von untergeordneter Bedeutung ist. Sie enthält eine Zusammenfassung der Schöpfung der Welt, eine Lobrede an Gott und die Propheten und geht schließlich ausführlicher auf den Propheten Mohammad und seine vier Nachfolger, die rechtgeleiteten Kalifen Abu Bakr, Omar, Osman und Ali, ein.

Die abschließenden Worte Attars im Epilog können dagegen als Einleitung für den Leser dienlich sein. Darin wird deutlich, dass er sein Werk als Ratgeber versteht. Und in der Tat hat so manche Weisheit in ihrem Kern auch heute nicht an Bedeutung verloren.

Diese Prosaübersetzung der Verse Attars basiert auf der Teheraner Textedition von Mohammad Reza Schafi'i-Kadkani, Mantiq at-Tair. Teheran: Sochan 1384 [2005]. Sie ist keine vertiefte philologische Studie, sondern so angelegt, dass sie sich vor allem an den allgemein interessierten Leser richtet. Der Leser wird an der einen oder anderen Stelle die spezifischen Argumentationen, Gedankengänge oder die verwendeten Metapher Attars kennenlernen, die nicht nur einen Blick in die mystische Welt des Dichters erlauben, sondern auch Eigenheiten des Denkens und Verhaltens jener Zeit offenbaren. Begeben Sie sich mit den Vögeln gemeinsam auf die Reise zum Unbekannten und entdecken Sie eine Welt voller Geheimnisse.

K. Föllmer

S. 233, Verse 1-14

Einleitung

Lob auf den reinen Schöpfer der Seele, der dem Staub Leben und Glauben schenkte. Er stellte den Thron[1] auf das Wasser als sein Fundament, den Erdenwesen brachte Er Leben durch seinen Atem. Den Himmel ordnete Er der Überlegenheit zu, den Staub der niederen Absicht. Dem Einen gab Er ständige Bewegung, dem anderen ständige Ruhe. Den Himmel stellte Er wie ein Zelt auf, stattete es ohne Pfosten aus und platzierte es über der Erde. In sechs Tagen brachte Er sieben Planeten hervor[2] und aus zwei Buchstaben[3] wurden neun Himmelskuppeln. Er vergoldete die Spielsteine der Planeten und verlor jede Nacht beim Spiel an die Himmelsschichten einen Stein. Dem Netz des Körpers gab Er unterschiedliche Zustände, dem Seelenvogel machte Er den Staub zu Eigen. Das Meer schmolz in Hingabe zu Ihm. Den Berg machte Er aus Furcht vor Ihm reglos, dem Meer vor Durst die Lippen trocken, den Stein zu Smaragd und das Blut zu Moschus. Den Geist (Gabriel) setzte er vor ihr reines Angesicht.[4] Dies alles schuf Er aus der Substanz des Staubes. Den mächtigen Verstand unterwarf Er dem religiösen Gesetz. Den Körper belebte Er mit der Seele und die Seele mit dem Glauben. Dem Berg gab Er sowohl Spitze als auch Mitte, damit er sie unter Seiner Leitung erhebe.[5] Mal band Er über dem Feuer Blumen zu einem Strauß zusammen[6], und mal baute Er eine Brücke über das Meer.[7]

S. 234, Verse 15-39

Er ließ eine kleine Mücke über den Feind herfallen, der sie 400 Jahre über sich hatte.[8] Einer Spinne gab Er in Weisheit ein Netz, und dem Füh-

---

1 Gemeint ist der Himmel.
2 Koran Sure 7,54.
3 Arabisch kaf und nun für die Aufforderung kun! = Sei!
4 Anspielung auf Koran Sure 19,17, gemeint ist Maria.
5 Mit Spitze und Mitte können auch Schwert und Gurt gemeint sein, die Teil der Kriegerausrüstung waren.
6 Anspielung auf Koran Sure 21,69.
7 Vgl. Koran Sure 2,50.
8 Anspielung auf die Geschichte Nimrods, der den Zorn Gottes auf sich geladen hatte und mit einer Mücke bestraft wurde. Sie setze ihm derart zu, dass er von seinen Umgebenen wünschte, auf den Kopf geschlagen zu werden, um von den Qualen befreit zu werden. Diese schlugen so heftig, dass er schließlich daran starb.

rer der Welt, Prophet Mohammad, dadurch Ruhe.[9] Er band der Ameise die Taille so dünn wie ein Haar und stellte sie Salomon gegenüber.[10] Er gab ihr das schwarze Ehrenkleid der Kinder von Abbas und das *ta* und *sin* der 27. Sure, ohne sie einzufangen. Wenn Er eine Nadel bei Jesus sah,[11] dann hat Er sie sofort zum Vorschein gebracht. Die Bergspitze machte er blutrot von Tulpen, den lotusartigen Blumengarten holte er aus dem Rauch.[12] Stück für Stück machte er den Staub zu Blut, um daraus Achat und Rubin zu gewinnen.

Um Ihn anzubeten legten Sonne und Mond Tag und Nacht ihre Stirn in den Staub des Weges. Ihr Angesicht existiert von der Anbetung.[13] Wann gab es je ein Angesicht ohne Anbetung? Der Tag wurde wegen seiner Freilassung weiß, die Nacht verkohlte wegen ihrer Ergreifung. Dem Papageien flocht Er ein Halsband aus Gold, den Wiedehopf machte Er zum Boten des Propheten. Der Sonnenvogel schlug auf seinem Weg die Federn an Seiner Tür auf wie ein runder Eisenring.

Dem Firmament gab Er den Tag- und Nachtwechsel: Wenn Er die Nacht wegträgt, bringt Er den Tag und es wird hell.[14] Als Er einen Atem in den Lehm hauchte, schuf Er den Menschen und aus Schaum und Rauch die ganze Welt.

Mal gibt Er einem Hund den Weg zur Schwelle frei,[15] mal öffnet Er den Weg einer Katze. Wie Er den Hund seinem Besitzer nahe stellt, kann Er den starken Mann auch mit einem Hund in Verbindung bringen.

Von den Bewohnern des Himmels machte Er das Rund der Sonne zum Herrn des Firmaments. Mal gab Er einem Stock etwas von Salomon,[16] mal schenkte Er der Ameise die Fähigkeit zu sprechen. Aus dem Stock ließ Er eine dicke Schlange werden[17] und aus einem Ofen entfachte Er einen Windsturm.

Wenn sich ein Planet am Himmel erhebt, macht Er aus seinem Halbmond ein Hufeisen im Feuer. Aus einem Stein brachte Er eine Kamelstute und aus einem schluchzenden Klagen ein goldenes Kalb hervor.[18]

---

9 Als Mohammad und Abu Bakr auf dem Weg von Mekka nach Medina verfolgt wurden, suchten sie in einer Höhle Zuflucht. Die Verfolger vermuteten sie nicht in der Höhle, weil eine Spinne ein Netz vor dem Höhleneingang gebaut hatte. Vgl. Koran Sure 9,40.

10 Vgl. Koran 27,18ff.

11 Anspielung auf die unterbrochene Himmelsfahrt Jesus aufgrund einer Nadel.

12 Koran Sure 41,11.

13 S. Koran Sure 29,48.

14 Siehe Koran Sure 3,27.

15 Vgl. Koran Sure 18,18.

16 Von dessen Holz die Ameisen aßen und die Menschen die Nachricht vom Tod Salomons erhielten.

17 Vgl. Koran Sure 7,107.

18 Vgl. Koran Sure 20,88.

Im Winter streut Er Silber aus, im Herbst macht Er die Baumkronen golden. Wenn jemand eine Dolchspitze in Blut tränkt, macht Er daraus eine Knospe mit Blut an der Spitze. Dem Jasmin gibt Er vier Füße, der Tulpe eine blutgefärbte Haube. Mal gibt Er dem Scheitel der Narzisse eine gelbe Krone und mal legt Er einen Edelstein aus Tau hinein.

S. 235, Verse 40-64

Der erfahrene Verstand und die liebe Seele sind von Ihm. Der kreisende Himmel und die ruhende Erde sind von Ihm. Der Berg wurde durch Ihn zu Stein, das Meer durch einen Fingerzeig von Ihm zu Wasser. Sein Boden blieb mit Staub bedeckt und das Firmament verharrte wie ein Eisenring an der Tür. Zu Seinen acht Paradiesen gibt es nur eine Schwelle und zu den sieben Höllen nicht mehr als einen Riegel. Alle sind in Seiner Einheit versunken und was versunken ist, ist völlig vernichtet. Obgleich alle kleinen Dinge, vom Rücken des Fisches bis zum Mond, Zeugnis Seines Wesens sind, wären die Niedrigkeit des Staubes und die Höhe des Firmaments zwei ausreichende Zeugen. Er brachte den Wind, die Erde, das Feuer und das Blut und lüftete Sein Geheimnis durch alles.

Unseren Staub machte Er zu Lehm innerhalb von vierzig Morgenröten. Danach gab Er der Seele darin Platz. Sobald die Seele in den Körper trat, wurde der Körper lebendig. Er gab ihm Verstand, damit er zu Ihm sehen könne. Sobald er zu Verstand kam, kam er zur Einsicht. Er gab ihm Wissen, um Erkenntnis zu gewinnen. Sobald er Erkenntnis gewann, gab Er ihm Unvermögen; Er setzte ihn in Erstaunen und lieferte ihn dem Körper aus. Ob der Feind vom Diesseits eingenommen ist oder der Freund, alle verneigen sich vor Ihm. Seine Weisheit liegt über allen. Oh Wunder! Er ist der Wächter aller.

Den Berg nagelte Er zuerst in die Erde. Dann setzte Er das Meer darauf, während die Erde auf dem Rücken der Kuh, die Kuh auf dem Fisch und der Fisch in der Luft steht. Aber worauf steht die Luft? Auf nichts und fertig. Nichts ist nichts und alles ist nichts und fertig.

Denke über die Kunstfertigkeit dieses Königs nach, der über das alles über dem Nichts wacht. Weil all das über dem Nichts von Einem stammt, so ist dies alles zweifellos auch nichts. Teil und Ganzes ist die Vernunft Seines reinen Wesens. Himmel und Erde sind ein Lehen einer Hand voll Seines Staubes.[19] Der Himmel ist über dem Wasser und die Welt über der Luft. Nicht nur Wasser und Luft, alles ist Gott. Himmel und Welt sind nicht mehr als ein Orakel, sie sind Er und fertig und dies alles ist nicht mehr als ein Name.

---

19 Aus dem der Mensch gemacht ist.

Schau, diese Welt und jene Welt sind Er. Es gibt nichts außer Ihm und wenn doch, ist auch das Er. Alles ist ein Wesen, aber mit verschiedenen Eigenschaften. Alles ist nur ein anderes Wort und ein anderer Ausdruck. Man muss den König kennen, damit man ihn in 100 Kleidern erkennt.

S. 236, Verse 65-89

Keinen Fehler begeht der, der weiß, wer Er ist. Weil Er alles ist, woher sollen dann Fehler kommen? Fehlerhaft zu sein ist ein Zustand aus der Sicht eines unfähigen Mannes. Oh weh! Niemand hat die Fähigkeit dazu, die Blicke sind blind und die Welt ist voller Sonne. Wenn du merkst, dass du den Verstand verlierst, siehst du alles von Ihm und verlierst dich selbst. Alle, oh Wunder, protestieren, entschuldigen sich und suchen nach Ausflüchten.

Oh, vom eigenen Sichtbaren ist so viel unsichtbar, Deine ganze Welt ist unsichtbar. Bringe die Seele in den Körper und Dich in die Seele, bringe sie hinein, Seele der Seelen. Oh, der vor allen steht und mehr als alles ist – alle sind von Ihm und Er ist von allen. Ist Dein Dach voller Wächter und ist die Tür versperrt von Aufpassern, dass niemand den Weg zu Dir findet? Für den Verstand und die Seele gibt es zu Deinem Wesen keinen Weg und niemand kennt Deine Eigenschaften. Obgleich Du der verborgene Schatz in der Seele bist, bist Du zugleich auch sichtbar durch Körper und Seele. Alle Seelen sind ohne Zeichen von Deinem wahren Wesen, aber die Propheten opfern ihr Leben dem Staub auf dem Weg zu Dir. Obgleich der Verstand durch Dich existiert, aber wie kann er jemals zu Deinem wahren Wesen gelangen? Weil Du die Unendlichkeit in allem Existierenden bist, bandest Du allen vollkommen die Hände. Du bist das Innere und Äußere der Seele. Sooft ich auch sage, das bist Du nicht, bist doch Du. Oh, der Verstand irrt auf der Suche nach Deiner Schwelle, ihm ging die Kenntnis verloren auf dem Weg zu Dir. Ich sehe klar, dass die ganze Welt von Dir ist, aber von Dir sehe ich in der Welt kein Zeichen. Jeder gibt von Dir einen Hinweis, doch selbst ist er kein Zeichen von Dir, Kenner der Geheimnisse. Trotz vieler Augen und offnenem, rundem Himmelsgewölbe, sieht man von Deinem Weg nicht das kleinste, runde Teil. Sogar die Erde sieht Dich nie, obgleich sie sich aus Schmerz um Dich Staub über das Haupt streut. Die Sonne verliert aus Liebe zu Dir das Bewusstsein. Jede Nacht färbt sie sich das Gesicht schwarz. Der Mond löst sich auf wegen Dir: Er wirft jeden Monat vor Verwunderung das Schild. Das Meer hebt aus Sorge um Dich den Kopf und ein feuchter Saum befeuchtet die trockenen Ufer. Der Berg hat hundert Unwegsamkeiten auf dem Weg und sein Fuß steckt bis zur Hüfte im Lehm. Das Feuer ist aus Leidenschaft zu Dir zu Feuer geworden, aus Eile und Aufregung wird es so mächtig.

S. 237, Verse 90-114

Der Wind ist haltlos ohne Dich und in der Substanz leer. Das Wasser und das Blut fließen aus Leidenschaft zu Dir. Der Staub Deiner Nähe bleibt vor der Tür und die Erde staubbedeckt. Wie oft ich auch sage, dass Du unbeschreibbar bist, wenn ich es doch tue, dann geschieht es, weil ich keine Gotteserkenntnis habe.

Wenn du, oh Herz, ein Suchender bist, gehe den Weg, aber schaue erst und gehe dann mit Wissen. Sieh die Reisenden, die zur Schwelle gelangten; alle sind gemeinsam gekommen. Mit jedem Atom gibt es einen anderen Ort der Erkenntnis und so gibt es auch von jedem Atom aus einen anderen Weg zu Ihm. Woher weißt du, welchen Weg du gehen sollst und von wo aus du dorthin gelangst? Wenn du Ihn zu erblicken suchst, ist Er verborgen; wenn du Ihn im Verborgenen suchst, ist das Sehen da. Wenn du nach dem Sehen suchst, ist das Geheimnis dort, und wenn du das Geheimnis suchst, ist das Sehen dort. Und wenn du beides suchst, ist Er wie nichts Vergleichbares, denn dann ist Er in beiden nicht. Solange du nichts verloren hast, suche nicht. Sagst du, dass Er nicht existiert, sage lieber nichts. Was du sagst und weißt, ist, dass du bist. Kenne dich selbst und du bist das Hundertfache davon. Kenne dich durch Ihn und nicht Ihn durch dich selbst. Der Weg führt von Ihm zu Ihm und nicht vom Kleinen aus. Die Lobpreiser können Seine Eigenschaften nicht fassen, weil jeder Mensch und Unmensch dafür nicht würdig ist. Dieses Unvermögen wurde eins mit der Erkenntnis, dass Er nicht erklärbar und nicht beschreibbar ist. Die Art Seiner Schöpfung ist nicht mehr als ein Traumbild. Von Ihm zu berichten, ist nicht mehr als Phantasie. Wenn man nur Gutes oder Schlechtes sagt, alles was man über Ihn erzählt, erzählt man auch über sich selbst. Er ist höher als die Wissenschaft und außerhalb des Sichtbaren, denn in Seiner Unfehlbarkeit ist Er beispiellos. Außer Seiner Beispiellosigkeit findet niemand einen Vergleich und außer großem Bemühen der Aufopferung findet niemand einen Ausweg. Für Niemanden, ob Sufi oder nicht, gibt es von Ihm eine Gewähr außer für Ihn.

Das kleinste Atom in den zwei Welten ist ein Trugbild von dir. Alles was du weißt, ist nicht Gott, sondern dein Verständnis. Wo Er ist, ist Er nicht Teil von jemandem. Doch wann gelangt jemandes Seele dorthin, wo Er ist. Hunderttausend Dinge stehen höher als die Seele. Alles, was ich sagen möchte ist: Er ist höher als das. Der Verstand ist über Sein Handeln verblüfft, die Seele über das Unvermögen erstaunt.

S. 238, Verse 115-139

Der Verstand bekommt den Schatz der Verbindung mit Ihm nicht zu fassen. Für die reine Seele, wenn es sie gibt, gibt es diese auch nicht. Was die Seele in Seinem Werk ist, erstaunt dich. Herz, du erträgst es und grämst dich. Vergleiche, Gotteskenner, nicht ständig das, was nicht verglichen werden kann. Seinem Glanz sind Verstand und Seele nicht gewachsen: Der Verstand ist erstaunt und die Seele verblüfft. Denn es gelang keinem der Propheten und Gesandten, nur einen Teil des großen Ganzen zu begreifen. Alle kamen unwissend auf die Erde. Sie kamen mit den Worten ‚Was wissen wir von Dir?' Er bemerkt es, sobald ich etwas vortäuschte, und weiß, wenn es nicht mit Ihm vereinbar ist. Wenn es außer Ihm niemanden in den zwei Welten gibt, mit wem soll Er dann vereinbar sein? Wunderbar, mit Liebe und Verlangen!

Es gibt ein Meer aus wogenden Edelsteinen. Kennst du auch die richtigen Worte nicht, versuche dein Glück! Jeder, der diese Edelsteine und das Meer nicht fand, verging und außer dem Vergehen wurde ihm keine Gnade zuteil.

Wann könnte wohl alles, was einen Namen hat, leicht ausgesprochen werden? Sag nicht ‚das', wenn es dich nicht als Zeichen erreicht. Sprich nicht, wenn es nicht als Wort zu dir kommt. Er akzeptiert weder Zeichen noch Erklärung. Niemand hat über Ihn Wissen noch Zeichen. Sei grundsätzlich nicht, denn das ist vollkommen und genug. Ziehe dich aus dir zurück, denn nur das ist die Verbindung. Verliere dich in Ihm, denn das ist das Einswerden. Alles, was nicht so ist, ist überflüssig. Gehe ins Eine und von der Zweiheit in eine Richtung. Sei ein Herz, eine Gebetsrichtung und ein Gesicht. Oh unerfahrener Nachkomme, werde eins mit dem Vater in der Gotteserkenntnis.[20]

Was Gott aus dem Nichts schuf, trägt Ihn in sich. Alle fielen vor Ihm im Gebet auf die Knie.[21] Als Seine Schöpfung schließlich zu Adam gelangte, holte Er ihn in Seinem Eifer hinter hundert Vorhängen hervor. Er sagte: „Adam, sei ein Meer der Großmut. Sie sind alle Anbeter, mögest du der Angebetete sein." Der eine, der in der Anbetung seinen Kopf abwendete, suchte das Schlechte und Verfluchte und fand das Geheimnis nicht.[22] Als er ein schwarzes Gesicht bekam, sagte er: „Oh Allmächtiger, zerstöre mich nicht, sondern hilf mir." Der erhabene Gott sagte: „Oh Verfluchter des Weges, Adam ist sowohl Nachfolger als auch König. Sei heute sein Schutz und verbrenne für ihn ab morgen Esfand gegen den bösen Blick." Er wurde Teil und Ganzes, als die Seele in seinen Körper kam, und niemand sollte daraus ein wundersameres Gebilde schaffen.

S. 239, Verse 140-164

Die Seele hatte die Erhabenheit und der Körper die Niedrigkeit des Staubes. Der niedrige Staub und die reine Seele wurden vereint. Weil

20 Vgl. Koran Sure 2,30.
21 Siehe Koran Sure 16,49.
22 Eine Anspielung auf den Engel Iblis bzw. Satan, der sich weigerte, den Menschen anzubeten. Siehe Koran Sure 2,34 und 38,73.

Hoch und Niedrig miteinander befreundet waren, wurde der Mensch ein Wunder der Geheimnisse. Aber niemand erkannte Seine Geheimnisse, und nicht jede Tat eines Bettlers ist Seine Tat. Weder sollten wir wissen, noch erkennen, noch eines Tages zur Ruhe kommen. Wieviel sollst Du sagen? Außer Schweigen gibt es keinen Weg, denn niemand hat den Mut zu einem Seufzer.

Sie wissen genug von dem, was über dem Meer ist, aber niemand kennt seinen Grund. Der Schatz liegt auf dem Grund und die Welt ist ein Orakel. Möge Er am Ende dieses Orakel sowie die Fesseln des Körpers lösen. Den Schatz findest du, wenn das Orakel vorher ging. Die Seele erscheint, wenn der Körper vorher verschwindet. Danach ist deine Seele ein anderes Orakel, sie besitzt im Verborgenen einen anderen Körper. Gehe einfach und frage nicht nach dem Ende, frage bei solchem Schmerz nicht nach einem Schmerzmittel.

Am Grunde dieses endlosen Meeres gibt es viele, die ertranken und niemand weiß davon. In so einem tiefen Meer ist die Welt ein Atom und das Atom ist die Welt. Die Welt ist eine Blase für dieses Meer, wisse dies. Das Atom ist ebenfalls eine Blase, auch das wisse. Wenn die Welt nicht bleibt und das Atom nicht, hat dieses Meer dann weniger Blasen? Wer weiß über dieses tiefe Meer, ob ein kleiner Stein von Wert ist oder ein Bernstein?

Ich muss den Verstand, die Seele, die Religion und das Herz verlieren, um die Vollkommenheit eines Atoms zu erkennen. Verschließe deinen Mund und frage nicht nach dem Thron Gottes und seinem Reich. Wenn Du nach allem nur ein wenig fragst, frage nicht. Dein Verstand möge wie ein Haar verbrennen, beide Lippen sollten vor den Fragen verschlossen sein. Niemand kennt die Essenz eines Atoms vollständig, wie oft du auch fragst und was du auch sagst. Was ist das Himmelsgewölbe? Ein endloser Fall, die ständige Haltlosigkeit an einer Stelle. Auf dem Weg zu Ihm bist du völlig verloren, Vorhang um Vorhang. Wer kann im Umherirren die Aufgabe solch einer Herrschaft festlegen?

Das Schicksalsrad will, dass Er dieses Geheimnis aufdeckt. Wer sonst könnte das durch Umherirren? Was ist das Schicksal, außer Suchen? Woher soll jemand wissen, was hinter dem Vorhang ist? Selbst wer einige Jahre gesucht hat, ist unfähig um diese Tür gekreist.

S. 240, Verse 165-189

Man kennt das Geheimnis hinter diesem Vorhang nicht. Da Du darin bist, wann wird dieser Vorhang gelüftet? Die Welt ist Erfahrung und Bedauern und Erstaunen über Erstaunen. Jedes Mal ist dieser Weg endloser und die Schöpfung ist jede Stunde mehr über Ihn verwundert. Nichts weiß der Wanderer über den Weg, wenn er ihn sieht. Je weiter er geht, umso weiter ist der Weg: endlos, auch wenn er eine Begrenzung hätte, zahllos, auch wenn er berechenbar wäre. Ich sah den Ort voller Wunder, ich sah alles vor sich selbst verborgen. Zu Seiner Essenz gibt es für niemanden einen Weg. Ein Atom weiß nichts von einem Atom.

Es gibt sinnlose Taten, die weder Anfang noch Ende haben und erfolglos und bedauerlich sind. Ich bin über mich selbst betrübt und erstaunt über Dich. Ob ich schlecht bin oder gut, auch dann bin ich von Dir. Ich bin nur die Hälfte ohne Dich. Schaue in mich hinein, denn ich werde alles, wenn Du in mich einen Blick wirfst. Blicke einmal in mein blutendes Herz und bringe mich aus alledem heraus. Wenn Du mich einmal Deinen Unwürdigen nennst, kann niemand an mich heranreichen. Ich bin, solange ich für Dich jemand bin. Mir ist es genug, wenn ich für Dich ein Unwürdiger bin. Wer kann schon sagen, dass er Dein schwarzer Sklave ist? Ich bin der schwarze Sklave des Staubes vom Hund in Deiner Nähe. Wegen Dir bin ich bereit, mich einem schwarzen Sklaven gleich zu opfern, und ich trage ein Brandmal wie die Äthiopier von Dir. Wenn ich nicht Dein schwarzer Sklave bin, bin ich dann ein Glückssklave? Solange ich Dein schwarzer Sklave bin, bin ich glücklich. Verkaufe nicht den gebrandmarkten Sklaven, mache mich zu einem Ring an Deinem Ohr.

Wegen Deiner Gnade ist die Hoffnungslosigkeit gewichen. Ich bin Dein Ring und Dein Mal in Ewigkeit. Jedem, dem der Schmerz um Dich nicht gefällt, möge unwohl darüber sein, dass er nicht einer von Dir ist. Gib mir ein wenig meines Schmerzes, oh mein Heilmittel, damit meine Seele ohne Schmerz um Dich stirbt. Der Unglaube dem Häretiker, der Glaube dem Gläubigen und ein wenig Deines Schmerzes für das Herz Attars. Oh Herr, Du kennst meine Gebete. Du bist im Kummer meiner Nächte da. Geht meine Trauer über das Maß hinaus, schicke mir eine Sure und in meiner Not ein Licht. Mögest Du in diesem Kummer meine Stütze sein. Ich habe niemanden, sei Du deshalb mein Helfer. Gib mir den Genuss des elementaren Lichts und veranlasse den Untergang meiner dunklen Triebseele.

S. 241, Verse 190-213

Mein Atom ist in der Dunkelheit verloren gegangen und von meiner Existenz gibt es kein Zeugnis. Ich bin ein Bettler vor solch einer sonnengleichen Exzellenz, aber vielleicht erreicht mich ein Lichtstrahl davon. Solange ich klein wie ein Atom herumirre, muss ich springen, um den Lichtstrahl zu berühren. Dann kann ich aus dem Korridor herauskommen und vor mir liegt die helle Welt, so wie sie ist. Solange ich nicht die Seele ausgehaucht habe, hätte ich schließlich etwas, das Dir ähnelt. Wenn die Seele aber aufsteigt, habe ich niemanden außer Dir. Sei Du Weggefährte meiner Seele beim letzten Atemzug. Wenn ich nicht mehr bin, wehe mir, wenn Du meiner Seele kein Weggefährte bist. Ein Gesicht hat der, den du begleitest. Du kannst es tun und wenn Du willst, tue es.

Die Führer, die den Weg gingen, kamen gelegentlich dem Mysterium auf die Spur. Sie fanden ihre Seele wie ein Wunder und neben ihr Unfähigkeit und Leid. Schau zuerst, was Er mit Adam tat, wie Er ihm viele Leben lang Kummer bereitet hatte.[23] Schau, wohin Noah der Strudel der Ereignisse wegen tausend Ungläubigen im Jahr gebracht hatte.[24] Schau den verliebten Abraham an: Das Feuer ist ihm zum Bestimmungsort geworden.[25] Schau den traurigen Ismael: Er wurde zum Opfer im Glauben an Gott.[26] Siehe den verwunderten Jakob, der sein Augenlicht wegen seines Sohnes verloren hatte.[27] Siehe Joseph durch das Urteil der Brüder in Fesseln, Grube und Gefängnis.[28] Schau auch den leidenden Hiob, der vor der Tür den Würmern und Wölfen ausgeliefert war.[29] Siehe Jonas, der den Weg verloren hatte und vom Gipfel seines Ansehens für einige Zeit in einen Fisch abgeglitten war.[30] Schau Moses, der von Beginn an den Pharao als Amme und eine Holzkiste als Wiege hatte.[31] Siehe auch den Goldschmied David: Er brachte das Eisen zum Schmelzen wie beim Erhitzen der Leber.[32] Schau den König Salomon, dessen Reich sich in Luft auflöste, weil ein Dämon es übernahm.[33] Auch Zacharias sieh, der sehr besorgt war: Die Säge über sich, sagte er nichts mehr und schwieg.[34] Schau das Leid Johannes' vor der Menschenmenge: wie eine Kerze mit abgeschlagenem Kopf in der Schale.[35] Sieh auch Jesus, der den Juden am Fuße des Galgens mehrfach entwichen war.[36]

S. 242, Verse 214-232

Schau zu den Propheten, was für Qualen sie durch die Ungläubigen erlitten haben. Meinst du, dass dies leicht ist? Aber das Geringste ist das Entseeltwerden.

Wieviel ich auch sage und was ich bereits sagte, bleibt nicht. Wenn ich eine Blume pflücke, bleibt sie nicht. Ich bin plötzlich durch das Erstaunen

23 Siehe Koran Sure 2,35-39.
24 Siehe Koran Sure 54,9-14.
25 Siehe Koran Sure 21,69.
26 Siehe Koran Sure 37,83-113.
27 Siehe Koran Sure 12,84.
28 Siehe Koran Sure 12,7-17.
29 Siehe Koran Sure 38,41-44.
30 Siehe Koran Sure 37,139-145, s. a. Suren 21,87-88 und 68,48-51.
31 Siehe Koran Sure 20,39.
32 Siehe Koran Sure 34,10.
33 Siehe Koran Sure 34,12 und 21,81.
34 Zacharias musste fliehen, weil man glaubte, er habe Maria geschwängert. Nachdem er auf einem Baum Zuflucht gefunden hatte, wurde der Baum abgesägt und Zacharias in zwei Hälften zerteilt.
35 Geht zurück auf eine Geschichte, wonach Johannes den König daran hindern wollte, die eigene Tochter zu ehelichen, die daraufhin seinen Kopf forderte.
36 Siehe Koran Sure 4,157.

vernichtet. Ich kenne nichts als die Ausweglosigkeit. Oh, auf dem Weg zu Dir ist der Verstand wie ein Säugling und die Weisheit des Alten hat sich auf der Suche nach Dir verirrt. Wann werde ich je zu solchen Eigenschaften gelangen, wann von meinem Ursprung zur Reinheit kommen? Du bist weder durch Wissen noch durch Sehen zu fassen. Dich kann weder Nutzen noch Schaden erreichen. Weder von Moses wirst Du jemals einen Nutzen gewinnen, noch einen Schaden durch den Pharao erleiden.

Oh, unendlicher Gott, wen gibt es außer Dir? Was ist so endlos wie Du außer Dir selbst? Ohne Zweifel ist nichts unendlich. Aber wenn es nicht zum Ende kommt, wo soll man bleiben? Oh, die weltlichen Geschöpfe sind erstaunt, und Du bist hinter dem Vorhang verborgen. Lüfte den Vorhang doch endlich und schade nicht meiner Seele, mehr noch, vernichte nicht mein Geheimnis hinter diesem Vorhang. Ich verirrte mich plötzlich im Meer des Erstaunens. Erlöse mich wieder von diesen ganzen Verwirrungen. Ich bin in diesem tosenden Meer des Erstaunens und stehe außerhalb des Vorhangs. Bringe mich aus diesem fremden Meer heraus! Du hast mich weggeworfen, also hole mich auch wieder zurück. Meine Triebseele nahm mich völlig ein. Wenn du nicht meine Hand ergreifst, wehe mir! Meine Seele ist beschmutzt wegen Unsinnigkeiten, aber ich kann die Verschmutzung nicht ertragen. Befreie mich entweder von der Verschmutzung oder töte und beerdige mich. Die Geschöpfe fürchten sich vor Dir, aber ich fürchte mich vor mir selbst, denn von Dir sah ich Gutes, von mir selbst aber Schlechtes. Als Toter gehe ich durch den Staub. Belebe meine Seele, oh reiner Seelenschenker. Gläubige und Ungläubige sind mit Blut befleckt. Entweder sind alle verwirrt oder haben sich abgewendet. Wenn Du rufst, ist dies das Irren, und wenn Du vertreibst, ist das das Abwenden. Oh König, ich habe mein Herz mit Blut beschmutzt und war vollkommen verwirrt wie eine herumtreibende Barke. Du sagtest: „Ich bin Tag und Nacht bei euch, möget ihr nicht einen Augenblick aufhören zu suchen." Wenn wir so einander benachbart sind, dann bist Du wie die Sonne und wir sind wie der Schatten.

S. 243, Verse 239-244

Wenn es so ist, oh Beschenker der Besitzlosen, wenn Du das Recht der Nachbarn wahrst, dann weine ich mit schmerzvollem Herzen und einer geplagten Seele aus Sehnsucht nach Dir wie eine Regenwolke. Wenn ich Dir mein Weh klage, möge ich verloren sein, bis ich Dich eines Tages finde. Sei mein Führer, wenn ich den falschen Weg genommen habe, gib mir ein Obdach, wenn ich obdachlos bin. Jedem, der bei Dir ein Obdach findet, verliert sich in Dir und verabscheut sich. Ich bin nicht ohne Hoffnung, aber beunruhigt, weil es vielleicht nur einem von Hunderttausend gelingt.

DURCH BROTGENUSS ERWORBENES RECHT

Ein Landstreicher stand plötzlich einem armen Mann gegenüber und nahm diesen mit gebundenen Händen zu sich nach Haus. Er ging, um sein Schwert zu holen und ihm den Hals zu durchtrennen, unterdessen gab ihm seine Frau ein Stück Brot. Als der Mann in diesem Moment mit dem Schwert in der Hand zurückkam, sah er den armen Mann mit Brot in der Hand. Er fragte: „Wer hat dir dieses Brot gegeben, du Niemand?" Er erwiderte: „Ganz einfach, das Brot hat mir deine Frau gegeben." Nachdem der Mann die Antwort vernommen hatte, sagte er: „Nun ist mir nicht erlaubt, dich zu töten, weil ich gegen den, der unser Brot gebrochen hat, die Klinge nicht richten darf. Jemandem, der unser Brot genossen hat, ist das Leben nicht zu verweigern. Wie kann ich dann sein Blut mit der Klinge vergießen?"

Oh Schöpfer, ich habe mich dem Weg zugewendet, habe das Brot aller für Deine Anrufung gegessen. Wenn jemand das Brot eines anderen bricht, dann lässt er demjenigen gegenüber Recht widerfahren. Weil Du hunderttausende Meere der Großmut hast, habe ich sehr viel von deinem Brot gegessen. Lasse Recht walten. Oh Gott der Weltbewohner, ich bin erstickt im Blut und habe unsinnige Dinge getan. Nimm meine Hand und rufe nach mir, oder soll ich aus Verzweifelung die Hände über dem Kopf zusammenschlagen wie eine Fliege? Oh mein Barmherziger, ich verging hundert Mal. Was willst Du mit meiner Vernichtung? Mein Blut ist wegen eines Winks von Dir in Wallung geraten. Ich habe mich genügend oft feige verhalten. Aus Unwissen habe ich hundert Sünden begangen. Du hast anstelle dieser Erbarmen zurückgegeben. Oh König, sieh mich Armen, auch wenn Du von mir Schlechtes sahst, das verging, schau Dir dies an.

S. 244, Verse 261-283

Weil ich nichts wusste, habe ich Fehler begangen. Entschuldige, entschuldige mein schmerzerfülltes Herz und meine geplagte Seele. Wenn meine Augen auch klar waren, so hat meine Seele insgeheim aus Leidenschaft zu Dir geklagt. Oh Schöpfer, wenn ich Gutes oder Schlechtes getan habe, all das geschah mit dem eigenen Körper. Verzeihe meine unlauteren Absichten, vernichte meine Unehrenhaftigkeiten.

Zur Beschreibung des Propheten (Gott segne ihn und schenke ihm Heil)

Herr der Welt und des Glaubens, Schatz der Treue, Herz und Vollmond beider Welten ist der auserwählte Mohammad. Sonne des religiösen Gesetzes und Meer der Gewissheit, das Licht der Welt, das Erbarmen für die Weltbewohner ist er. Die Seele der Reinen ist der Staub seiner reinen Seele. Befreie die Seele, lobe seinen Staub. Er ist Herr der zwei Welten und König aller, Sonne der Seele und Glaube aller, Herr der Himmelfahrt und Höchster der Erdenwesen, Schatten Gottes und Besitzer eines sonnengleichen Wesens, das keine Schatten wirft.

Beide Welten sind an seine Zügel gebunden. Himmels- und Erdenthron Gottes haben seinen Staub zur Gebetsrichtung gemacht. Er ist Führer dieser und jener Welt, Führer der Offenbarungen und Zeichen, der liebste und beste der Propheten, der Wegweiser der Auserwählten und Freunde Gottes, der Rechtgeleitete des Islam und Wegweiser zu Gott, der Rechtsgutachter (Mufti) des Verborgenen und Imam für alles. Er ist ein Herr, der mehr ist als alles, was ich sage. In allen Dingen ragt er heraus. Sich selbst nannte er Herr des freien Platzes. Er sagte: „Denn ich bin das Erbarmen der Rechtgeleiteten." Beide Welten erhielten durch ihn einen Namen und der Himmel fand durch seinen Namen Ruhe.

Wie der Tau kamen die Geschöpfe der Welt aus dem Meer der Großmut und existieren nun durch seinen reinen Glanz. Sein Licht ist Ziel der Geschöpfe und Ursprung der Wesen und Dinge.

Als Gott dieses absolute Licht aufkommen sah, schuf Er daraus hundert Lichtmeere. Wegen sich selbst gab Er dem Reinen eine Seele und wegen ihm schuf Er die Geschöpfe der Welt. Die Schöpfung hat außer ihm kein Ziel. Einen Reineren als ihn gibt es nicht. Was zuerst aus dem größten Verborgenen erschien, war ohne jeglichen Zweifel sein reines Licht. Danach gab das hohe Licht ein Zeichen und verbreitete sich auf Himmel und Erde, Tafel und Stift.

S. 245, Verse 284-307

Ein Zeichen seines reinen Lichts ist die Welt und eines die Nachkommenschaft und Adam. Als dieses hohe Licht erschien, fiel es in Anbetung vor den Schöpfer. Jahrhunderte lang war es in Anbetung und sehr lange sprach es die Gebetsbezeugung ‚Es gibt keinen Gott außer Gott und Mohammad ist sein Prophet' vor dem Schöpfer. Jahre lang war es mit der Auferstehung beschäftigt als auch ein ganzes Leben mit der Bekenntnis zum Islam. Vom Gebet des Lichts in jener Welt der Geheimnisse wurde das Gebet für die ganze Gemeinschaft, die Umma, zu einer unerlässlichen religiösen Vorschrift.

Gott machte jenes Licht wie die Sonne und den Mond, unveränderlich für lange Zeit. Dann offenbarte Er dem Licht den Weg zum Meer der Wahrheit. Als das Licht (Mohammad) das Meer der Geheimnisse erblickte, brodelte es in ihm vor Zuneigung. Sieben Mal ging er auf die Suche und die sieben Himmelskuppeln erschienen ihm. Jeder Blick, der von Gott auf ihn fiel, wurde zu einem Stern und das Suchen wurde belohnt. Danach fand das reine Licht zur Ruhe, das Himmelsgewölbe stieg nach oben und die Erde fand ihren Namen. Himmel und Erde wurden zu einem Abbild seines Wesens, so viele Engel gingen aus seinen Eigenschaften hervor.

Aus seinem Atem kamen die Lichter und aus seinem Herzen voller Gedanken erschienen die Geheimnisse. Das Geheimnis des Geistes gab es nur durch sein Geheiß: dann ‚hauchte ich ihm von meinem Geist ein'.[37] Als der Atem und die Geheimnisse beisammen waren, kamen auch viele Geister zusammen. Als der Glanz seines Lichtes zur Umma kam, wurde es zweifellos an alle entsandt. Bis zum Jüngsten Tag wandert es für alle Geschöpfe der Welt.

Als er den Teufel aufforderte zu beten, wurde er dadurch zu einem Muslim. Er tat dies auf Anweisung des Schöpfers auch mit den Dämonen in einer Nacht. Auch die Engel zeigte Er dem Propheten und rief sie alle ebenfalls in einer Nacht. Als er die Tiere aufforderte, waren seine Zeugen ein Zicklein und ein Krokodil. Er lud auch die weltlichen Götzen ein und sie beugten sich alle zweifellos vor ihm. Jenes reine Wesen lud auch die Atome ein, wodurch aus Kieselsteinen eine Gebetskette in seiner Hand wurde.

Wer von den Propheten erlangte solch eine Wertschätzung? Wer hat jemals die Anbetung der gesamten Umma bekommen? Sein Licht war wie der Ursprung aller Lebewesen, seine Essenz wie der Beschenker jedes Wesens.

S. 246, Verse 309-223

Die Anbetung Seiner beiden Welten und der sichtbaren und unsichtbaren Atome wurde zur Pflicht. Teil und Ganzes waren seine Gemeinschaft, sie waren die Traubenlese seiner Bemühungen. Am Tag der Wiederauferstehung wird er wegen einer Hand voll Untätiger sagen: „Das ist meine Gemeinschaft (Umma)" und noch mehr dergleichen. Gott hat für seine Seele eine Kerze der Führung und für seine Umma ein Opfer gesandt. Er ist in allen Dingen ein Lehrer. Es ist Sein Werk, dass ihm diese Aufgabe zufiel. Obgleich er nie nach etwas trachtete, musste er wegen des Ganzen fliehen. In seiner Zuflucht gibt es einen Sinn und durch seine Billigung ein Ziel. Er ist der Weise für jeden in der Welt. Und jeder, der sich von ihm

37 Siehe Koran Sure 17,85.

abwendet, ist der niedrigste Diener. Das ist nur eine seiner Besonderheiten. Wie kann überhaupt jemand so etwas im Traum sehen? Er sah sich als alles und alles als ihn, ebenso wie er das Vergangene und das Zukünftige sieht. Gott machte seine Gesandtschaft zum Siegel in Unnachahmbarkeit, Wesen und Edelmut. Er befahl seine Anbetung für die Hohen und die Niederen. Seine Gnade brachte Er bei ihm zur Vollendung.[38] Den Ungläubigen gab Er eine Frist bei der Bestrafung und schickte in seinem Zeitalter keine Qualen.[39] In der Nacht ließ Er ihn in den Himmel aufsteigen und gab ihm das Geheimnis von allem kund. Er war von der Macht und der Würde des heiliges Hauses und der Kaaba, und sein schattenloser Schatten war im Westen und Osten.

Er fand von Gott das beste Buch und das unzählige Ganze. Die Mütter der Gläubigen waren seine Angetrauten und die Ehrerbietung der Gesandten war seine Himmelfahrt.[40] Die Propheten waren Nachfolger und er der Führer. Und die Gelehrten seiner Gemeinschaft waren wie die Gesandten. Der erhabene Gott hat aus Ehrerbietung in der Tora und der Bibel seinen Namen genannt.[41] Ein Stein bekam durch ihn Wert und Größe und die ‚rechte Hand Gottes' ein Ehrenkleid. Sein Staub wurde zur Gebetsrichtung wegen seiner Würde und das Überkommene in seiner Gemeinschaft verändert. Seine Mission war das Stürzen der Götzen und seine Umma war die beste.[42]

In der Dürre schuf er einen trockenen Brunnen und einen Tropfen klaren Wassers an seiner Öffnung. Der Mond ist durch seinen Fingerzeig gespalten, die Sonne auf sein Geheiß erstrahlt. Zwischen seinen beiden Schultern ist sonnengleich das Siegel der Gesandtschaft sichtbar.

S. 247, Verse 334-358

Er wurde zum Wegweiser im gelobten Mekka und er ist das Beste der Geschöpfe im besten Jahrhundert. Die Kaaba fand durch ihn die Ehrbezeigung des Hauses Gottes. Jeder, der den Weg dorthin fand, suchte den Glauben:[43] Gabriel wurde durch Ihn zum Träger eines Derwischkleides: Er erschien in der Gestalt von Dihya.[44] Der Staub wurde in seinem Zeitalter zu Mächtigerem, er wurde zu einer Moschee und einem Ort der rituellen Reinigung. Als ihm das Geheimnis aller Atome bekannt war, kam er nach Mekka: Sprich, ohne aus dem Buch zu lesen. Weil die Sprache Gottes seine

38 Siehe Koran Sure 48,2.
39 Siehe Koran Sure 33,8.
40 Siehe Koran Sure 33,6.
41 Siehe Koran Sure 7,157.
42 Siehe Koran Sure 3,110.
43 Siehe Koran Sure 3,97.
44 Gemeint ist Dihya b. Farwah Kalbi, ein Anhänger des Propheten, in dessen Kleidern Gabriel erschienen sein soll.

Sprache ist, ist das beste Zeitalter seines. Bis zum Tag des Jüngsten Gerichts verschwinden allmählich alle Sprachen bis auf seine. Bis zum letzten Atemzug liebte er es, Fragen zu stellen. Wenn sein Herz selbstlos ins Meer der Geheimnisse eindrang, war sein Brodeln eine Woge des Gebets. Weil sein Herz ein großes und tiefes Meer war, brodelte es sehr.

Im Gehen sagte er: „Oh Bilal,[45] gib uns die Zeit des Gebetes bekannt, damit ich aus den engen Fesseln der materiellen Welt entkomme." Bei der Rückkehr war er verwundert und sprach: „Oh Humaira (Aischa), rede mit mir." Wie denkt der Verstand über das Kommen und Gehen? Ich weiß es nicht, bis Er eine von hundert Seelen holt. Für den Verstand gibt es zu seinem Ruheplatz keinen Weg, auch das Wissen kennt seine Zeit nicht. Bereitet Er am Ruheplatz ein Fest mit dem Freund Gottes (Abraham) vor, dann ist für Gabriel kein Platz, wenn er bei der Himmelfahrt brennt. Als der Simorgh seiner Seele kam, fürchtete sich Moses sehr. Nach dem Befehl Gottes ging er über den ausgebreiteten Teppich jenes Herrn ohne Schuhe.[46] Als er sich Ihm näherte, fern von den Schuhen, wandelte er im heiligen Tal, versunken im Licht. Bei der Himmelfahrt des Propheten hörte er das Geräusch der Schuhe von Bilal. Auch wenn Moses, Sohn von Emran, ein König war, durfte er dort nicht mit Schuhen gehen. Sieh diese Gnade aufgrund seines Ranges, die Gott dem Diener seiner Schwelle erwiesen hat. Den Diener machte Er zu einem Seiner Männer, mit den Schuhen zeigte Er ihm den Weg zu sich. Als Moses, Sohn von Emran, diese Ehre erhielt, bemerkte er die Gunst, die Er Seinem Diener erwiesen hatte. Er sprach: „Oh Herr, mach mich zu seiner Umma und lasse mir den Glanz seines Schutzes zuteil werden." Obgleich Moses dieses ewige Zeugnis wollte, erhielt Jesus diesen hohen Rang.

S. 248, Verse 359-383

Als er den Ruheplatz verließ, forderte er zweifellos die Geschöpfe zu seiner Religion auf. Er kam vom vierten Himmel auf die Erde, legt das Gesicht auf die Erde und die Seele dazu. Der namhafte Christ wurde sein schwarzer Sklave und der Schöpfer gab ihm als Überbringer einer frohen Botschaft einen Namen. Jemand sagte, wenn er gegangen ist, muss er auch aus jener Welt zurückkehren und unsere Probleme lösen, eins nach dem anderen, bis in unseren Herzen keine Zweifel zurückbleiben. Doch niemand kam aus dem Sichtbaren und Verborgenem. In den beiden Welten ist nur Mohammed von jener Welt. Was er dort zu sehen bekam, erfuhr jeder Prophet. Weil er bei seiner Seele schwor, bekam er die Krone und der Berg war plötzlich bereit zu dienen. Er ist der Herrscher und sein Glanz

45 Gemeint ist Abu Abd ullah b. Rubah Habaschi, ebenfalls ein Anhänger des Propheten, der ausschließlich zu dessen Lebzeiten als Muezzin tätig war.

46 Siehe Koran Sure 20,12.

erreicht alle. Er ist der ewige König und alle sind seine Herde. Weil die Welt voller Moschus aus seinem Haar ist, wurden dem Meer aus Durst danach die Lippen trocken. Wer dürstet nicht danach, ihn zu sehen, damit er sich mit Holz und Stein an die Arbeit für ihn macht. Wenn das Meer des Lichts (Mohammad) auf die Minbar stieg, war das Wehklagen fern, der säulenlose Himmel erschien in vollem Licht und jene Säulen waren wegen der Trennung von ihm schwach.

Wenn er zu mir käme und Seine Eigenschaften nennen könnte, würde mir aus großer Scham das Blut wie Schweiß fließen. Er ist der Redegewandte dieser Welt und ich sein Stummer. Wie kann ich ihn je beschreiben? Wie können seine Eigenschaften eines solchen Niemands würdig sein? Seinen Lobrednern ist der Schöpfer der Welt genug. Oh Welt, von gleichem Rang ist dein Staub. Hundert Welten von Seelen sind der Staub deiner reinen Seele. Die Propheten haben über deine Eigenschaften gestaunt, die Kenner waren auch verwirrt. Der Glanz deines Lachens ist die Sonne, dein Weinen Befehlshaber der Wolken. Beide Welten sind Staub zu deinen Füßen. Du hast auf dem Gelim geschlafen, was ist aber an deiner Stelle? Erhebe deinen Kopf von deinem Gelim, oh Edler, dann setze den Fuß auf den Gelim nieder. Das Gesetz aller ging auf in deinem Gesetz, möge auch der Ursprung von allem in deiner Rechtspraxis aufgehen. Ewig sind dein Gesetzt und dein Urteil, der Name Gottes ist auch dein Name. Alle Propheten und Gesandten kommen von überall zu deiner Religion. Weil niemand vor dir steht, muss er zweifellos nach dir kommen.

S. 249, Verse 384-408

Du bist sowohl hinter als auch vor der Welt, das Frühere und das Letzte zugleich bist du. Weder gelangt jemand in deine Nähe, noch erreicht jemand eine solche Macht. Die Herrschaft beider Welten bis in Ewigkeit machte Er nur zum Vermächtnis des Gesandten Ahmad (Mohammed).

Oh, Gesandter Gottes! Ich habe genug gelitten, habe nichts außer Staub auf dem Haupt. Mit jedem Atemzug bist du für die Verlassenen da, und ich habe in diesen beiden Welten niemanden außer dir. Richte einen Blick auf mich Grämenden, hilf mir. Obgleich ich mein Leben mit Sünden zugrunde gerichtet habe, bedaure ich es. Bitte für mich bei Gott um Verzeihung. Und wenn mich die Angst überkommt wegen des ‚Es gibt kein Sicherheit',[47] ist für mich das ‚Gebt die Hoffnung nicht auf'[48] eine Lehre. Tag und Nacht trauere ich hundertfach, bis du für mich einen Augenblick Fürbitte leistest. Wenn dich eine Fürbitte erreicht, erlangt die Sünde das Siegel des Gehorsams. Oh Bittsteller, für diejenigen, deren Tag dunkel ist,

47 Siehe Koran Sure 7,99.
48 Siehe Koran Sure 12,87.

erbarme dich und zünde die Kerze der Fürbitte an. Solange wir uns wie Schmetterlinge um dich versammeln, kommen wir Flügel schlagend zu deiner Kerze. Jeder, der deine Kerze sieht, macht die Seele schmetterlingsgleich zu einer Herzensangelegenheit. Für die Seele ist dein Wiedersehen genug, für beide Welten ist deine Billigung genug. Das Heilmittel meines Herzschmerzes ist deine Liebe, das Licht meiner Seele ist die Sonne deines Antlitzes. Ich habe an deiner Tür Mut gefasst, schau die scharfe Essenz meiner Zunge. Jeden Edelstein, den ich mit der Zunge verstreue, hole ich auf deinem Weg aus der Tiefe der Seele. Wenn ich die Edelsteine aus dem Meer der Seele werfe, hat es von dir ein Zeichen. Sobald meine Seele ein Zeichen von dir fand, verschwand es. Das ist mein Bedürfnis, oh höchstes Wesen, dass du aus Gnade auf mich blickst. Von diesem Blick habe ich in der ewigen Zeichenlosigkeit ein Haus. Reinige mich von all dem Nachdenken, der Vielgötterei und der unsinnigen Rede, oh reines Wesen. Schwärze mein Gesicht nicht wegen der Sünde, siehe mein Recht durch die Namensgleichheit.[49] Als Kind deines Weges bin ich ertrunken und mich hat das schwarze Wasser der Schwierigkeiten umringt. [Ich erwarte, dass du mich da heraus ziehst und mich auf den Weg zurückbringst.]

S. 250, Verse 409-429

Das Kind im Mühlbach

Einer Mutter fiel ihr Kind ins Wasser und die Seele der Mutter war vor Aufregung und Besorgnis aufgewühlt. In der Verwirrung schlug das Kind mit Händen und Füßen um sich und das Wasser trug es bis zum Zulauf einer Mühle. Es drängte zum Eingang des Zulaufs. Als die Mutter das sah, lief sie sofort zur Wassergabelung und zog die Sperre. Das Wasser floss daran vorbei und das liebe Kind auf dem Wasser ebenso. Die Mutter sprang hinein und packte es, gab ihm sofort Milch und ging davon.

Oh, Erbarmer der Mütter Liebe, für den Strudel ist der Zulauf teuer. Wenn wir in jenen Strudel der Verwunderung fallen, trauern wir vor dem Zulauf. Verwirrt wie jenes Kind im Wasser, schlagen wir vor Aufregung mit Händen und Füßen. In dem Augenblick, oh Mitfühlender der Kinder des Weges, blicke aus Großmut in Deinen Ertrinkenden. Erbarme Dich unseres heiß glühenden Herzens und ziehe die Sperre für uns aus Gnade und Edelmut. Gib uns Milch aus den Zitzen der Edelmut und enthalte uns nicht den Ruf des Edelmutes vor. Oh, du bist jenseits der Beschreibung und des Begreifens und rein von den Eigenschaften der Lobredner.

49 Ein Vorname Attars ist Mohammad. Alle, die diesen Namen trugen, durfte man nichts antun, sondern musste sie ehren.

Keiner gelangte an deine Zügel, zweifellos sind wir dein niedrigster Staub. Dein Staub wurde zu deinen reinsten Freunden und die Weltbewohner zu deinem Staub. Aber nicht jeder, der aus Staub ist, ist auch dein Freund. Er kann auch Feind für deine Freunde sein, von denen der erste Abu Bakr ist und der letzte der auserwählte Ali. Die vier Pfeiler der Kaaba besitzen Aufrichtigkeit und Reinheit. Der eine ist in Aufrichtigkeit Teiler des Geheimnisses und Helfer, der andere ist in der Rechtschaffenheit eine glänzende Sonne, der Dritte ist ein Meer von Bescheidenheit und Scheu und der Vierte König des Wissens und der Großmut.

Zur Beschreibung Abu Bakrs des Rechtschaffenen (Gott möge an ihm Wohlgefallen haben)

Der erste Nachfolger ist sein erster Freund. Er ist der zweite der beiden, die in der Höhle waren,[50] Oberster der Religion, größter Rechtschaffener und Achse der Wahrheit Gottes und in allem steht er vor allen. Was Gott an göttlicher Erhabenheit hat, ist in die edle Brust Mohammads geflossen.

S. 251, Verse 430-451

Das alles floss auch in die Brust des rechtschaffenen Abu Bakr, und solange er lebte, kam von ihm zweifellos die Zuverlässigkeit. Weil er über beide Welten nichts sagen sollte, verschloss er die Lippen mit einem Stein und schwieg. Er hielt seinen Kopf die ganze Nacht bis zum Morgen im Gebet gesenkt, aber um Mitternacht brachte er einen Seufzer hervor. Sein moschushaltiges Seufzen reichte bis nach China. So hatte er aus dem Blut der Tataren-Gazelle Moschus hergestellt. Aus diesem Grunde sagte die Sonne des Gesetzes und der Religion, dass man das Wissen von hier bis nach China suchen solle. Der Stein war aus Weisheit in seinem Mund, damit er wegen des Steins und des Gewichts seufzt. Seinen Stein nahm er nie von der Zunge, damit er nichts sagen konnte, außer den Namen Gottes. Der Stein musste sein, damit die Würde kommen konnte. Wann gelingt dies einem Volk ohne Stein?

Als Omar ein Haar von seiner Würde sah, sagte er: „Wäre ich doch dieses Haar an ihm!" Weil du den Zweiten der beiden akzeptiert hast, ist er der Nächste nach dem Propheten.

50 Siehe Koran Sure 9,40.

Zur Beschreibung von Omar
(Gott möge an ihm Wohlgefallen haben)

Herr des Gesetzes, Sonne der gesamten Religion, Schatten Gottes, der Größte, der zwischen Wahrheit und Lüge unterscheiden konnte und Flamme des Glaubens, besiegelt sind seine Gerechtigkeit und Gewissenhaftigkeit zu Gott. An Scharfblick war er seiner Offenbarung überlegen. Weil Gott über ihn von Beginn an die Sure 20, die Taha, gelesen hatte, wurde er unbefleckt und richtig. Das /he/ des Taha ist in seinem Herzen ein /he/ des Seufzens. Glücklich ist, wer daher seufzt. Wer als Erster den Weg nach dem Wort des Propheten ging, war Omar. Wer als Erster den Ring zum Paradies erhielt, war er. Bravo, hoher Herr! Wenn Er ihm zuerst die Hand reicht, dann bringt Er ihn schließlich dorthin, wo er ist. Die Religion wurde wegen seiner Gerechtigkeit fortgesetzt. Der Nil kam in Bewegung und das Erdbeben legte sich. Er war die Fackel des Paradieses und in keiner Zusammenkunft warf jemand einen Schatten von seinem Licht. Das Licht der Fackel warf keinen Schatten, weil der böse Geist des Schattens geflohen war. Wenn er sprach, sagte er die Wahrheit. Wegen ‚er sah mein Herz' erschien ihm Gott. Manchmal gab er seine Seele aus Liebesschmerz hin, manchmal die Zunge wegen der Worte Gottes. Als der Prophet sah, dass er so heftig brannte, sagte er: „Dieser Namhafte ist die Fackel des Paradieses."

S. 252, Verse 453-474

Zur Beschreibung von Osman
(Gott möge an ihm Wohlgefallen haben)

Er ist der Herr der Tradition (Sunna), das absolute Licht und Herr der zwei auf Gott ruhenden Lichter. Er ist der in Heiligkeit Versunkene und nach Gotteserkenntnis Suchende, Anfang der Religion, er ist Osman der Reine. Er bekam die Würde des Banners des Glaubens und wurde zum Leiter der Gläubigen. Der Glanz der beiden Welten kam aus dem leuchtenden Herzen des Osmans der beiden Lichter.[51] Der ‚zweite Joseph', jener Treue, ist nach den Worten Mohammads das Meer der Frömmigkeit und der Scham. Er hat sich ganz der Leitung der Angehörigen hingegeben und verlor dabei sein Leben.[52] Man schlug ihm sogleich den Kopf ab. Warum hat er sich so sehr an die Blutsbande gehalten? Sowohl in der Rechtswei-

51 Osman wurde auch Dhu l-nurain (der mit den zwei Lichtern) genannt wegen seiner Ehe mit zwei Töchtern des Propheten Mohammads.

52 Kritik an Osman wegen der Bevorzugung der eigenen Verwandten und Hinweis auf seine Ermordung.

sung der Welt als auch in der Kunst wurde seine Umma in seiner Zeit größer. Zu dieser Zeit wurde sowohl der Glaube publik als auch der Koran auf sein Geheiß herausgegeben. Der Herr der Herren sagt: „Der Engel im Himmel hat ständig Scham vor Osman." Auch der Prophet sagte: „Wegen der Enthüllung des Schleiers wird Gott nicht mit Osman abrechnen." Weil er nicht da war, um sein Einverständnis in einem Treueeid zu geben, war an seiner Statt die Hand des Propheten. Die Anwesenden sagten: „Dann ist es uns von Nutzen, obgleich der mit den zwei Lichtern, Osman, nicht mehr da ist."

Zur Beschreibung von Ali (Gott möge an ihm Wohlgefallen haben)

Herr der Wahrheit und vollkommenster Führer, Berg der Sanftmut, Tor des Wissens und Achse der Religion, Weinschenk der Paradiesquelle, wegweisender Imam, Neffe des auserwählten Propheten Mohammad und Löwe Gottes ist Ali, der Auserwählte, Gegenstück zur Jungfrau Zahra, keuscher Herr und Schwiegersohn des Propheten. Er ist die wegweisende Erklärung und Kenner der letzten Geheimnisse. Er ist zweifellos ein vorbildlicher Führer in Würde und der absolute Mufti überhaupt, weil Ali eins ist mit den Orten der Geheimnisse Gottes. Wann ist der Verstand bei seinem Anblick im Zweifel? Die Seele weiß vom ‚Ali ist rechtschaffener' und kennt auch das ‚Ali ist verliebt in das Wesen Gottes.' Während jemand lebend vom Atem Jesus aufstand, tat Ali sofort das Richtige mit der abgeschlagenen Hand.[53] Der Fromme ging in die Kaaba und vernichtete die Götzen auf den Schultern des Gesandten.

S. 253, Verse 475-497

Da er in seinen geheimen Gedanken die verborgenen Geheimnisse besaß, zog er die weiß leuchtende Hand aus dem Ärmel.[54] Wenn es seine leuchtende Hand nicht gegeben hätte, wie hätte er sein Schwert Dhu l-fiqar nehmen können? Mal war er über seine Angelegenheit erregt, mal sprach er seine Geheimnisse in den Brunnen. Nirgendwo fand er einen Freund. Auch wenn er im Innern suchte, fand er keinen Vertrauten.

(In Erregung spricht er:)

Oh, vom Zorn Erfasster, der ständig in Zorn und in Liebe ist. Wenn Du mit dem prahlst, warum sprichst du dann im Zorn? Bei der Nachfolge gibt es keine Neigung, oh Ahnungsloser. Wie kann sie von Abu Bakr und Omar

53 Die geht zurück auf eine Überlieferung, nach der Ali eine abgeschlagene Hand wieder hat ansetzen können, als sei sie nie abgeschlagen worden.

54 Siehe Koran Sure 7,108.

kommen? Wenn es beide Führer gewollt hätten, hätten sie den Sohn zum Führer machen können. Als sie das Recht der Nachfolge erhielten, hätten die anderen ablehnen müssen. Wenn aber niemand etwas dagegen hatte, hätten sie ihre Pflicht nicht erfüllt. Wenn niemand kommt, den Freund an der Nachfolge zu hindern, dann musst du alle des Vorwurfs der Lüge oder der Willkür bezichtigen. Wenn du die Nachkommen des Propheten der Lüge bezichtigst, würdest du sein Wort nicht akzeptieren. Er sagte: „Jeder meiner Freunde ist ein leuchtender Stern. Das beste Jahrhundert ist mein Jahrhundert. Die besten Geschöpfe sind meine Freunde, das sind meine Verwandten oder meine Anhänger." Wenn der Beste in deiner Nähe schlechter ist, wie kann man dich dann einen Frommen nennen? Wann gab es das jemals, dass die Anhänger des Propheten einen Unrechtmäßigen als Nachfolger akzeptierten? Oder machten sie ihm deutlich, dass er unpassend und der Nachfolge nicht würdig ist? Wenn seine Wahl für alle nicht die richtige ist, dann ist die Wahl des ganzen Korans ein Fehler. Wen immer sie zum Nachfolger des Propheten machen, sie handeln richtig und angemessen. Sobald du jemanden des Amtes enthebst, bezichtigst du dreiunddreißigtausend Menschen der Lüge. Wer in seinem Amt nichts als die Wahrheit geäußert hat, dem kann man nicht die Kniefessel des Kamels nehmen. Wenn er sich so bemüht hat, wer, wenn nicht er, soll das Recht der Nachfolge erhalten? Ist es denkbar, wenn es Interesse am Rechtschaffenen gibt, jemals ein „Setzt mich ab" zu akzeptieren?

S. 254, Verse 498-522

Wenn Omar nur geringes Interesse gehabt hätte, wie hätte er dann seinen Sohn durch eine Peitschenwunde töten können? Der Rechtschaffene Abu Bakr war immer ein Mann des rechten Weges, frei von allem und der Schwelle Gottes bedürftig. Er gab Besitz, Tochter und Seele hin. Niemand sollte jemanden so behandeln, schäme dich! Der Reine gehörte zur Schicht der Überlieferung, weil er Scharfsinn besaß. Wer auf die Minbar mit dem Blick des richtigen Verhaltens schaut, hätte Osman nicht neben den Propheten gesetzt. Weil er aber alles, was vor und hinter ihm ist, sieht, wer kann ihm da noch Unrecht nachsagen? Auch der scharfsinnige Omar war rechtschaffen. Mal brannte er Ziegeln und mal schnitt er Dornen. Wegen Brennholz verließ er die Stadt, kehrte zurück und nahm den Weg nahe beim Volk. Jeden Tag nahm er wegen seines Eifers nur sieben Bissen Brot zu sich. Essig mit Salz auf dem Brot, rief man ihn, denn sein Brot war nicht das von Reichen. Kies war sein Lager, wenn er schlief, und eine Peitsche das Kissen unter seinem Kopf. Wie ein Wasserträger nahm er den Wasserschlauch und trug ihn für eine Witwe zur Schlafenszeit. Kam die Nacht, verzichtete er auf seine Bedürfnisse. Er war die ganze Nacht Wächter des Heeres. Zu Hudeifa[55] sagte er: „Oh Frommer, siehst du irgendeine Heuchelei in Omar? Wo ist der, der meine Schwäche nicht mag, der möge mir ein Geschenk bringen!" Wenn er die Nachfolge als Fehler betrachtet, warum trägt er dann ein Derwischkleid von 17 man? Weil ihm niemand weder ein Kleid noch einen Gelim gab, nähte er zehn Lederflicken auf sein Flickenkleid. Wer so königlich handelt, kann unmöglich von jemandem etwas annehmen. Wer mal Ziegeln und mal Lehm bearbeitet, hat diese ganze Mühe nicht umsonst gehabt. Wenn die Nachfolge aus der Luft käme, hätte er sich selbst an die Herrschaft gebracht. Die Städte der unreifen Frevler wurden frei von der Häresie in seinen Tagen. Wenn du deswegen zornig bist, ist es nicht recht, deshalb vor Zorn zu vergehen. Er starb nicht durch Gift und du aus Zorn. Wie oft würdest du sterben, wenn du nicht sein Gift nehmen würdest? Vergleiche nicht, unwissender Unrechtkenner, die eigene Herrschaft mit der Nachfolge. Wenn du mit der Herrschaft an der Reihe bist, brennen aus Kummer hundert Feuer im Herzen.

S. 255, Verse 523-543

Wenn jemand von ihm die Nachfolge erteilt bekommt, hat er ihm 100 Arten der Verpflichtung auferlegt. Es ist nicht einfach, solange man lebt, die Verantwortung über die Geschöpfe zu haben.

ANEKDOTE ÜBER OMAR

Als sich Omar vor Uwais[56] erzürnte, sagte er: „Ich habe die Nachfolge angeboten. Wenn sie jemand kauft, verkaufe ich sie und wenn es nur ein Dinar ist." Als Uwais dies von Omar hörte, sagte er: „Geh und danke ab. Wirf alles weg, was du musst, und nimm deine Herrschaft zurück." Als der Emir die Nachfolge ablehnen wollte, da waren die Freunde dagegen. Alle sagten: „Tue es nicht, oh Führer. Die Geschöpfe sind wegen Gott verwirrt. Er hat dir Rechtschaffenem die Verantwortung übertragen und das nicht aus Unwissenheit, die er für wahr hielt. Wenn du dich abwendest von seinem Befehl, wird sich seine Seele wegen dir grämen." Als Omar dieses feste Argument hörte, lastete diese Aufgabe noch schwerer auf ihm.

ANEKDOTE ÜBER DIE OPFERBEREITSCHAFT ALIS

Als ein Unglücklicher den auserwählten Ali auf einmal verletzt hatte, bereitete man ihm ein Getränk zu und Ali fragte: „Wo ist mein Blutvergießer? Gebt erst ihm zu trinken, dann mir, damit er mein Wegbegleiter wird." Man brachte diesem das Getränk und er sagte: „Oh, aus Zorn will der Löwe Ali mich mit Gift töten." Ali erwiderte: „Bei der Wahrheit des

55 Hudeifa b. al-Jaman (gest. 656/57 n. Chr.) war ein Anhänger des Propheten und Alis.
56 Uwais al-Qarani war einer der Hauptanhänger Mohammads gewesen sein, dessen Ankunft aus Jemen der Prophet vorhergesehen haben soll.

Schöpfers, wenn dieser Nichtsnutz meinen Trank zu sich nähme, würde ich nicht ohne ihn vor Gott den Fuß ins Paradies setzen." Wenn Ali den schlechten Mann töten würde, würde er ohne ihn nicht ins Paradies gehen. Wenn er so viel Mitleid für den Feind hat, wie könnte er je wegen seiner Rechtschaffenheit Feindschaft hegen? Er, der mehrfach Leid durch den Feind erfahren hat, wie soll er Feindschaft gegenüber Abu Bakr im Sinn haben? Er schuf nicht die grenzenlose Welt, weil Ali dem rechtschaffenen Abu Bakr ein Freund war.

S. 256, Verse 544-564

Wie oft du auch sagst, dass der auserwählte Ali ungerecht behandelt und von der Nachfolge ausgeschlossen wurde: Weil Ali der Löwe Gottes und die Krone ist, kann man ihn nicht ungerecht behandeln, Junge!

[Erzählung]

Mohammad hielt an einem Ort des Weges und sagte, man möge dem Heer Wasser aus dem Brunnen bringen. Ein Mann ging und kam in Eile wieder zurück und sagte: „Der Brunnen ist voller Blut. Es ist kein Wasser darin." Er erwiderte: „Im Gedanken an seinen Schmerz hat Ali seine Geheimnisse in den Brunnen gesprochen. Als der Brunnen dies hörte, konnte er es zweifellos nicht ertragen, denn als du gingst, hatte er kein Wasser mehr."

Wer in sich so eine Bestürzung trägt, wie kann in ihm die geringste Bosheit herrschen. Aus Zorn brodelst du, aber Ali erging es nicht so, er schwieg. Vergleiche ihn nicht mit dir selbst, denn jener Gotteskenner war in Gott versunken ebenso wie in seine Aufgabe, und er ist wegen deiner Vorstellungen erschöpft. Wenn er wie du voller Bosheit wäre, suchte er den Krieg mit den Anhängern Mohammads. Aber er ist viel mutiger als du, denn warum hat er keinen Krieg geführt? Wenn der Rechtschaffene im Unrecht wäre, wäre das ein Wunder. Weil er im Recht war, hat er Recht gefordert. Zu Ali kam die Schar Aischas,[57] der Mutter der Gläubigen, nicht weil sie wegen der Religion Rache suchten. Da er Krieg und Unglück sah, hatte der Löwe Ali das Volk mit aller Kraft verteidigt. Wer mit der Tochter Mohammads Krieg führen kann, weiß dem Vater zuzurufen. Oh Junge, du weißt nichts von Ali, du kennst nur die Buchstaben seines Namens. Du bist aus Liebe zu deiner Seele und deinem Leben beunruhigt, aber er ist da, um hundert Seelen und Leben zu geben.

57 Aischa bint Abi Bakr (gest. 678 n. Chr.) war die Lieblingsfrau des Propheten.

Anekdote über Ali

Wenn jemand aus der Gefolgschaft getötet wurde, erlitt der Löwe Ali sehr heftigen Kummer. „Weil das geschätzte Leben in meinen Augen niedrig erscheint, ist das der Grund, warum ich nicht auch getötet wurde?" Einer fragte: „Was ist geschehen, Ali? Dein Freund ist bereit für den Tag der Auferstehung."

S. 257 Verse 565-583

Anekdote über Bilal

Bilal[58] stieß einmal an einem Ort mit seinem hageren Körper gegen hundert Hölzer und Riemen. Viel Blut floss über ihn und das Holz. Wie er zu sagen pflegt ‚Er ist einer', sagte er auch jetzt ‚Es ist eins'.

Wenn du plötzlich einen Dorn im Fuß hast, ist das Mitgefühl von niemandem auf deinem Weg. Wer wegen eines Dornes bekümmert ist, für den wäre ein schlechter Gedanke unter solch einem Volk ein Fehler. Wenn sie so waren, wie wärst du? Wie sehr hättest du dich gewundert? Durch deine Zunge haben sich die Götzenanbeter vermehrt und die Gefolgschaft ist durch sie verwundet. Durch viele Worte hast du den Diwan geschwärzt. Du würdest siegen, wenn du auf deine Zunge achten würdest.

Über die Zuverlässigkeit Alis und Abu Bakrs

Ob Ali oder der rechtschaffene Abu Bakr, beide waren zuverlässig. Als Mohammad in die Höhle ging, schlief Ali in jener Nacht auf seinem Lager. Er vertraute sich dem Löwen Ali an, damit dessen Seele die allerhöchste bleibt. Vor der Schlange der Höhle setzte der Rechtschaffene der Welt, Abu Bakr, sein Leben aufs Spiel. Als beide den Weg zu Ihm gingen, spielten sie ebenfalls mit ihrem Leben. Eifere diesen Mutigen nach. Wenn du einer von diesem oder des anderen bist, hast du dann den Schmerz des einen oder des anderen? Mach wie sie die Opferbereitschaft zur Profession oder schweig und lass ab von solch einem Gedanken. Du kennst Ali und Abu Bakr, Junge. Aber vom Verstand Gottes und der Seele hast du keine Ahnung. Mach den Kopf frei für das Siegel dieser Wahrheit, werde ein Mann Gottes bei Tag und bei Nacht wie es Rabi'a[59] gewesen ist. Denn sie verhielt sich nicht wie eine Frau, sondern wie hundert Männer. Vom Scheitel bis zur Sohle war sie Quelle des Schmerzes. Sie war unentwegt in das Licht Gottes getaucht, war frei von ausschweifenden Worten und versunken.

---

58 Abu Abd Allah Bilal b. Rabah Habaschi (gest. 641 n. Chr.) war abessinischer Sklave aus der Gefolgschaft des Propheten, der nach dessen Tod nicht mehr zum Gebet aufrief.

59 Rabi'a al-Adawiya (gest. 801 n. Chr.) war eine Mystikerin aus Basra.

S.258, Verse 584-604

Anekdote über Rabi'a

Jemand fragte sie: „Oh, Gütige, was hältst du von den Anhängern des Propheten?“ Sie antwortete: „Ich habe über Gott nichts zu sagen, wie kann ich dann etwas über die Anhänger wissen? Wenn ich mein Herz und meine Seele nicht in Gott verloren hätte, würde ich mich dann einen Augenblick um die Menschen sorgen? War ich es nicht, die einmal im Gebet war und ein Dorn mein Auge zerstach? Das Blut floss auf die Erde, und ich soll wegen des Verlustes meiner Sehkraft nichts von meinem Blut gewusst haben? Wer solch einen Schmerz erleidet, wie kann er sich da um die Angelegenheiten von Mann und Frau kümmern? Solange ich mich selbst nicht kenne, kann ich keinen anderen zum Vergleich nehmen.“

Auf diesem Weg ist weder Gott noch der Prophet. Lasse ab von diesem Hin und Her der Zustimmung und Ablehnung. Werde auf diesem staubigen Weg zu Staub und rein aus Unschuld und Freundschaft. Wenn du Staub bist, sprich über den Staub. Halte alles für rein und rede rein.

Gebet Mohammads

Der Herr der Welt, Mohammad, verlangte vom Schöpfer: „Übergib mir die Gemeinschaft. Damit niemand einen Augenblick von der Sünde meiner Umma erfährt.“ Der erhabene Gott sprach zu ihm: „Großer der Großen, wenn du unzählige Sünden siehst, solltest du dich nicht darüber wundern, dich schämen und dich verbergen. Aischa war dir so lieb wie das Leben, aber sie wurde dir überdrüssig wegen einer Verleumdung. Du hörtest den Schrei der Außenstehenden und hast sie dann wieder zurück geschickt. Du suchtest nach einem Würdevolleren, aber in deiner Umma waren viele sündhaft. Du hast nicht das starke Brennen der Sünde, befreie daher deine Umma mit Hilfe Gottes, wenn du nicht willst, dass in der Welt jemand von der Sünde deiner Umma erfährt. Ich möchte, dass auch du hohes Wesen, nichts über ihre Sünden weißt. Ziehe dich zurück und geh zur Seite und überlasse mir die Umma Tag und Nacht.“

S. 259, Verse 605-625

Wenn die Verantwortung der Umma nicht Mohammad obliegt, wie soll dann nach deinem Urteil etwas daraus werden? Fälle kein Urteil und schweig, sei ohne fanatischen Eifer und entscheide dich für den Weg. Komme dem zuvor, was sie getan haben, und gehe in Gesundheit deinen Weg. Entweder gehe den Weg der Aufrichtigkeit wie Abu Bakr oder wähle wie der scharfsinnige Omar die Gerechtigkeit, sei wie Osman voller Scham und Milde oder wie der Löwe Ali ein Meer der Großmut und des Wissens oder schweig. Nimm meinen Rat an und gehe, mach dich auf und kümmere dich um dich selbst. Bist du etwa ein Mann der Aufrichtigkeit und des löwengleichen Wissens? Du bist ein Mann der Triebseele und jeden Augenblick ungläubiger. Vernichte die Triebseele des Unglaubens und werde ein Gläubiger und wenn du sie vernichtet hast, sei sicher. Rede nicht überschwänglich im fanatischen Eifer und mache dir nicht selbst die Nachfolge zu eigen. Nach dem Gesetz gibt es keine einzige Zustimmung. Was würdest du zu den Anhängern des Propheten sagen?

In mir gibt es nicht diese überschweifende Rede, oh Gott, schau, von dem falschen Eifer losgekommen, habe ich mich dem Weg angeschlossen. Reinige meine Seele von diesem Eifer und sage, dass so etwas nicht in meinem Buch vorkommen möge.

1. Anfang des Buches: Die Versammlung der Vögel

Willkommen, zum Leiter gewordener Wiedehopf, der in Wahrheit Bote jeden Tales ist. Bis zur Grenze von Saba ging deine Reise und dein Vogelgespräch mit Salomon ist gut verlaufen.[60] Du bist der Herr der Geheimnisse Salomons, von seiner Prahlerei bis zur Unterdrückung. Halte den Dämon in Fesseln und Gefängnis, solange du Salomons Vertrauter bist. Wenn du den Dämon einsperrst, wünsche für Salomon ein kaiserliches Zelt.

Bravo, Moses gleichender Fink, komm und spiele auf zur inneren Weisheit. Aus der Seele machte er einen Musiker, dank der melodischen Weise der Schöpfung. Du sahst wie Moses das Feuer von weitem. Zweifellos bist du ein Fink auf dem Berg Moses'.[61] Entferne dich vom brutalen Pharao und komme zur festgesetzten Zeit und werde ein Vogel des Berges. Rede ohne Sprache und Geschrei, verstehe ohne Verstand und höre ohne Ohren.

Willkommen, Papagei auf dem Paradiesesbaum in einem grünen Kleid mit einem feurigen Halsband. Der Feuerring steht für die Hölle, das Kleid für das Paradies und das ist großmütig. Wer wie Abraham vor Nimrod gerettet wird, der kann gut über dem Feuer sitzen. Schlage Nimrod den Kopf ab wie einem Stift und setze den Fuß ins Feuer wie der Freund Gottes. Wenn du von der Tyrannei Nimrods frei bist, du im Paradieseskleid, wozu dann die Frucht vor deinem feurigen Halsband.

Bravo, graziöses Rebhuhn, voller Freude vom Berg der Gnosis schreitend. Lache über die Methode des Weges und schlage den Ring am Tor Gottes. Schmelze deinen Berg aus Hungersnot ein, damit daraus eine Kamelstute kommt. Wenn du eine unversehrte junge Kamelstute findest, siehst du Milch und Honig fließen. Reite die Stute, wenn der Friede zu dir kommt. Salih selbst wird kommen, dich zu empfangen.[62]

Willkommen, neidischer Falke, wie sehr willst du noch wütend sein. Binde den Brief der ewigen Liebe an den Fuß und löse die Fessel dieses Briefes bis in Ewigkeit nicht. Tausche den angeborenen Verstand mit dem Herzen, damit du siehst, dass anfangslose und endlose Ewigkeit eins sind. Zerstöre mannhaft den Rahmen der Natur und lege die Einheit in das Innere der Höhle. Wenn sie dort ist, wird der Anfang der Welt, Mohammad, für dich ein Freund der Höhle.

---

60 Siehe Koran Sure 27,20-40.
61 Siehe Koran Sure 7,143.
62 Siehe Koran Sure 7,73.

Bravo, Frankolinhuhn der Himmelsfahrt. Du hast auf dem Haupt des *bale* (‚Ja, wir bezeugen es‘) die Krone des *alast* (‚Bin ich nicht euer Herr‘) gesehen.[63] Weil das *alast* der Liebe auf die Seele hört, nimm vom *bale* der Triebseele den Überdruss. Wenn das *bale* der Triebseele der Strudel des Leids ist, wie kann sich dann darin deine Angelegenheit richten? Verbrenne die Triebseele wie den Esel Jesus', werde dann wie Jesus eine Seele und bringe sie zum Leuchten. Verbrenne den Esel und tue etwas für den Seelenvogel, bis der Geist Gottes wieder froh zu dir kommt.

S. 261, Verse 647-666

Willkommen, Nachtigall des Gartens der Liebe. Klage wundervoll vom Schmerz und der Glut der Liebe. Klage David gleich auf wunderbare Weise über den Schmerz des Herzens, damit man über dich jeden Augenblick hundert Seelen streut. Öffne die David gleiche Kehle dem inneren Sinn und führe die Geschöpfe mit der Melodie der Schöpfung. Wieviele Panzerketten die unglückliche Triebseele auch umfassen, schmelze das Eisen wie David zu Wachs.[64] Wenn das Eisen dann weich wie Wachs ist, erwärme dich durch die Liebe wie David.

Bravo, Pfau des Gartens mit den acht Toren. Du vergingst durch das Gift einer siebenköpfigen Schlange. Die Rede dieser Schlange ist in dein Blut gelangt und hat dich aus dem Garten Eden geworfen. Sie holte dich vom Lotusbaum des 7. Himmels und Baum des Paradieses und machte dich betrübt durch die Grenzen der Natur. Solange du diese Schlange nicht vernichtest, wirst du der Geheimnisse nicht mächtig. Wenn du dich von dieser schlechten Schlange befreist, wird Adam dich auf besondere Weise ins Paradies zurückholen.

Willkommen, schöner, weit blickender Fasan. Die Quelle des Herzens ist im Meer des Lichtes versunken. Oh, du sitzt im dunklen Brunnen, geplagt von der Beschuldigung. Hole dich selbst aus dem dunklen Brunnen und hebe den Kopf zum Himmelsthron des Erbarmers. Lasse wie Joseph Gefängnis und Brunnen hinter dir,[65] damit du in Ägypten die Macht des Königs bekommst. Wenn dir so ein Reich zuteil wird, wird der rechtschaffene Joseph zu deinem Freund.

Bravo, harmonische Turteltaube. Du bist froh gegangen und traurig zurückgekehrt. Traurig bist du, weil du im Blut und in der Enge des Ge-

63 Siehe Koran Sure 7,172.
64 Siehe Koran Sure 34,10.
65 Siehe Koran Sure 12,15-19.

fängnisses von Jonas warst.[66] Oh, im Fisch Triebseele Irrende, wie lange willst du die Böswilligkeit der Triebseele noch ertragen. Schlage dem missgünstigen Fisch den Kopf ab, damit du zum Scheitel des Mondes gelangen kannst. Wenn deine Triebseele vom Fisch befreit ist, wirst du zum Freund Jonas' an einem besonderen Platz.

S. 262, Verse 667-678

Willkommen, Ringeltaube, stimme deine Melodie an, damit sich der Schatz von sieben Schalen über dich ergießt. Weil das Halsband der Treue um deinen Hals ist, wäre treuloses Handeln schlecht für dich. Wenn von dir nur ein Haar davon so ist, halte ich dich für von Kopf bis Fuß treulos. Wenn du aber aus dir herauskommst, wirst du mit dem Verstand den Weg zum inneren Sinn finden. Und wenn der Verstand dich zu den inneren Bedeutungen bringt, wird Chidr[67] dir auch das Wasser des Lebens bringen.

Bravo, zum Flug ansetzender Falke. Er ging hochmütig und kam niedergeschlagen zurück. Sei unbesorgt, wenn du niedergeschlagen bist, und stehe aufrecht, wenn du im Blut ertrunken bist. Du bist gebunden an das Aas der Welt und zweifellos getrennt vom inneren Sinn. Lasse die Welt und das Jenseits hinter dir, nimm die Haube vom Kopf und schaue. Wenn deine Weisheit beide Welten verlässt, wird dein Platz auf dem Arm Alexanders sein.

Willkommen, Goldfink mit der schönen Erscheinung, erwärme dich durch die Arbeit und werde wie Feuer. Was zu dir kommt, vernichte durch die Wärme. Verschließe die Augen vor dem Lob aller. Wenn du alles vernichtest, was zu dir kommt, werden die Gaben Gottes für dich jeden Augenblick mehr. Wenn dein Herz die Geheimnisse Gottes erkannte, gebe dich selbst Gott hin. Wenn du durch Gott zu einem vollkommenen Vogel geworden bist, bleibst du nicht, aber Gott bleibt.

2. Die Rede des Wiedehopfs zu den Vögeln

Die verborgenen und die sichtbaren Vögel der Welt versammelten sich. Sie alle sagten: „In dieser Zeit fehlt in keiner Stadt ein Herrscher. Was ist, wenn unser Land keinen König hat? Dann gibt es nur die Möglichkeit der Herrenlosigkeit. Vielleicht sollten wir zusammenkommen und einen König erbitten. Denn wenn ein Land keinen Herrscher hat, gibt es keine

66 Siehe Koran Sure 37,139-148.

67 Chidr ist eine Märchen- und Mythengestalt, die das Geheimnis der Unsterblichkeit kennt und vom Wasser des Lebens getrunken hat.

Ordnung im Heer." Also sind alle zusammengekommen, um einen König zu finden.

Der erstaunte und erwartungsvolle Wiedehopf trat unruhig in die Menge.

S. 263, Verse 689-713

Er trug das Kleid des Weges der mystischen Gotteserkenntnis als Gewand und die Krone der Wahrheit auf seinem Kopf. Er hatte auf dem Weg einen wachen Verstand und kannte das Gute und das Schlechte. Er sagte: „Oh Vögel, ich bin ohne jeglichen Zweifel sowohl der Bote des Herrn als auch des Verborgenen. Ich kam mit der Kunde von ihm und bin von Natur aus Träger der Geheimnisse. Wer die Basmalla[68] im Schnabel trägt, kann vielleicht ein paar Geheimnisse finden. Ich verbringe die Zeit im Kummer und niemand hat mit mir etwas zu tun. Weil ich frei von den Geschöpfen bin, sind auch sie zweifellos frei von mir. Weil ich mit dem Schmerz um den König beschäftigt bin, habe ich nie Kummer um das Heer. Wasser nehme ich mir aus meiner Vorstellung und an Geheimnissen kenne ich mehr als genug. Ich sprach mit Salomon, daher bin ich zweifellos mehr als sein Tross. Wer sich aus seinem Reich zurückzog, oh Wunder, der fragte nicht und suchte nicht nach ihm. Weil ich mich einmal von ihm zurückzog, ließ er mich überall suchen. Dass er nicht einen Augenblick über mich erstaunt war, ist einem Wiedehopf bis in Ewigkeit viel Wert.

Ich trug seinen Brief weg und kehrte wieder zurück. Bei ihm bin ich Mitwisser der Geheimnisse hinter dem Vorhang. Wen Gott wohlwollend erwähnt hat, an den reicht kein Vogel auf seinem Weg heran. Wer vom Propheten erwünscht ist, den schmückt es, wenn auf dem Scheitel eine Krone sitzt. Jahrelang suchte ich im Meer und auf dem Land, ging bis ans Ende des Weges. Ich reiste durch Täler, Berge und Wüsten, ging durch die Welt in der Zeit des Sturmes. Ich war mit Salomon auf Reisen und habe die Weite der Welt oft durchquert. Ich kenne den eigenen König. Wenn ich allein gegangen wäre, hätte ich es nicht vermocht. Und wenn ihr mich begleitet, werdet ihr Vertraute des Königs und seines Hofes. So befreit euch von der Schmach des Egoismus. Wie lange noch die Verwirrung des Unglaubens? Wer seine Seele in ihm verlor, ist frei von sich selbst. Er befreite sich auf dem Weg zu den Lieben von Gut und Böse. Gebt die Seele auf, setzt den Fuß auf den Weg und legt freudig den Kopf an diese Schwelle. Wir haben einen unbestrittenen König und hinter diesem Berg ist der märchenhafte Berg Qaf.

S. 264, Verse 714-736

68 Die Formel ‚Im Namen Gottes, des Erbarmers, des Barmherzigen' (bismillah ar-rahman ar-rahim).

Sein Name ist Simorgh (Dreißigvögel), König der Vögel; er ist uns nah, aber wir sind so fern von ihm. Seine Ruhe liegt im Heiligtum der Großmut, sein Name ist auf keiner Zunge. Er hat mehr als hunderttausend Vorhänge aus Licht und Dunkelheit vor der Tür. In beiden Welten hat niemand so einen Mut, dass er seinen Wert erreichen könnte. Er ist ewig der absolute König, versunken in der Vollkommenheit seiner Würde. Niemand gelangt von selbst dorthin, wo er ist. Wer erreicht je sein Wissen und seinen Verstand? Weder gibt es einen Weg zu ihm noch erstaunlicherweise von ihm. Hunderttausend Geschöpfe sind in Leidenschaft zu ihm entbrannt. Die reine Seele kann ihn nicht beschreiben, der Verstand nicht erfassen. Beide sind zweifellos verwirrt und blieben vor seinen Eigenschaften blind. Kein Wissender sah seine Vollkommenheit, kein Sehender seine Schönheit. Für seine Vollkommenheit gibt es kein entsprechendes Lob, das Wissen reicht nicht und der Blick findet nicht dorthin.

Wenn du alle Arten der Geschöpfe von solcher Vollkommenheit und Schönheit zusammenbringst, sind sie nur eine Hand voll Einbildung. Wer kann den Weg in der Einbildung zurücklegen? Gehst du zum Fisch, wie kannst du dann zum Mond gehen? Wenn hunderttausend von solchen dort sind, gibt es dort auch viele Klagen und viel Weinen. Auf dem Weg gibt es viel Trockenheit und viele Meere und denke nicht, dass der Weg kurz ist. Ein tapferer Mann muss für den Weg erhaben sein, weil der Weg weit ist und das Meer sehr tief. Auf ihm gibt es, was uns zum Staunen bringt. Wir gehen ihn mit Weinen und Lachen. Wenn wir ein Zeichen sehen, ist das Sein Werk. Wenn nicht, ist es eine Schmach, ohne Ihn zu leben. Wem nützt die Seele ohne Geliebten? Bist du ein Mann des Weges, hast du keine Seele ohne Geliebten. Ein solcher Mann muss den ganzen Weg gehen und sein Leben für diese Schwelle opfern. Die Hand muss von der mannhaften Seele rein gewaschen werden, damit man sagen kann, dass er ein Mann des Gotteswerkes ist. Wenn die Seele ohne Geliebten ist, ist nichts von Wert. Opfere deine teure Seele wie die Männer des Weges. Tust du dies auf mutige Weise, wird der Geliebte über dich wieder eine Seele streuen.

S. 265, Verse 737-757

Erzählung Simorghs

Der Beginn des Werkes von Simorgh, oh Wunder: Er zog glänzend um Mitternacht über China. Inmitten Chinas verlor er eine Feder. Jeder Einwohner war sehr erregt. Jeder machte ein Abbild von dieser Feder. Wer ein solches Bild sah, war davon eingenommen. Diese Feder ist jetzt an einem Schauplatz in China. Von ihm ist das ‚Sucht das Wissen auch in China'. Wenn das Abbild dieser Feder nicht sichtbar wäre, würden alle in der Welt beunruhigt. Dies sind alles Kunstwerke von seiner Feder, alles Zeichen seines Abbildes. Von seinen Eigenschaften ist nichts sichtbar, deshalb ziemt es sich, nicht mehr davon zu sprechen. Wer von euch jetzt ein tapferer Mann ist, macht sich auf den Weg.

Alle Vögel kamen an den Platz, aufgeregt wegen der Großmut dieses Königs. Die Leidenschaft zu ihm begann in ihren Seelen zu arbeiten und machte jeden von ihnen sehr ungeduldig. Sie wollten den Weg gehen und traten vor. Verliebt in ihn waren sie sich selbst Feind. Weil der Weg aber sehr lang und weit war, litt jeder auf seiner Reise. Obgleich für den Weg jeder geeignet war, suchte jeder nach einer Entschuldigung.

3. Die Rede der Nachtigall

Die Nachtigall war aus Liebe vollkommen betrunken und konnte aus Vollkommenheit der Liebe weder leben noch sterben. Sie hatte den inneren Sinn in jedem ihrer tausend Gesänge, und hinter jedem Sinn verbarg sich eine Welt von Geheimnissen. Sie klagte über die Geheimnisse der Bedeutungen und lies die Vögel verstummen. Sie sprach: „Durch mich werden die Geheimnisse der Liebe besiegelt. Die ganze Nacht wiederhole ich die Liebe. Niemand hat sich so bemüht wie David, damit ich das Buch der Liebe in klagender Weise singe. Das Klagen der Flöte kommt durch meinen Gesang. Sie ist gefangen von meinem klagenden Weinen. Die Rosengärten sind erfüllt von mir. In den Herzen der Verliebten brodelt es wegen mir. Zu jeder Zeit erzähle ich ein anderes Geheimnis und singe in jedem Zehntel einer Stunde eine andere Melodie. Wie die Liebe meiner Seele Kraft verleiht, dementsprechend aufgewühlt ist das Meer meiner Seele. Wer meine Leidenschaft sieht, verliert sich. Obgleich er sehr vernünftig ist, wird er betrunken. Wenn ich den vertrauten Freund ein Jahr lang nicht sehe, schweige ich und teile niemandem ein Geheimnis mit. Macht er mich im Frühling verliebt, verstreut sich sein Moschusduft über die Welt. Ich bin mit ihm glücklich und mein Problem kann durch seinen Anblick gelöst werden. Ich bin auch noch verliebt, wenn er wieder geht und ich, die erregte Nachtigall, wenig singe. Während nicht jeder mein Geheimnis findet, kennt die Rose bestimmt das Geheimnis der Nachtigall. Ich bin so sehr in die Liebe zur Rose versunken, dass ich aus mir selbst absolut verschwunden bin. In mir gibt es so viel Liebe zur Rose, weil ich so sehr nach der hundertblättrigen roten Rose verlange. Die Nachtigall hat nicht die Macht des Simorgh, aber genug Zuneigung zur Rose. Wenn mein Geliebter hundert Blätter hat, wie kann mein Streben dann blattlos sein. Wenn die Rose dann herzerweichend blüht, lacht sie mich so wunderbar an. Kommt sie hinter dem Vorgang hervor, wird das Lachen über die Natur sichtbar. Wie kann die Nachtigall nur eine Nacht ohne Liebe zu solch einem Lachen sein?“

Der Wiedehopf sprach: „Du bist dem Anblick verhaftet. Kokettiere nicht mehr mit der Liebe zur Schönheit. Die Liebe zur Rose hat für dich viele Dornen. Der Schöpfer aber ist über dir und lenkt dich. Obgleich die Rose viele Schönheiten hat, sind sie innerhalb einer Woche vergangen. Wenn die Liebe zu etwas vergänglich ist, bringt sie den vollkommenen Verdruss. Auch wenn dich das Lachen der Rose so anzieht, hat es dein klagendes Weinen zur Folge. Lasse ab von der Rosse, die jeden Frühling blüht. Denn sie lacht dich schamvoll aus, aber lacht dich nicht an!“

Die Prinzessin und der Derwisch

Ein Herrscher hatte eine Tochter so schön wie der Mond. Sie hatte eine Welt voller Verehrer und Verirrter. Für den Wachen war sie eine Versuchung, weil ihre halbschlafenden Augen trunken waren.

S. 267, Verse 780-802

Sie hatte ein Gesicht aus Kampfer und Locken aus Moschus. Der feuchte Rubin ihrer Lippen ließ die Lippen aus Durst danach trocken werden. Wenn nur ein wenig ihrer Schönheit sichtbar wurde, war der Verstand beschämt davon, dass er es nicht begreifen konnte. Wer den süßen Geschmack ihrer Lippen kennen würde, würde vor Scham erstarren und vergehen.

Ein Derwisch war plötzlich von ihr ergriffen, weil sein Blick auf den glänzenden Mond gefallen war. Der Arme hatte gerade ein Stück Brot in der Hand, aber er hatte es vergessen. Weil sein Blick auf das Gesicht jenes Mondes fiel, war ihm das Brot aus der Hand auf die Erde gefallen. Das Mädchen ging an ihm wie ein Feuer vorbei, lachte ihn an und ging vorüber. Als der Bettler ihr Lachen gesehen hatte, sah er sich im Staub, ertrunken in Blut. Er hatte nur ein halbes Brot und eine halbe Seele und wurde von beiden auf einmal frei. Weder Tag noch Nacht fand er Ruhe. Er sprach nicht mehr vor Weinen und Brennen. Erinnerte er sich an das Lachen jener Herrscherin, begann er um sie wie eine Wolke der Klage zu weinen. Sieben Jahre war er voller Unruhe und schlief mit den Hunden des Mädchens. Alle Diener des Mädchens wussten davon und diese Peiniger hatten die Absicht, dem Bettler den Kopf wie einer Kerze abzuschlagen. Insgeheim rief ihn das Mädchen zu sich und sagte: „Weil du den Übermut hattest zu behaupten, dass wir ein Paar würden, hat man die Absicht, dich zu töten. Fliehe und sitze nicht an meiner Tür, sondern steh auf und geh.“ Der Bettler sprach: „An jenem Tag habe ich meine Seele verloren, weil ich wegen dir trunken wurde. Hunderttausend Seelen sind wie ich rastlos. Mögen sie jede Stunde über dich gestreut werden. Da sie mich ungerechtfertigt töten und mir den Kopf abschlagen wollen, beantworte mir bitte eine Frage: Warum lachtest du mich jener Zeit an?" Sie erwiderte: „Weil ich dich so unbeholfen fand, lachte ich über dich, du Ahnungsloser. Über dich zu lachen ist üblich, aber dich anzulachen ein Fehler." Nachdem sie das gesagt hatte, ging sie an ihm wie Rauch vorbei. Alles, was es ursprünglich gab, hatte sich in Nichts aufgelöst.

S. 268, Verse 803-821

4. Die Rede des Papageien

Der Papagei trat hervor mit einem Mund voll Zucker, einem pistazienfarbenen Kleid und einem goldenen Halsband. Die Mücke wurde wegen seiner Pracht zu einem Habicht überall dort, wo das Grün seiner Feder auftauchte. Er begann auf süße Weise zu reden, denn im Zuckeressen ist er ein Frühaufsteher. Er sprach: „Jeder Schwermütige und jeder Niemand baut mir einen Käfig aus Eisen. Und ich sitze in dem eisernen Gefängnis, aufgelöst in dem Wunsch nach dem Wasser des Lebens. Da ich der Chidr der Vögel und grün gekleidet bin, vielleicht kann ich vom Lebenswasser trinken. Für den Simorgh kann ich keine Leidenschaft aufbringen. Mir ist das Wasser aus der Quelle Chidrs genug. Auf den Weg begebe ich mich wie ein aus Liebe Rasender und gehe überall hin wie ein Vagabund. Wenn ich ein Zeichen vom Wasser des Lebens finde, gibt man mir die Herrschaft in der Gefangenschaft."

Der Wiedehopf antwortete: „Oh, du hast vom Glück keinen Hinweis. Niemand ist ein Mann des Weges, der nicht opferbereit ist. Daher ist deine Seele damit beschäftigt, einen Augenblick dem Geliebten zu begegnen. Das Wasser des Lebens willst du und ein Freund bist du. Wenn du aber keinen Verstand hast, bist du niedrig. Was willst du mit der Seele? Gib sie für den Geliebten hin, gib sie auf dem Weg zum Geliebten hin wie die Männer des Weges."

Der Irre und Chidr

Es war ein hochrangiger Irrer, zu dem sagte Chidr: „Oh vollkommener Mann, bist du damit einverstanden, mein Freund zu sein?" Er antwortete: „Mit dir habe ich nichts zu schaffen, weil du mehrmals das Wasser des Lebens getrunken hast, um ewig zu leben. Ich bin dabei, mich von der Seele loszusagen, denn ohne Geliebten habe ich keine Kraft. Während du dein Leben bewahren willst, opfere ich es jeden Tag. Es ist besser, wenn wir voneinander fernbleiben wie die Vögel vom Netz."

S. 269, Verse 822-842

5. Die Rede des Pfaus

Danach kam der goldene Pfau, das Abbild seiner Federn schimmerte hundert-, nein hunderttausendfach. Er verbreitete einen Glanz wie eine Braut, weil jede seiner Federn schimmerte. Er sprach: „Damit der Maler von meinem Verborgenen ein Bild malt, wurde den Chinesen der Stift zu einem Finger an der Hand. Obgleich ich der Gabriel der Vögel bin, ist mir plötzlich nichts Gutes widerfahren. Die schlechte Schlange wurde mir einmal zum Freund, bis ich in Schande aus dem Paradies verstoßen wurde. Als man meinen angenehmen Ruheplatz änderte, wurde das Brett unter meinem Fuß zu meiner Pflicht. Ich möchte, dass mir ein Führer den Weg von diesem düsteren Ort zum Paradies weist. Ich bin zwar niemand, der zum Herrn gelangt, aber mir genügt es, wenn ich wieder ins Paradies komme. Wann hatte Simorgh meine Sorge? Solange war der hohe Paradiesgarten mein Platz. Ich habe nichts auf der Welt außer diesen Wunsch, dass er mir noch einmal den Weg zum Paradies zeigt."

Der Wiedehopf sprach: „Oh, du bist wegen dir selbst verloren. Was ist besser: ein Haus vom König zu wollen oder die Nähe zu ihm? Das Paradies voller Begierden ist das Haus der Triebseele. Nur das Haus des Herzens ist der Ort der Aufrichtigkeit. Gott ist ein tiefes Meer und das Paradies der Gnade ist nur ein kleiner Tropfen. Ein Tropfen ist es für jeden, der das Meer hat. Was Teil des Meeres ist, ist Leidenschaft. Wenn du den Weg zum Meer finden kannst, warum solltest du dann zum Tau gehen? Wer weiß, spricht mit der Sonne der Geheimnisse. Denn wie kann etwas von einem Atom übrigbleiben? Wer das Ganze wurde, was hat der dann noch mit dem Teil zu tun? Wer zur Seele wurde, was hat er noch mit den Körperteilen zu schaffen? Wenn du ein Mann des Ganzen bist, sieh das Ganze, fordere das Ganze, sei das Ganze, werde das Ganze und wähle das Ganze."

Der Lehrer und der Schüler

Ein Schüler fragte den Lehrer: „Warum wurde Adam aus dem Paradies verstoßen?" Er antwortete: „Adam war der höchste Schatz, weil er im Paradies genügsam war.

S. 270, Verse 843-864

Eine unsichtbare Stimme rief laut: Das Paradies hat dich auf hundertfache Weise gebunden! Wer sich in beiden Welten mit etwas anderem außer mir begnügt, dem bringe ich alles Verderben, gegen die er ohne den Freund nichts tun kann. Beim Geliebten gibt es hunderttausend Plätze. Wo ist der Platz für die ohne Geliebten? Wer außer für den Geliebten lebt, wird vertrieben, auch wenn alle Adam wären. So erhielten die Paradiesbewohner Nachricht, dass sie sich dort dem erstbesten hingegeben hatten.

Weil sie keine Kenner von Geheimnissen sind, haben sie auch vom Leiden wieder abbekommen."

6. Die Rede der Ente

Die Ente trat hundertfach sauber aus dem Wasser unter die Menge in einem wunderschönen Kleid. Sie sagte: „In beiden Welten gibt es keine Nachricht von einem, der ein reineres Aussehen hat als ich. Jeden Augenblick führe ich in Rechtfertigkeit eine rituelle Waschung des ganzen Körpers durch und gehe nach dem Gebet ins Wasser zurück. Auf dem Wasser gibt es keinen Besseren als mich und niemand hat Zweifel an meinem Edelmut. Ich bin der Fromme unter den Vögeln mit reiner Absicht. Ich habe immer ein reines Kleid und einen reinen Ort. Ohne Wasser finde ich auf der Welt keinen Nutzen, weil mein Dasein im Wasser ist. Obgleich ich im Herzen eine Welt voll Kummer habe, wasche ich ihn aus dem Herzen, weil ich das Wasser zum Freund habe. Das Wasser ist hier ständig Teil meiner Suche. Wie kann ich da den Wunsch nach dem Trockenen hegen? Wenn das Wasser mein Element ist, wie kann da ich vom Wasser abweichen? Vom Wasser lebt alles immerfort, was ist. Daher kann ich mich nicht vom Wasser lossagen. Woher soll ich wissen, wo der Weg durch das Tal zu Ende ist, da ich nicht mit Simorgh fliegen kann? Wem das Wasser eines Kruges ausreicht, wie kann der den Wunsch nach Simorgh hegen?"

Der Wiedehopf sagte: „Oh, du bist durch das Wasser schön geworden. Für deine Seele ist das Wasser wie Feuer geworden. Im Wasser kannst du gut träumen. Kommt ein Tropfen Wasser, trägt er dich weg. Das Wasser gibt es wegen jedes ungewaschenen Gesichts. Wenn du ein ungewaschenes Gesicht hast, suche das Wasser.

S. 271, Verse 865-885

Wie oft willst du wie dein klares Wasser das Gesicht jedes Ungewaschenen sehen?"

Allegorische Anekdote

Ein Mann fragte einen Irren: „Was sind die zwei Welten in den Vorstellungen?" Er antwortete: „Die beiden Welten, hoch und niedrig, sind ein Tropfen Wasser, der weder ist noch nicht ist. Von Beginn an ist der Wassertropfen da, und er ist ein Tropfen in mehreren Bildern. Jedes von ihnen war von der Wasseroberfläche. Und wären alle aus Eisen, würden sie dennoch zerstört. Nichts ist härter als Eisen. Aber sieh, es ist auch über dem Wasser gebaut. Alles, was auf Wasser gegründet ist, auch wenn es Feuer ist, ist ein Traum. Denn niemand hat das Wasser jemals fest gesehen, wie kann dann ein Gebilde über dem Wasser fest sein?"

7. Die Rede des Rebhuhns

Das Rebhuhn kam heiter, anmutig schreitend, stolz und trunken aus dem Bergwerk. Es hatte einen roten Schnabel und war schön gekleidet. Das Blut geriet bei seinem Anblick in Wallung. Mal schnitt sie ohne Klinge das Bergmassiv, mal stolzierte sie zum Bergkamm. Sie sagte: „Ich suche im Bergwerk nach vielen Schätzen. Ich bin verbunden mit Schwert und Schild, um Herr über den Schatz sein zu können. Die Liebe zum Schatz hat in mir ein Feuer entfacht, und dieses schöne Feuer war oft in mir. Sobald die Hitze des Feuers aufkommt, macht sie die Kieselsteine in mir zu Blut. Hast du je ein Feuer gesehen, dass solch eine Wirkung hatte und den Stein sofort zu Blut machte? Ich bin unter Stein und Feuer mal untätig, mal erregt. Kieselsteine esse ich in Hitze und Glut. Mit einem Herzen voll Feuer lege ich mich auf dem Stein schlafen. Öffnet die Augen, meine Freunde, und schaut auf meine Speise und meinen Schlaf. Wer Steine isst und auf Steinen schläft, warum soll man mit so jemandem kämpfen? Das Herz ist deswegen hundertfach betrübt, weil meine Liebe zu dem Schatz an den Berg gebunden ist.

S. 272, Verse 885-907

Wer etwas anderes als den Schatz liebt, dessen Besitz ist vergänglich. Der Besitzer des Schatzes hat immer ein Heer, und seine Seele ist immer mit dem Berg verbunden. Ich bin der Herr des Berges und der Mann des Schatzes. Ich bin nicht einen Augenblick ohne Schild und Schwert. Weil der Bergkamm Schätze in sich trägt, suche ich ständig danach. Ich finde keinen Schatz wie diesen, keinen wertvolleren als ihn. Weil der Weg Simorghs beschwerlich ist, bin ich dem wertvollen Stein verhaftet. Wie kann ich je den mutigen Simorgh erreichen, wenn ich hilflos die Hände über dem Kopf zusammenschlage. Ich löse mich nicht wie das Feuer vom Stein. Entweder sterbe ich oder bekomme den Schatz in die Hände. Mein Schatz muss sichtbar werden. Was kann ein Mann ohne Schatz tun?“

Der Wiedehopf antwortete: „Oh, du bist wie ein Schatz voller Farben. Wie oft stolzierst du, wie viele falsche Entschuldigungen bringst du mir. Deine Beine und dein Schnabel sind voller Herzblut. Du bist wegen des Steins ohne Schatz geblieben. Was ist der Ursprung des Schatzes? Das Färben des Steins. Du bist so schwermütig aus Leidenschaft zum Stein. Wenn die Farbe verblasst, ist der Schatz nur ein Stein. Ohne Stein ist, wer sich der Farbe hingibt. Wer bei ihm ist, will keine Farbe, weil ein Mann des Schatzes keinen Stein begehrt.“

Der Stein des Salomon

Kein Herr hatte solch einen Schatz, wie Salomon ihn an seinem Finger trug. Wegen dieses in einen Ring eingelegten Steins gab es zahlreiche Gerüchte. Er selbst war von sehr geringem Gewicht. Weil Salomon diesen Schatz zu einem Stein im Ring machte, kam auf seinen Befehl hin alles auf die Erde. Als er sah, wie groß sein Reich war, sah er alles unter seinem Willen. Sein Zelt war 40 Farsang[69] groß und der Wind trug ihn auf sein Geheiß. Auch wenn das Zelt so groß war, war es doch nur auf einen Stein von geringem Gewicht gebaut. Er sprach: „Wenn dieses Reich mit allem vom Wert eines kleinen Steins ewig steht, möchte ich nicht, das jemandem in der Welt und im Glauben ein solches Reich vorenthalten bleibt.

S. 273, Verse 908-928

Oh König, ich habe mit den Augen des Einflusses den Sturz dieses Reiches deutlich gesehen. Es ist sofort zerfallen. Gib es niemandem danach noch einmal. Ich habe mit Heer und Reich nichts zu tun und wähle lieber das Netze-Knüpfen.“

Obgleich Salomon durch diesen Schatz zum König geworden ist, so hat dieser ihn an den Weg gebunden. Denn er hat 500 Jahre nach den Propheten mit dem Garten Eden Bekanntschaft gemacht. Wenn dieser Schatz so etwas mit Salomon gemacht hat, wie kann er einem Verwirrten wie dir Gehorsam zeigen? Wenn der Schatz ein Stein ist, schlage nicht so viele Mineralien heraus, sondern gebe deine Seele nur für das Antlitz des Geliebten hin. Trenne dein Herz vom Schatz, Schatzsucher, und sei für den Schatz lieber ständig auf der Suche.

8. Die Rede des Geieradlers

Der Schatten spendende Geieradler trat vor die Menge. Den Königen war sein Schatten ein Geschenk. Denn er kam vom sehr glücklichen Geieradler, der in der Würde am größten war. Er sprach: „Oh Vögel zu Lande und in der Luft, ich bin kein Vogel wie die anderen. Mir sind die hohe Würde und der Rückzug von den Geschöpfen zuteil geworden. Ich verachte den Seelenhund ganz gewiss. Durch mich erhielten Faridun und Dschamschid ihren Ruhm. Die Könige sind in meinem Schatten groß geworden und nicht jeder Bettler ist meiner würdig. Dem Seelenhund gebe ich einen Knochen und dem Geist vor dem Hund Sicherheit. Weil ich der Triebseele immer Knochen gab, erhielt meine Seele einen so hohen Rang. Wenn sich der König aus dem Schatten seiner Federn erhebt, dann

69 Ca. 25 000 Meter.

dreht sich einem der Kopf von seiner Pracht. Alle müssen unter seinen Federn sitzen, um ein wenig von seinem Schatten abzubekommen. Wie kann der stolze Simorgh mein Freund werden, wo ich so oft vom König ausgezeichnet wurde?"

Der Wiedehopf sprach: „Oh, zügele deinen Hochmut und höre auf, Schatten zu verbreiten und mehr noch: lache nicht über mich. Du hast jetzt kein Königsedikt, sondern bist wie der Hund mit dem Knochen.

S. 274, Verse 929-949

Hättest du doch den Königen nichts gezeigt, dann wärst du vernünftiger als ein Knochen. Ich veranlasste selbst, dass alle Könige der Welt nun aus deinem Schatten treten. Aber morgen leiden sie alle ohne ihr Königsamt. Wenn der Herrscher deinen Schatten nicht sieht, wie kann er dann am Jüngsten Tag in Not geraten?"

Mahmud und der Weise

Einer mit reiner Weisheit ging den rechten Weg. Eines Nachts sah er Mahmud im Traum. Er sagte: „Oh, verehrter Sultan der Welt, wie geht es dir im Paradies?" Er antwortete: „Schweig, quäle mich nicht. Was ist schon der Ort eines Sultans? Meine Herrschaft war nur Phantasie und ein Fehler. Wie kann sie mehr als eine Handvoll des Niedrigsten sein? Gott ist der weltbeherrschende König. Ihm gebührt die Herrschaft. Als ich meine Unfähigkeit und Verwirrung bemerkte, schämte ich mich für meine Herrschaft. Wenn du etwas sagst, erwähne nur meine Niedergeschlagenheit. Er ist der König, also nenne mich nicht so. Seine Herrschaft ist die richtige. Ich aber bin zerbröckelt, als wäre ich in Armut zur Welt gekommen. Gäbe es 100 Brunnen, dann wäre ich der Kehrer ohne Rang und kein König. Es gibt jetzt keinen Ausweg: sie verlangen jedes einzelne Korn zurück. Mögen Flügel und Federn des Phönix verdorren, weil er mir in seinem Schatten einen Platz gegeben hat."

9. Die Rede des Falken

Ein Falke trat mit erhobenem Kopf vor die Versammlung und öffnete den Vorhang zum Geheimnis seiner hervorragenden Eigenschaften. Er prahlte von seiner Heeresführung und seiner Abrichthaube und sprach: „Aus Liebe zum Herrn habe ich meine Augen vor den Geschöpfen der Welt verschlossen. Ich schaue nur unter der Haube hervor, um mich auf den Arm des Königs zu setzen. Ich habe viel über richtiges Verhalten gelernt und bin genügsam wie die Asketen. Bis zu dem Tag, da man mich zu meinem König bringt und mich den Dienst lehrt.

S. 275, Verse 950-971

Wie kann ich Simorgh im Traum sehen und wie sinnlos zu ihm eilen? Ein kleiner Happen aus der Hand meines Königs ist genug. In der Welt genügt mir dieser Rang. Da ich keinen Zugang zum Weg habe, hebe ich den Kopf auf der Hand des Königs. Jeder, der des Königs würdig ist, ist vor ihm alles, was er sagt. Es ist besser, wenn ich des Königs würdig bin, als durch die endlose Wüste zu ziehen. Ehre ist, wenn ich auf dem König sitze und mein Leben dort gut verbringen kann. Mal warte ich auf den König, mal jage ich für ihn."

Der Wiedehopf sprach: „Oh, du bist vom Sehen zurückgehalten und von den Eigenschaften fern. Wenn der König im Reich einen Ebenbürtigen hätte, wie könnte die Herrschaft schön für ihn sein? Niemand hat die Herrschaft außer Simorgh, weil er darin keinen Ebenbürtigen hat. König ist nicht, wer sich in jedem Land selbst ohne Verstand zum Führer macht. König ist der, der keinen Ebenbürtigen in Treue und Bescheidenheit hat. Wenn man dem König dieser Welt einmal treu ist, hat man zu einer anderen Zeit ein Problem. Denn je näher man ihm kommt, umso mehr verschwindet man. Man sollte vor dem König ständig auf der Hut sein, da sonst das Leben in Gefahr ist. Der König der Welt ist z.B. wie Feuer. Sei weit genug weg von ihm, denn nur aus der Ferne ist es gut. Halte dich daher von den Königen fern. Oh, Nahestehender des Königs, entferne dich!"

Der König und sein Sklave

Es war ein König von hohem Wesen, der sich in einen silbertragenden Bediensteten verliebt hatte. Er war so verliebt, dass er nicht einen Augenblick ohne den Geliebten sein konnte. Er hatte ihm einen höheren Rang unter den Dienern verliehen, damit er ständig in seiner Nähe sein konnte. Wenn der König im Schloss mit dem Bogen schoss, verging der Diener vor Angst. Denn er hatte ständig einen Apfel zum Ziel, den er auf den Kopf des Dieners setzte.

S. 276, Verse 976-993

Spaltete er den Apfel mit dem Bogen, wurde der Diener aus Furcht krank wie ein Gelbsüchtiger. Als der ahnungslose Mann ihn fragte: „Warum bist du so gelb im rosengleichen Gesicht geworden, wo dir doch so viel Ehre vom König zuteil wird? Sage, woher kommt dieses gelbe Gesicht?" antwortete er: „Er legt einen Apfel auf meinen Kopf. Was ist, wenn mich sein Pfeil verletzt? Sagt er dann, so ein guter Diener war er nicht und in meinem Heer gibt es keinen solchen Feigling? Oder wenn der Pfeil richtig fliegt, dann sagen alle, dass es das Glück des Königs war. Ich winde mich zwischen diesen beiden Sorgen. Wofür setze ich mein Leben der Gefahr aus? Für nichts."

10. Die Rede des Reihers

Dann kam der Reiher nach vorn und sagte: „Meine Vögel und Freunde, mein Platz am Ufer des Meeres ist schön und niemand hat je meinen Gesang gehört. Niemals gibt es ein Wort über meine Qualen. Möge niemand in der Welt von mir gequält werden. Ich sitze schmerzgeplagt am Meeresufer, immer traurig und benommen. Ich bin besorgt vom Wunsch nach dem Wasser. Was mache ich, wenn mir ein Wehklagen entrinnt? Da ich kein Meeresbewohner bin, sterbe ich am Ufer mit trockenen Lippen. Obgleich das Meer auf hunderterlei Weise brodelt, kann ich nicht einen Tropfen daraus trinken. Wenn nur ein Tropfen aus dem Meer fehlt, schmerzt mein Herz aus Eifersucht. Ich besitze so viel Liebe zum Meer, dass mir diese Art der Qual genug ist. Außer den Kummer um das Meer möchte ich nichts. Die Glut nach Simorgh soll zum Schutz nicht sein. Wem der Wassertropfen der Ursprung ist, wie kann er da eine Verbindung zum Simorgh finden?"

Der Wiedehopf sprach: „Oh, du weißt nichts vom Meer. Das Meer ist voller Haie und gefährlicher Lebewesen. Mal ist sein Wasser bitter, mal salzig, mal ist es ruhig und mal voller Gewalt. Es ist stürmisch und haltlos: einmal geht es und dann kehrt es wieder zurück. Vielen Großen hat es das Schiff zerkleinert und viele sind in seine Strudel gefallen und gestorben.

S. 277, Verse 994-1014

Jeder, der darin taucht, hält aus Sorge um das Leben den Atem an. Und wenn jemand in der Tiefe des Meeres einen Atemzug tut, stirbt er wie trockenes, von der Wurzel getrenntes Gestrüpp. Von jemandem, der nicht treu ist, erhofft niemand Mitgefühl. Wenn du dich nicht vom Meer entfernst, wird es dich schließlich in die Tiefe ziehen. Es ist selbst zur Liebe zum Freund entbrannt, mal in einer Welle, mal im Getöse. Wer nicht den Herzenswunsch findet, von dem kannst du auch nicht Herzensruhe erwarten. Das Meer ist eine Quelle von ihm. Warum begnügst du dich damit, ohne ihn zu sehen?"

Der Weise und das Meer

Ein scharfsichtiger Mann ging zum Meer und fragte: „Meer, warum hast du eine dunkelblaue Farbe? Warum hast du das Kleid der Trauer angezogen? Es gibt kein Feuer, warum brodelst du?" Das Meer antwortete dem Gutherzigen: „Weil ich durch den Abschied des Freundes beunruhigt bin und weil ich aus Kleinmut nicht einer von ihm bin, trage ich aus Schmerz um ihn ein dunkelblaues Kleid. Mit trockenen Lippen sitze ich ohnmächtig da. Wegen des Feuers der Liebe brodelt mein Wasser. Wenn ich einen Tropfen aus seiner Paradiesquelle bekäme, wäre ich an seiner Pforte unsterblich. Wenn nicht, sterben wie ich hunderttausend trockene Lippen Tag und Nacht auf dem Weg zu ihm."

11. Die Rede der Eule

Die Eule trat wie eine Verrückte vor und sagte: „Ich wählte eine Ruine. Meine Schwäche entstand durch sie. Ich gehe ohne Wein hinein. Obgleich ich ein schönes Gebäude finden kann, halte ich es für nicht geeignet und verworren. Wer in Gesellschaft sitzen will, muss wie ein Trunkener in eine Ruine gehen. Mühsam baue ich mir dort einen Platz, weil dort der Ort des Schatzes ist. Meine Liebe zum Schatz wurde in der Ruine geweckt und zu ihm finde ich nur dort. Meine Mühe trägt mich weiter als alle, damit ich meinen Schatz ohne Orakel finde.

S. 278, Verse 1015-1034

Wenn ich auf einen Schatz stoße, wird mein Herz wieder frei. Die Liebe zum Simorgh ist nur ein Märchen, weil seine Liebe nicht jedermanns Sache ist. Ich bin nicht geeignet für die Liebe zu ihm, sondern nur für die Liebe zum Schatz und zur Ruine."

Der Wiedehopf sprach: „Oh, du bist berauscht von der Liebe zum Schatz. Ich bekam wie du einen Schatz in die Hand. Wegen des Schatzes betrachte dich selbst als gestorben. Du hast das Leben aufgegeben und bist den Weg nicht bis zum Ende gegangen. Liebe zum Schatz und zum Gold ist ketzerisch. Wer Gold zum Götzen macht, ist ein Götzenverehrer. Gold zu verehren ist Ketzerei. Schließlich gehörst du nicht zum Volk des Samiri.[70] Wessen Herz aus Liebe zum Gold einen Fehler begeht, dessen Gestalt ändert sich am Tage der Auferstehung."

Über die Liebe zum Gold

Ein ahnungsloser Mann hatte ein kleines Gefäß aus Gold. Als er starb, hinterließ er diesen goldenen Becher. Nach einem Jahr sah ihn sein Sohn im Traum in der Gestalt einer Maus mit Augen voller Wasser. Dann sah er, dass er an der Stelle, wo er das Gefäß abgestellt hatte, wie eine Maus herumsuchte. Sein Sohn fragte ihn: „Was machst du hier? Erkläre." Er erwiderte: „Ich legte das Gold an diese Stelle und weiß nicht, ob es jemand gefunden hat." Der Sohn fragte: „Aber warum deine Mausegestalt?" Er antwortete: „Jeder, der die Liebe zum Gold besaß, dessen Gestalt wird so. Schau mich an und nimm den Rat an: Lass ab vom Gold, Junge."

70 Der soll zur Anbetung des goldenen Kalbs verführt haben.

12. Die Rede des Finken

Der Fink kam mit schwachem Herzen und magerem Körper, von Kopf bis Fuß unruhig wie das Feuer. Er sprach: „Ich bin verwirrt, gebrechlich und kraftlos. Ich habe nicht den Mut und die Kraft Moses'. Ich bin so schwach, dass ich noch nicht einmal die Kraft einer Ameise besitze. Ich habe weder Federn, noch Füße, noch sonst irgendetwas. Wie soll ich da zum lieben Simorgh gelangen?

S. 279, Verse 1035-1056

Wie kann so ein schwacher Vogel wie ich zu ihm gelangen? Kann der Fink überhaupt jemals zum Simorgh kommen? In der Welt gibt es so viele, die zu ihm wollen. Wie kann jemand wie ich zur Verbindung mit ihm geeignet sein? Da ich nicht zu ihm gelangen kann, kann ich auch unmöglich den Weg unterbrechen. Wenn ich mich seinem Palast zuwende, sterbe ich oder verbrenne auf dem Weg dorthin. Weil ich nicht für ihn geeignet bin, suche ich lieber nach Joseph im Brunnen. Ich habe ihn einst dort verloren, um ihn schließlich eines Tages wiederzufinden. Wenn ich Joseph aus dem Brunnen rette, fliege ich mit ihm vom Fisch zum Mond."

Der Wiedehopf sprach: „Oh, du bist von Schönheit und Feinheit und selbst im Sturz hundertfach stolz. Wie kann ich dir deine ganze Heuchelei abkaufen? Sie ziemt sich nicht. Mache dich auf den Weg. Schließe den Mund und sag nichts. Denn wenn alle verbrennen, sollst auch du brennen. Wenn du in der inneren Bedeutung zum Beispiel Jakob bist, gibt man dir Joseph nicht. Verwende weniger Tricks. Das Feuer des Eifers brennt ewig und die Liebe zu Joseph ist auf der Welt heilig."

Erzählung von Jakob

Als Joseph von seinem Vater Jakob getrennt wurde, wurde dieser aufgrund der Trennung blind. Wegen der Augen war das Meer aus Blut in völliger Erregung und der Name Josephs war ständig auf seiner Zunge. Gabriel sagte: „Höre auf, von Joseph zu sprechen, sonst löschen wir deinen Namen aus der Reihe der Propheten und Gesandten." Als die Order von Gott an ihn kam, verschwand der Name Josephs von der Zunge, obgleich er ihm ein vertrauter Freund war. Aber in seiner Seele blieb sein Name verankert. Eines Nachts sah er Joseph im Traum und wollte nach ihm rufen. Da erinnerte er sich daran, was Gott befohlen hatte, und dieser erschöpfte Wanderer hielt sich sofort zurück. Aus Erschöpfung ist der reinen Seele jedoch ein schmerzvoller Seufzer entwichen. Als er aus dem schönen Traum vom Platz aufgesprungen war, kam Gabriel und sagte: „Gott sagt:

S. 280, Verse 1057-1079

‚Auch wenn du den Namen Josephs nicht ausgesprochen hast, so hast du doch geseufzt. Ich weiß, was dein Seufzer zu bedeuten hat. Was nützt es, wenn du nun das Gelübde gebrochen hast?‘ Deswegen lässt Er den Verstand zur Leidenschaft werden. Schau die Liebe, die Er an uns übt.“

13. Die allgemeine Haltung der Vögel

Danach nannten die anderen Vögel, eine törichte Gruppe, nacheinander ihre Ausreden. Jeder trug aus Unwissenheit eine andere Entschuldigung vor. Wenn er nicht aus dem Herzen sprach, tat er es halbherzig aus der Vorkammer des Herzens. Wenn ich dir jede einzelne wiedergeben würde, wäre die Liste der Entschuldigungen lang. Jeder hatte eine schlechte Ausrede. Wie kann so jemand den mythischen Vogel auf dem Berg Qaf fangen? Wer ihn will, befreit sich von der Seele und löst mutig die Krallen von ihr. Nicht jeder hat dreißig Vögel im Nest, wenn er nicht verrückt ist, außer vielleicht Simorgh. Wenn du nicht ein bisschen Geduld hast, wie kannst du Simorgh ein Begleiter bei den vierzig Tagen Askese sein? Wenn du wie der Held den Becher Wein auf einmal leert, hast du mit ihm dann in kameradschaftlicher Weise getrunken? Wenn du nicht ein wenig Hitze und Glut hast, wie kannst du dann den Schatz von der Sonne suchen? Wenn du in einem unbedeutendem Tropfen untergehst, wie kannst du dann vom Grund des Meeres bis zur Oberfläche gehen? Von dem, was er selbst ist, von dem gibt keinen Duft. Dies ist nicht die Sache eines Jeden mit ungewaschenem Gesicht.

Fragen der Vögel an den Wiedehopf

Als alle Vögel das hörten, fragten sie einer nach dem anderen den Wiedehopf: „Oh, du gehst uns in der Führung voran. Du bist Siegel des Besseren und Schöneren. Wir sind alle eine schwache und unfähige Gruppe, feder- und flügellos und besitzen weder Macht noch Fähigkeit. Wie können wir zum erhabenen Simorgh gelangen? Wenn es jemandem gelingt, ist das wunderbar. Sag, was unsere Verbindung zu ihm ist, da man nicht blind nach dem Geheimnis suchen kann. Sollte es zwischen uns und ihm eine Verbindung geben, hätte jeder den Wunsch nach ihm. Er ist Salomon und wir sind die armen Ameisen. Schau, woher er kommt und woher wir. Er setzte die Ameise in den Brunnen. Aber wie gelangt sie zum großen Simorgh? Wann hat ein König je um Almosen gebeten und war wie wir auf den Knien?“

S. 281, Verse 1080-1101

Da sprach der Wiedehopf: „Oh, ihr Erfolglosen. Wie kann die Liebe für die Mutlosen eine Wohltat sein? Ihr Armen, wie oft kommen wegen der

Erfolglosigkeit der Verliebte und der Mutlose nicht auf den rechten Weg? Jedem, dem in Liebe die Augen geöffnet werden, der tanzt vor Freude und ist unerschrocken. Wisse, wenn Simorgh aus dem Schleier hervorkommt, ist sein Angesicht wie die Sonne. Er wirft hunderttausend Schatten auf den Staub und dann einen Blick auf die reinen Schatten. Er streut seinen über die Welt und wird zu vielen Vögeln, von denen jeder einzelne sichtbar ist. Die Gestalt aller Vögel der Welt ist sein Schatten, wisse das, Ahnungsloser. Denn wenn du dies zu Beginn weißt, findest du die richtige Verbindung zu ihm. Schaue erst, dann sei und mache dieses Geheimnis nicht bekannt. Wer danach sucht, ist darin versunken. Gott bewahre, dass dies Gott ist, wenn du sprichst. Wenn du suchst, was ich sage, bist du nicht Gott, aber ständig in Gott versunken. Wie kann ein in Gott versunkener Mann eine Inkarnation von ihm und diese Rede eine Übertreibung sein? Wenn du wüsstest, wessen Schatten du bist, wärst du frei, ob du tot bist oder lebendig. Wenn der Simorgh nicht sichtbar wäre, besäße er keinen Schatten. Und wenn er verborgen bliebe, wäre nie ein Schatten auf der Welt. Was hier einen Schatten erzeugt, ist zuerst dort zu sehen. Sieh die Augen Simorghs, wenn er für dich nicht da und das Herz nicht hell wie ein Spiegel ist. Weil niemand Augen von solcher Schönheit hat und es wegen ihr die unvermeidliche Geduld gibt, deswegen kann die Liebe nicht verloren gehen. Aus der vollkommenen Gnade hat er diesen Spiegel geschaffen. Er ist ein Spiegel des Herzens. Sieh in das Herz, um sein Gesicht im Herzen zu sehen."

Der schöne König

Ein König war von solcher Schönheit, wie es in der Welt nichts Vergleichbares gab. Das Weltreich seiner Schönheit war das Buch der Geheimnisse und seine Augen von der Pracht der (Koran-)Verse.

S. 282, Verse 1102-1125

Ich kenne niemanden, der solchen Mut besessen hatte, dass er von seiner Schönheit profitieren könnte. Die ganze Welt wurde von seinem Gesang erfüllt und die Geschöpfe empfanden über alle Maßen Liebe zu ihm. Einmal ritt er mit seinem Pferd Schabdiz mit einem rosenfarbigen Schleier über dem Gesicht aus. Jedem, der einen Blick auf den Schleier warf, schlug man den Kopf vom sündlosen Körper. Wer seinen Namen in den Mund nahm, dem schlug man sofort die Zunge ab. Wer an eine liebevolle Vereinigung dachte, verlor Verstand und Seele wegen dieser Phantasie. An einem Tag starben Tausende aus Liebeskummer wegen ihm. Oh weh, Liebe! Wenn jemand seine Schönheit erblickte, gab er seine Seele auf und starb qualvoll. Aus Liebe zum Antlitz dieses Anmutigen zu sterben, ist besser als hundert lange Leben. Niemand hatte nur ein wenig Geduld und niemand besaß seine Ungeduld. Die Geschöpfe starben unablässig wegen dieses Wunsches. Geduld, oh Wunder, gab es weder mit ihm noch ohne ihn. Hatte jemand einmal das starke Verlangen, zeigte der König sein Gesicht. Wenn jemand die Leidenschaft nicht besaß, ihn zu sehen, hatte er das Verlangen, ihn zu hören. Weil keine Geschöpfe zu einem Mann von ihm wurden, starben alle qualvollen Herzens wegen ihm. Einmal rief er nach einem Spiegel, um einen Blick hinein zu werfen. [Den König beschrieb man als ein Schloss an Schönheit und setzte ihm einen Spiegel gegenüber. Der König war an der Spitze dieses Palastes und schaute dann in den Spiegel.] Sein Gesicht widerspiegelte sich und jeder erhielt von seinem Gesicht ein Zeichen.

Wenn du die Schönheit des Freundes liebst, wisse, dass das Herz der Spiegel seines Angesichts ist. Nimm das Herz und betrachte seine Schönheit. Mache die Seele zu einem Spiegel und sieh seine Herrlichkeit. Dein König ist auf dem prunkvollen Schloss, erleuchtet von der Sonne seiner Schönheit. Sieh deinen König im Herzen und den Thron im Kleinen. Jedes Kleid, was in der Wüste ist, ist ein Schatten des schönen Simorgh. Wenn er dir die Schönheit zeigt, siehst du ihn plötzlich im Schatten.

S. 283, Verse 1126-1145

Wenn alle vierzig Vögel oder auch dreißig Vögel da sind, ist jeder, den du siehst, ein Schatten Simorghs. Weil der Schatten nicht von Simorgh getrennt ist, ziemt es sich nicht, wenn du dich von ihm lossagst. Wenn beide einander entsprechen, lass ab vom Schatten und suche das Geheimnis. Wenn du dich so im Schatten verloren hast, wie kannst du von Simorgh etwas bekommen? Wenn sich für dich eine Tür öffnet, siehst du im Schatten die Sonne. Den Schatten verlierst du in der Sonne aus den Augen. Sieh deshalb die ganze Sonne.

Anekdote von Alexander

Als Alexander, jener annehmbare Mann, einen Boten schicken wollte, war der König der Welt schließlich selbst der Bote. Er zog sich heimlich ein Kleid über und ging selbst. Sagte er dann etwas, hörte niemand darauf, auch wenn er sprach: „Alexander hat dies gesagt." Auf der ganzen Welt wusste niemand, dass der Bote Alexander war. Weil niemand Alexander gesehen hatte, glaubte man ihm nicht, auch wenn jemand sagte, er sei es.

Für den König gibt es einen Weg zu jedem Herzen, aber nicht für ein verirrtes Herz. Wenn der König auch außerhalb fremd ist, sei unbesorgt, denn im Innern ist sein Haus.

Mahmud und Ayaz

Als Ayaz von einem schlechten Auge gepeinigt war, wich die Gesundheit auch aus den Augen des Herrschers. Unfähig fiel er auf das Lager, in Qual, Not und Krankheit. Als Mahmud von der hoffnungslosen Lage hörte, rief er, der Gotteskenner, einen Diener und sagte: „Lauf zu Ayaz und sage ihm: ‚Oh vor dem König in Ungnade Gefallener. Ich bin deinem Gesicht fern, weil ich von dir entfernt bin. Ich bin besorgt wegen deines Leids. Sobald ich an deine Not denke, weiß ich nicht, ob du dich quälst oder ich. Wenn mein Körper auch fern von dem Vertrauten ist, so ist ihm meine liebende Seele doch ganz nah.

S. 284, Verse 1146-1168

Meine Seele verlangt nach dir und ich bin keine Zeit vor dir verborgen. Das schlimme Auge hat etwas Schlechtes getan und dich Lieben krank gemacht.'“ Dies sprach er und setzte fort: „Laufe schnell, schnell wie das Feuer und der Rauch. Und hab Acht, dass du dich nicht aufhältst. Laufe, wie das Wasser vor dem Blitz flüchtet, blitzesgleich. Wenn du nur eine Stunde auf dem Weg pausierst, machen wir dir das Leben schwer.“ Der erstaunte Diener machte sich auf den Weg, bis er schnell wie der Wind zu Ayaz kam. Da sah er den Herrscher schon vor sich sitzen und sein weit blickender Verstand war beunruhigt. Ein Zittern überfiel den Körper des Dieners, als wäre er von ständigen Qualen befallen. Er sprach zu sich: Worauf habe ich mich mit dem König eingelassen? Jetzt wird er mein Blut vergießen. Und er schwor: „Auf dem Weg habe ich weder gestanden noch gesessen. Ich weiß überhaupt nicht, wie der König vor mir ankommen konnte. Ob er mir glaubt oder nicht, wenn ich daran die Schuld trage, bin ich ein Ungläubiger.“ Der König sprach zu ihm: „Du trägst keine Schuld, wenn du so gelaufen bist, Diener. Ich habe einen heimlichen Weg zu ihm, denn ich bin sehr ungeduldig, wenn ich nur einen Augenblick ohne sein Gesicht bin. Ich komme jedes Mal auf einem Weg heimlich zu ihm, sodass niemand in der Welt davon weiß. Heimliche Wege gibt es unter uns viele und in unseren Seelen viele Geheimnisse. Wenn ich von außen eine Nachricht von ihm will, weiß ich bereits im Innern des Vorhangs davon. Wenn ich das Geheimnis vor den Außenstehenden verberge, ist meine Seele inzwischen im Innern mit ihm zusammen.“

14. Die Antwort des Wiedehopfs

Als die Vögel diese Worte hörten, suchten sie nach den alten Geheimnissen. Alle hatten eine Verbindung zum Simorgh, die sie zweifellos auf dem Weg der Liebe gefunden hatten. Wegen dieser Worte kehrten sie alle mitfühlend und gemeinsam singend auf den Weg zurück. Sie fragten den Wiedehopf: „Oh Meister, wenn wir auf dem Weg um Hilfe schreien, dann geschah es, weil es so einen Hochrangigen nicht gegeben hat und für die Schwachen der Weg nie zum Ende führte."

S. 285, Verse 1169-1190

Da sagte der Wiedehopf als Anführer: „Wer verliebt ist, denkt nicht an die Seele. Zu jemandem, der auf die Seele verzichtet, sagt man Verliebter, ob er Asket ist oder in Ausschweifung lebt. Wenn dein Herz zum Feind deiner Seele geworden ist, gib die Seele auf, der Weg ist zu Ende. Die Grenze des Weges ist die Seele. Erweise ihr die Ehre. Dann wirf den Blick aus und schaue. Wenn man dir sagt, du sollst vom Glauben abweichen, und man von dir fordert, dich von der Seele zu lösen, und Du beides aufgibst, vom Glauben und der Seele ablässt, sagt ein Leugner, dass dies richtiger Frevel ist. Aber antworte, dass Liebe höher als Glaube und Unglaube ist. Was hat Liebe mit Unglauben und Glauben zu tun und die Liebenden nur einen Augenblick mit der Seele? Der Liebende richtet mit Feuer alles zugrunde. Wenn man die Säge über seinen Scheitel hält, hält er stand. Die Liebe muss Schmerz und Blut des Herzens haben und eine Geschichte von Problemen. Weinschenk, fülle das Herzblut in den Becher! Wenn du keinen Schmerz wegen uns hast, leihe ihn. Liebe braucht einen enthüllenden Schmerz. Mal deckt sie die Seele auf, mal verhüllt sie sie. Ein bisschen Liebe ist besser als alles, ein bisschen Schmerz besser als alle Liebenden. Liebe ist der immerwährende Kern aller Lebewesen. Aber ohne Schmerz ist die Liebe nicht vollkommen. Für die Himmelswesen gibt es Liebe, aber keinen Schmerz. Der Schmerz ist nur für den Menschen. Wer in der Liebe standhaft ist, geht an Unglauben und Glaubensbekenntnis vorbei. Liebe öffnet dir den Weg zur Armut, und die Armut zeigt dir den Weg zum Unglauben. Wenn dir weder Glauben noch Unglauben bleiben, geht dein Körper verloren und deine Seele bleibt nicht. Daher verhalte dich in dieser Angelegenheit wie ein Mann, der solche Geheimnisse haben muss. Gehe los und fürchte dich nicht, gehe an Unglauben und Glauben vorbei und fürchte dich nicht. Fürchtest du dich, lass ab von der Kindhaftigkeit, trete wieder wie ein starker Mann in dieser Sache hervor. Wenn sich dir auch hundert Gefahren auftun, habe keine Angst, dass du vom Weg abkommst."

S. 286, Verse 1191-1214

DIE GESCHICHTE VOM SCHEICH SAN'AN

Scheich San'an war ein weiser Mann seiner Zeit. In der Vollkommenheit war er mehr alles, was ich sage. 50 Jahre verbrachte er an der heiligen Stätte Mekkas mit 400 Schülern. Jeder Schüler war, oh Wunder, wie er. Er ruhte weder Tag noch Nacht in der Ausübung seiner Askese. Arbeit und Wissen hatte er zum Freund, sowie die Darlegung, die Enthüllung und die Geheimnisse. Er hatte, solange er lebte, nahezu fünfzig Pilgerfahrten im Pilgermonat und weitere in der restlichen Jahreszeit unternommen. Und er hatte unzählige Gebete und Fastenzeiten durchgeführt und keine Bräuche der Sunna ausgelassen. Die Führer, die es vorher gab, verblassten vor ihm. Der gelehrte Mann war schlagfertig und aufmerksam, mächtig an Rang und Würde. Wer krank und schwach war, wurde durch sein Wort wieder gesund. Für die Geschöpfe war er in allem, in Freude und Leid, ein Vorbild und in der Welt ein Meilenstein. Obgleich er sich selbst auch als Vorbild sah, träumte er einige Nächte nacheinander davon, dass er von der heiligen Stätte nach Rom ging und ständig einen Götzen anbetete. Nachdem er das geträumt hatte, sprach der Umsichtige der Welt: „Wehe jene Zeit, da der erfolgreiche Joseph in den Brunnen fiel und schwere Gefahren auf dem Weg lauerten. Ich weiß nicht, wie lange ich wegen dieses Schmerzes leben kann. Ich würde dem Leben entsagen, wenn ich den Weg des Glaubens gehen könnte."

Es gibt niemanden auf der ganzen Welt, der nicht solche Gefahren auf dem Weg hätte. Wenn er sie jetzt beendet, wird sein Weg zu Gott erleuchtet. Bleibt er aber in der Gefahr, wird für ihn der Weg länger. Schließlich sagte der weise Gelehrte zu seinen Schülern: „Mir ist die Aufgabe zugefallen, dass ich bald nach Rom gehen muss, damit die Deutung dieses Traums klar wird." Die vierhundert verehrten Schüler folgten ihm auf die Reise von der Kaaba bis zum entfernten Rom und gingen dort von einem Ende zum anderen.

Da gab es einen hochgelegenen Aussichtspunkt, auf dem ein Christenmädchen mit heiligen Eigenschaften saß, das auf dem Weg zu Christus hundert innere Erkenntnisse hatte.

S. 287, Verse 1215-1239

Am Himmel über der Schönheit auf dem herrlichen Turm schien die Sonne unendlich. Doch sie war aus Neid wegen des Bildes ihres Gesichts blasser als die Verliebten in ihrer Umgebung. Wer sein Herz an die Locken der Geliebten band, band sich in dem Gedanken an sie den Gürtel der Christen um. Wer dem Rubin jener Geliebten die Seele hingab, hatte sich unterworfen, noch ehe er den Fuß auf den Weg setzte. Während der Windhauch wegen ihrer Locke den Moschusduft annahm, war Rom für diese Moschusartige ein Schutz. Ihre Augen waren eine Versuchung für die Verliebten und ihre Augenbrauen ein gewölbter Bogen. Wenn ihr Blick auf einen Verliebten fiel, vergaß er seine Seele wegen eines Augenzwinkerns. Die Brauen über dem Mond ihres Gesichtes waren zu einer gewölbten Kuppel gebunden, auf der der Blick der Menschen ruhte. Wenn sie einen Blick auf die Leute warf, jagten die Seelen von Hunderten danach. Ihr Gesicht strahlte unter den Locken und das Leuchten hatte viel Kraft. Ihr benetzter Rubinmund hatte eine Welt von Dürstenden, ihre trunkenen Narzissenaugen tausende schmaler, kurzer Wimpern. [Wer nach ihrer Quelle dürstete, dem wurde jede ihrer Wimpern zu hundert Dolchen im Herzen]. Über ihren Mund konnte man nichts sagen, denn wer darüber sprach, wusste nichts. Die Form ihres Mundes war wie das Auge einer Nadel und der Gürtel der Christen wie ihre Locken um die Taille geschlungen. Sie hatte einen silbernen Brunnen in ihrem Kinngrübchen und lebte wie Jesus in der Rede. Hunderttausend Herzen sind wie Joseph im Blut ertrunken und wie er in den Brunnen gefallen. Einen Sonne reflektierenden Schatz hatte sie in ihrem Haar und einen schwarzen Schleier von Haaren über ihrem Antlitz.

Als die Christin diesen ergriff, erfasste den Scheich das Feuer. Wenn sich unter dem Schleier ihr Gesicht zeigte, legten Hundert den Christengürtel wegen eines ihrer Haare an. Obgleich der Scheich dies vorhergesehen hatte, beugte er sich der Liebe zu diesem Götzengesicht. Er war völlig außer sich, wurde ihr gleich und verlor seinen Platz. Alles, was er hatte, wurde nach und nach zerstört. Wegen der Hitze des Feuers wurde sein Herz zu Rauch. Die Liebe zum Mädchen erbeutete seine Seele und der Unglaube floss aus ihren Locken über seinen Glauben. Der Scheich gab seinen Glauben auf und kaufte das Christentum, er verkaufte die Unversehrtheit und erstand die Schmach. Die Liebe siegte über seine Seele und sein Herz, bis er völlig hoffnungslos und des Lebens müde war.

S. 288, Verse 1240-1264

Er sprach: „Wenn der Glaube geht, was ist dann anstelle des Herzens? Die Liebe zur Christin ist schwierig.“ Als seine Schüler ihn so gequält sahen, wussten alle, was geschehen war. Alle waren darüber erstaunt, bestürzt und verwirrt. Sie gaben ihm Ratschläge, aber es war ohne Erfolg und es gab keine Linderung. Wenn ihm auch jemand einen Rat gab, befolgte er ihn nicht. Denn für seinen Schmerz gab es kein Heilmittel. Wie kann ein ruheloser Verliebter einen Rat befolgen? Wie kann es für einen unstillbaren Schmerz ein Heilmittel geben? Den ganzen langen Tag bis zur Nacht blieb sein Blick auf die Aussichtsplattform geheftet und sein Mund offen.

Wie die dunkle Nacht sich im schwarzen Haar verbarg, so versteckte sich der Unglaube hinter der Sünde. Jedes Licht, das im Herzen des traurigen Alten entfacht war, wurde in jener Nacht zu einem Stern. Seine Liebe verhundertfachte sich in jener Nacht und plötzlich war alles sinnlos. Er löste das Herz von sich und der Welt, streute sich Staub über das Haupt und trauerte. Er konnte nicht einen Augenblick weder schlafen noch ruhen, sondern bebte aus Liebe und litt vor Qual. Er sprach: „Oh Herr, heute Nacht gibt es für mich keinen Tag oder die Kerze des Himmels brennt nicht. Ich übte Nächte lang Askese wie es niemand bislang getan hat. Wie eine Kerze kann ich wegen des Brennens nicht schlafen, und in meinem Herzen ist nichts außer Herzblut. Man befreit mich vom Brennen wie eine Kerze, nachts zündet man sie an und am Tag löscht man sie. Die ganze Nacht verbringe ich im Herzblut, von Kopf bis Fuß darin versunken. Jeder Augenblick der Nacht vergeht mit Überfällen, und ich weiß nicht, wie der Tag vergeht. Jedem, dem die Nacht wie der Tag war, hat Tag und Nacht gelitten. Tag und Nacht bin ich so im Fieber, und am Abend beginnt mein Tag. Am Tag widmet man sich meiner, damit man mich in der Nacht überfällt. Oh Herr, heute Nacht wird kein Tag sein, und die Kerze der Sonne wird nicht leuchten. Oh Herr, heute Nacht gibt es so viele Zeichen. Ist heute gar Tag der Auferstehung? Oder starb die Kerze der Sonne durch meinen Seufzer? Oder hat sie sich aus Scham vor meiner Geliebten hinter dem Vorhang verborgen? Die Nacht ist lang und schwarz wie ihr Haar, ohne ihren Anblick sterbe ich auf hundert Arten.

S. 289, Verse 1265-1289

Ich verbrenne heute Nacht aus Verlangen nach der Liebe, aber ich habe nicht die Geduld des Aufruhrs der Liebe. Wo ist das Leben, damit ich den Kummer lobe oder über mein Verlangen klage? Wo ist die Geduld, damit ich es ertrage oder wie die Männer den Becher leere, der Männer umwirft? Wo ist das Glück, damit es aufrüttelt oder mich in der Liebe zu ihr unterstützt? Wo ist der Verstand, damit ich zu wissen gelange oder mit List den Verstand zu mir bringe? Wo ist die Hand, damit ich mir den Staub des Weges über das Haupt streue oder es aus dem Staub und Blut erhebe? Wo ist der Fuß, damit ich die Nähe der Geliebten aufsuche, wo das Auge, um ihr Gesicht wieder zu sehen? Wo ist der Gefährte, um mir in meinem Kummer beizustehen, wo der Freund, um einen Augenblick meine Hand zu halten? Wo ist die Kraft, damit ich weinen und klagen kann, wo das Bewusstsein, um mich wieder zu besinnen? Verstand, Geduld und Freund sind gegangen. Was ist das für eine Liebe und was für ein Schmerz? Was ist das?“

Alle Freunde hatten Mitgefühl für ihn und kamen wegen seines Klagens zusammen. Ein Gefährte sagte zu ihm: „Oh Scheich der Großen, widerstehe der Versuchung und führe die rituelle Reinigung durch.“ Der Scheich antwortete: „Heute Nacht habe ich hundertmal die rituelle Reinigung vom Herzblut durchgeführt, Ahnungsloser." Ein anderer fragte: „Wo ist deine Gebetskette? Wie kann sich deine Sache ohne sie wieder richten?" Er erwiderte: „Ich legte meine Gebetskette aus der Hand, damit ich mir den Gürtel der Christen umbinden konnte." Ein weiterer fragte: „Oh weiser Alter, wenn dir ein Fehler widerfahren ist, bereue es." Er antwortete: „Ich habe aus Ehrgefühl Buße getan, und jetzt büße ich für das Scheichtum und das verborgene Tal." Ein anderer fragte: „Oh Kenner der Geheimnisse, richte dich auf und sammle dich zum Gebet." Der Scheich fragte: „Wo ist die Richtung zu ihrem Götzenbild? Solange es nicht zu sehen ist, kann ich auch nicht beten." Ein weiterer fragte: „Wie lange noch solche Worte? Stehe auf und bete in Abgeschiedenheit zu Gott." Der Scheich erwiderte: „Wenn mein Götzengesicht hier ist, ist die Anbetung vor ihm schön." Wieder einer fragte: „Bedauerst du es nicht? Spürst du nicht einen Augenblick Schmerz um Deinen Islam?" Der Scheich sprach: „Niemand ist reuevoller als ich, aber warum war ich vorher nicht verliebt?" Einer sagte: „Der Dämon hat deinen Weg gekreuzt und dein Herz mit dem Pfeil der Verlassenheit beschossen." Der Scheich fragte: „Wo ist der Dämon, der meinen Weg gekreuzt hat? Sag ihm, er soll es tun, weil er es geschickt und schön tut."

S. 290, Verse 1290-1314

Wiederum sagte einer: „Jeder, der davon weiß, sagt, dass der Weise sich verirrt hat." Der Scheich erwiderte: „Ich bin so frei von Namen und Würde und zerbrach das Glas der Heuchelei mit einem Stein." Einer sagte: „Die alten Freunde sorgen sich um dich, und ihr Herz ist gespalten." Der Scheich sagte dazu: „Weil das Christenkind so heiter ist, hat sich das Herz von der Sorge um dieses und jenes gelöst." Einer forderte ihn auf: „Verbünde dich mit den Freunden, damit wir uns heute Nacht wieder in Richtung Kaaba begeben." Der Scheich sagte: „Wenn es die Kaaba nicht gibt, dann gibt es ein christliches Kloster. In der Kaaba bin ich nüchtern, im Kloster berauscht." Einer sagte: „Gehe jetzt, setze dich an die heilige Stätte und bitte um deine Vergebung." Der Scheich erwiderte: „Mit dem Kopf an der Schwelle jenes Götzenbildes werde ich um Vergebung bitten, lass ab von mir." Ein anderer fügte hinzu: „Die Hölle lauert auf dem Weg. Wer davon weiß, kommt nicht in die Hölle." Der Scheich sprach: „Wenn die Hölle mein Begleiter ist, mögen sieben Höllen wegen eines meines Seufzers brennen." Einer flehte ihn an: „Kehre in der Hoffnung auf das Paradies um und bereue diese schlechte Angelegenheit." Der Scheich erwiderte: „Wenn es die paradiesgesichtige Freundin gibt, brauche ich kein Paradies, denn ist es hier." Einer sagte: „Schäme dich vor Gott, schäme dich wahrlich vor dem erhabenen Gott." Der Scheich antwortete: „Dieses Feuer hat Gott in mir entfacht, ich kann nicht die Verantwortung dafür übernehmen." Ein anderer forderte: „Beruhige dich, erneuere den Glauben und werde gläubig." Der Scheich sprach: „Verlange von mir Erstauntem nichts außer Unglauben. Wer ungläubig wurde, von dem verlange keinen Glauben."

Da die Worte bei ihm nicht wirkten, ließen sie schließlich vom Liebeskranken ab. Der Vorhang ihrer Herzen wogte vom Blut, bis er irgendwann selbst aus dem Vorhang herauskommen und wie ein Türke am letzten Tag mit goldenem Schild dem Hindu in der Nacht mit einem Schwert den Kopf abschlagen würde.

Am anderen Tag, als die Welt voller Klagen zu einem lichtdurchtränkten Meer durch die Quelle der Sonne wurde, ging der Scheich zum entlegenen Ort der Geliebten und tat sich mit ihren Hunden zusammen. Der heimliche Anbeter saß im Staub ihres Weges und wurde so dünn wie ein Haar von ihrem mondgleichen Anblick. Er harrte fast einen Monat Tag und Nacht in ihrer Nähe wegen der Sonne ihres Angesichts aus. Schließlich wurde der unglücklich Verliebte krank und konnte seinen Kopf nicht mehr von der Schwelle heben. Der Staub in der Nähe dieses Götzen wurde zu seinem Krankenlager, ihre Türschwelle zu seinem Kopfkissen.

S. 291, Verse 1315-1339

Weil er nicht von ihrer Seite wich, erfuhr das Mädchen von seiner Liebe. Jene Schönheit stellte sich unwissend und fragte: „Oh Scheich, warum bist du so unruhig? Wie kommt es, vom Wein der Vielgötterei Betrunkener, dass die muslimischen Asketen bei den Christen sitzen? Wenn der Scheich sich zu meinen Locken bekennt, trägt jedes Wort Früchte der Verrücktheit." Der Scheich sprach zu ihr: „Wenn du mein Wort vernahmst, weißt du sicher, dass du mir das Herz gestohlen hast. Gib mir entweder mein Herz zurück oder verbünde dich mit mir. Sieh mein Bedürfnis und kokettiere nicht so viel. Lass die Koketterie und den Dünkel und sieh mich Verliebten, Weisen und Fremden an. Meine Liebe ist nicht oberflächlich, Schönheit. Trenne meinen Kopf vom Körper oder verstehe. Ich opfere mein Leben für dich, wenn du es befiehlst. Und wenn du willst, kannst du auch mit deinen Lippen Leben schenken. Oh, deine Lippen und deine Locken sind mein Schaden und mein Nutzen. Dein Gesicht und dein Umfeld sind mein Bestimmungsort und mein Wohl. Lasse nicht zu, dass mich der Glanz deiner Locken in Erregung versetzt und ich wegen deiner trunkenen Augen nicht schlafe. Mein Herz ist wie Feuer und mein Blick feucht wie Wolken wegen dir. Wegen dir bin ich allein, ohne Freund und Geduld, ohne dich leidet meine Seele viele Qualen. Sieh, was ich durch die Liebe zu dir für einen Nutzen habe. Die Tränen fließen wie Regen aus meinen Augen, denn ohne deinen Anblick ist es so. Mein Herz verharrt durch den Anblick in Trauer. Mein Auge sieht dein Gesicht und das Herz ist bekümmert. Niemand erlebte, was ich erlebt habe. Und was ich erleide, hat niemand erlitten. Außer Herzblut kommt nichts aus dem Herzen. Wie lange soll ich Herzblut trinken, wenn das Herz verschwunden ist. Erleg dem Armen nicht noch mehr auf, zerstöre nicht den schönen Augenblick. Mein Leben ist im Stadium des Abwartens. Wenn es eine Verbindung gibt, muss es Schicksal sein. Jede Nacht bringe ich die Seele in einen Hinterhalt und setze sie aufs Spiel für dich. Ich gebe mein Leben für den Staub an deiner Tür und schätze die Seele gegenüber dem Wert des Staubes gering. Wie oft muss ich an deiner Tür weinen? Öffne sie und verbinde dich einen Augenblick mit mir. Du bist die Sonne, wie kann ich fern von dir sein? Ich bin der Schatten, wie kann ich ohne dich standhaft sein? Obgleich ich aus Besorgnis wie ein Schatten bin, springe ich in dein Fenster wie die Sonne. Ich bringe sieben Gewölbe aus den Federn hervor, wenn du dich mir Verwirrtem zuwendest.

S. 292, Verse 1340-1364

Ich gehe mit dem Staub, mit brennender Seele. Wegen des Feuers meiner Seele ist eine Welt verbrannt. Mein Fuß ist wegen der Liebe zu dir im Schlamm stecken geblieben, und meine Hand liegt aus Leidenschaft zu dir auf dem Herzen. Wegen des Wunsches nach dir ist das Leben aus mir gewichen. So viel du auch bist, vor mir bist du verborgen."

Das Mädchen sprach: „Schwachsinniger Alter, weißhaarig und eingehüllt in eine Leichentuch, schäme dich. Wenn dein Atem kalt ist, suche nicht nach dem Zusammensein; wenn du alt bist, hege nicht die Absicht, dich zu verlieben. Die Absicht, dich zu begraben, steht dir besser als die Absicht nach mir. Wie kannst du zur Herrschaft kommen, wenn du nicht einmal Brot findest." Der Scheich sprach zu ihr: „Und wenn du hunderttausend Mal sagst, dass ich außer Liebeskummer zu dir nichts habe, bei einem Liebenden – ob jung oder alt – hinterlässt die Liebe Spuren im Herzen." Das Mädchen sagte: „Wenn du ein richtiger Mann bist, musst du vier Dinge tun: Knie in Anbetung vor dem Götzen nieder und verbrenne den Koran, trinke Wein und verschließe den Blick vor dem Glauben." Der Scheich sprach: „Wein habe ich getrunken, aber mit den anderen drei Dingen habe ich nichts zu tun. Ich weiß, dass ich es wegen deiner Schönheit tat, aber mit den anderen Dingen weiß ich nichts anzufangen." Das Mädchen sagte: „Wenn du geschickt bist, musst du dich auch vom Islam lösen. Wer nicht so wie seine Geliebte wird, dessen Liebe ist nur Farbe und Duft." Der Scheich erwiderte: „Ich tu alles, was du sagst. Was du anordnest, befehle ich der Seele. Ich bin ein Ring in Deinem Ohr, oh du mit dem silbernen Körper. Wirf einen Ring deiner Locken über meine Kehle." Sie sprach: „Komm, steh auf und trinke Wein. Wenn du Wein trinkst, beginnst du, die Fassung zu verlieren."

Man trug den Scheich in ein Mönchskloster und die Schüler fingen an zu klagen. Der Scheich Gottes sah viele neue Gäste und den Gastgeber von unermesslicher Schönheit. Das Feuer der Liebe trug seine Ehre weg und die Locken der Christin zerstörten sein Leben. Nicht das Geringste blieb von seinem Verstand und er schwieg an diesem stillen Ort. Den Weinkelch erhielt er aus der Hand seiner Geliebten. Er trank und vergaß sich völlig. Als Wein und die Liebe der Geliebten zusammen waren, wurde die Liebe zu diesem Mond plötzlich hunderttausendfach. Der Scheich wurde wie ein unerfahrener, übermütiger Gefährte, der ihren Rubinmund im Becher lachen sah.

S. 293, Verse 1365-1389

Das Feuer der Leidenschaft hatte seine Seele befallen, und ein blutiger Strom ist aus seinen Augen geflossen. Er wollte noch weiteren Wein, trank und gehorchte ihren Locken.

Er kannte fast hundert Sammlungen der Religion und war ein Meister in der Kenntnis des Korans. Als er ganz unter dem Einfluss des Weins stand, verging seine Klage, und er begann zu prahlen. Er hatte alles vergessen, was er gelernt hatte. Wenn der Wein kam, ging sein Verstand. Jede Bedeutung, die er zuerst hatte, wusch der Wein von der Tafel seines Herzens. Die Liebe zu jener Geliebten blieb für ihn stark, und alles, was es sonst noch gab, wurde ausgelöscht. Wenn der Scheich betrunken war, verstärkte sich seine Liebe. Seine Seele geriet wie das Meer in Wallung. Sah der Scheich betrunken und mit dem Wein in der Hand jenes Idol, verlor er sich mit einem Mal. Er war verliebt und wollte sich im Weingenuss plötzlich an ihren Hals werfen. Das Mädchen sprach: „Du bist kein richtiger Mann, keiner, der Anspruch auf bedeutungsvolle Liebe hat. Wenn du so verliebt bist, dann musst du die Religion dieser Locken annehmen. Bekehre dich wie meine Locken zum Unglauben, denn sonst ist die Liebe nicht echt. Unversehrtheit ist mit Liebe nicht vereinbar. Wisse, dass der Liebende sich mit dem Unglauben verbindet. Wenn du dich wie ich zum Unglauben bekennst, kannst du mir sofort um den Hals fallen. Wenn du mir nicht nachahmen willst, dann geh, hier sind Stock und Mantel."

Der verliebte Scheich war verloren. Er hatte sich plötzlich aus Nachlässigkeit verliebt. Damals war er nicht betrunken, und nicht einen Augenblick war er am Ende des Daseins. Jetzt, weil der verliebte Scheich betrunken war, ging er zugrunde und verlor alles. Er hatte nicht widerstanden und war entehrt. Er fürchtete sich vor niemandem und war Christ geworden. Der sehr alte Wein wirkte in ihm und drehte den Scheich wie einen Zirkel. Der Alte hatte alten Wein und eine junge Liebe. Wenn die Geliebte da ist, wer kann da standhaft bleiben? Er war zerstört, verloren und betrunken. Weil er betrunken und verliebt war, verlor er alles. Er sprach: „Ich bin kraftlos, oh Mondgesichtige. Sag, was du von mir Verliebtem willst. Wenn ich Götzenanbeter nicht zu Verstand gekommen bin, möge ich vor dem Götzen betrunken das heilige Buch verbrennen."

S. 294, Verse 1360-1413

Das Mädchen sagte zu ihm: „Jetzt bist du mein Mann. Mögest du gut träumen, weil du mein bist. Vorher warst du in der Liebe völlig unerfahren. Freue dich, denn du bist reif geworden."

Als die Nachricht die Christen erreichte, dass der Scheich ihren Weg eingeschlagen hatte, brachten sie ihn betrunken in ein Kloster. Dann sagten sie, er solle den Gürtel der Christen umbinden. Als der Scheich vom Gürtel umwunden war, verbrannte er das Derwischkleid und es war geschehen: Er hatte sich von seiner Religion befreit und erinnerte sich weder an die Kaaba noch an das Scheichtum. Nach vielen Jahren des richtigen Glaubens war er nun wieder wie ein unerfahrener Jüngling geworden. Das Ziel des Derwischs verlassend und sich der Liebe zu einer Christin hingebend, sagte er zu sich: Was sie auch sagt, das befolge ich. Ich werde auch noch Schlechteres tun, als ich bereits getan habe. An den Tagen der Vernunft war ich kein Götzenanbeter. Ich wurde zu einem solchen, als ich betrunken war. Es gibt viele, die wegen des Weins den Glauben verloren haben, zweifellos macht dies der Wein, die Mutter alles Schmutzigen.

Der Scheich sprach zu ihr: „Was bleibt, Geliebte? Ich habe alles getan, wie du sagtest, was noch? Ich habe aus Liebe Wein getrunken und den Götzen angebetet. Niemand möge das erleben, was ich erlebt habe. Jemand wie ich ist aus Liebe wahnsinnig und würdelos geworden. Fast fünfzig Jahre lang war mein Weg offen, und das Meer der Geheimnisse schlug Wellen in meinem Herzen. Ein wenig Liebe kam plötzlich aus dem Hinterhalt und machte alles von mir zunichte. Die Liebe hat vieles gemacht und tut es noch. Sie hat das Derwischkleid durch den Christengürtel ersetzt. Die Kaaba ist zur Tafel des Alphabets der Liebe geworden und der Kenner des Verborgenen ein Verwirrter der Liebe. Dies ist alles verloren. Sag etwas. Wie lange willst du mit mir zusammen sein? Die Verbindung zu dir war der Grund. Alles was ich tat, geschah in der Hoffnung auf eine Vereinigung. Ich möchte die Verbindung, und dass wir einander bekannt werden. Wie oft soll ich in der Trennung brennen?"

Das Mädchen erwiderte: „Gefangener Alter, ich habe eine hohe Mitgift, und du bist so arm. Ich brauche Gold und Silber, du Ahnungsloser. Wie kannst du ohne Gold und Silber zu etwas kommen? Da du nichts besitzt, pack dich und geh. Nimm deinen Lebensunterhalt von mir, Alter, und geh.

S. 295, Verse 1414-1435

Geh wie die Sonne und sei allein. Gedulde dich wie ein Mann und sei ein Mann.“ Der Scheich antwortete: „Silbergestalt, du brichst das Versprechen der Verbindung. Ich habe niemanden außer dir, du Schönheit. Sag doch nicht so etwas. Jeden Augenblick bin ich auf andere Weise der Liebe verfallen und habe den Kopf verloren. Weil ich alles befolgte, was du gesagt hast, habe ich für dich alles gegeben. Durch die Liebe zu dir habe ich alles erfahren: Unglauben, Glauben, Schaden und Nutzen. Was erwartest du von mir Haltlosem? Du hast mir keinen Halt gegeben. Alle meine Freunde haben sich von mir abgewendet und sind mir zum Feind geworden. Was ist mit dir, was mit ihnen, und was soll ich tun? Da weder Herz noch Seele mehr da sind, was soll ich tun? Ich würde lieber mit dir, hohes Wesen, in der Hölle sein, als ohne dich im Paradies.“

Als der Scheich schließlich zu einem ihrer Männer geworden war, erregte das bei jenem Mond Mitgefühl wegen seines Schmerzes. Sie sprach: „Als Mitgift, Unvollkommener, sollst du jetzt für mich ein Jahr lang Schweine hüten. Wenn das vorüber ist, werden wir zusammenleben in Freude und Leid.“ Der Scheich widersetzte sich nicht dem Befehl der Geliebten, denn sonst würde er nicht zu ihr finden. So ging der Weise der Kaaba und Scheich der Großen ein Jahr lang Schweine hüten.

Im Wesen eines Jeden gibt es hundert Schweine. Entweder müssen sie verbrannt oder der Gürtel der Christen umgebunden werden. Du glaubst, Unbekannter, dass nur der Scheich in diese Gefahr geraten ist. Aber in jedem gibt es diese Gefahr. Sie kommt dann hervor, wenn man sich auf die Reise begibt. Wenn du nichts über deinen Seelenhund weißt, ist es schwer entschuldbar, wenn du nicht ein Mann des Weges bist. Wenn du aber wie ein richtiger Mann den Fuß auf den Weg setzt, wirst du hunderttausend Götzen und Schweine sehen. Töte das Schwein und verbrenne den Götzen in der Wüste der Liebe. Wenn du es nicht tust, werde wie der Scheich durch die Liebe entehrt.

Nachdem der Scheich schließlich zu einem Christ geworden war, kam es in Rom zum Tumult. Seine Gefährten waren derart hilflos, dass sie nicht wussten, was sie tun sollten. Als sie seine Lage sahen, wandten sie sich von ihm ab. Sie flohen alle vor seinem Unglück und streuten sich im Kummer um ihn Staub über das Haupt.

Unter ihnen gab es einen hartnäckigen Freund, der zum Scheich kam und fragte: „Oh Schwacher, wir gehen heute zur Kaaba zurück. Was sagst du dazu? Es muss wieder ein Geheimnis ausgesprochen werden. Entweder werden wir alle wie du ein Christ und machen die Ehrlosigkeit zum Heiligtum und binden uns den Christengürtel um, weil wir dich nicht allein lassen wollen. Oder, weil wir dich nicht so sehen können, fliehen wir jetzt schnell ohne dich, ziehen uns zum Gebet an der Kaaba zurück und lösen uns von dir." Der Scheich sprach: „Meine Seele war voller Schmerzen. Ihr solltet schnell gehen, wohin ihr wollt. Solange ich lebe, genügen mir das Kloster und die Christin. Ihr wisst gar nicht, wie frei ihr seid, weil ihr hier nichts zu tun habt. Wenn ihr nur einen Augenblick verstehen würdet, wärt ihr mir Gefährten im Leid. Kehrt zurück, ihr lieben Gefährten. Aber ich weiß nicht, wohin das sein wird. Wenn jemand nach mir fragt, sagt die Wahrheit, wo dieser verirrte Unglückliche ist. Er blieb mit den Augen voller Blut und dem Mund voller Gift im Maul des Schicksalsdrachen. Kein Ungläubiger der Welt würde das akzeptieren, was dieser Alte des Glaubens gemacht hat. Man zeigte ihm nur von fern das Haar einer Christin und er verlor Verstand, Glauben und die Scheichwürde. Als er sich ihre Locken um den Hals wand, verwarf er alle guten Worte seiner Geschöpfe. Wenn mich jemand tadelt, sag, dass so etwas oft auf dem Weg geschieht. Auf diesem Weg, der weder Anfang noch Ende hat, ist niemand vor List und Gefahr sicher."

Dies sprach er, wandte sich von seinen Freunden ab und ging, um die Schweine zu hüten. Die Freunde weinten sehr aus Sorge um ihn. Weder konnten sie aus Schmerz um ihn sterben, noch lebten sie. Schließlich gingen sie mit durch das Brennen des Körpers schmelzender Seele zur Kaaba zurück. Und ihr Scheich blieb dem Glauben entsagt und zum Christ geworden allein in Rom. Sie waren aus Beschämung bestürzt, und jeder zog sich in eine Ecke zurück. Bei der Kaaba hatte der Scheich feste Freunde, aber wegen eines Verlangens hat er sich von allem gelöst. Er war so weise und so ein guter Führer gewesen. Einen Klügeren als ihn hatte es nicht gegeben.

S. 297, Verse 1465-1487

Doch als sich der Scheich von der Kaaba aus auf die Reise begeben hatte, war er etwa nicht mehr so?

Als ein Schüler des Scheichs in Mekka eintraf, sah er, dass dessen Ruheplatz leer war. Sogleich fragte er die Schüler nach ihm, und sie erzählten ihm alles, was geschehen war, was er plötzlich für eine Last zu tragen hatte und was aus seinem Ansehen geworden war. Dass er wegen des Haares einer Christin den Weg zum Glauben in hundert Richtungen geschlossen hatte, dass er jetzt mit Locke und Schönheitsmal in Liebe verbunden, sein Derwischkleid zu einem Schwindel geworden und seine Lage unerträglich war. Er hatte die Hand vollkommen von der Verehrung genommen und hütete Schweine. Jetzt trug der von Schmerz Geplagte einen Christengürtel und schlug das Kreuz. Obgleich der Scheich in der Religion so beflissen gewesen war, kenne man ihn wegen seines ungläubigen Auftretens nicht wieder.

Als der Schüler die Geschichte hörte, standen ihm aus Verwunderung die Sorgenfalten im Gesicht und er klagte. Zu den Schülern sagte er: „Ihr Sünder, ihr seid in der Treue weder Mann noch Frau. Ein auf Abwege geratener Freund braucht besonders in diesen Tagen hunderttausend hilfreiche Freunde. Wenn ihr seine Freunde wart, warum habt ihr die Freundschaft zu ihm nicht fortgesetzt? Schämt euch! Ist das Freundschaft? Ist das Dankbarkeit und Treue? Weil er den Christengürtel ergriff, hättet ihr ihn alle ebenfalls umbinden müssen. Absichtlich hätte man ihn nicht davon abbringen können. Alle hätten Christen werden müssen. Das ist keine Freundschaft. Was ihr tatet, war Heuchelei. Wer seinem Freund helfen will, muss auch ein Freund bleiben, selbst wenn er zu einem Ungläubigen wurde. In unglücklichen Zeiten erkennt man den Freund, von denen es im Glück Hunderttausende gibt. Wenn der Scheich in das Maul des Walfisches gerät, fliehen alle von Rang und Namen vor ihm. Die Liebe hat ein Fundament aus Verruf, und wer da hineingeraten ist, ist unerfahren."

Alle sprachen: „Mehr noch als das, was du sagst. Wir redeten mehrfach auf ihn ein. Wir hatten die Absicht, uns ihm anzuschießen, Gefährten zu sein in Freude und Leid, die Askese aufzugeben und die Schmach zu übernehmen, den Glauben wegzuwerfen und das Christentum zu erkaufen. Aber der Rat, den uns der tüchtige Scheich gab, war, dass wir uns von ihm abwenden sollten.

S. 298, Verse 1489-1513

Weil der Scheich keinen Nutzen in unserer Freundschaft sah, hat er uns schnell zurückgeschickt. Und wir sind alle auf sein Geheiß hin umgekehrt, erzählten die Geschichte und verbargen das Geheimnis nicht."

Da sprach der Schüler zu den Männern: „Wenn ihr richtig gehandelt hättet, wäre nur das Tor Gottes euer Platz, und ihr wäret vollkommen mit Gott verbunden und vor den Geschöpfen verborgen. Es hat sich jeder einmal vor Gott beschwert. Wenn Gott euch beunruhigt gesehen hätte, hätte er dem Scheich auch die Erwartungslosigkeit zurückgegeben. Wenn ihr mit dem Scheich umsichtig umgegangen wärt, warum hättet ihr dann das Tor Gottes überhaupt verlassen sollen?" Als sie diese Worte über ihre Schwäche vernommen hatten, erhob niemand mehr seinen Kopf vor ihm. Der Mann sprach: „Was nützt jetzt diese Scham? Wo es nun geschehen ist, müssen wir schnell handeln. Wir müssen an der Schwelle Gottes sein und den Staub der Beschwerde über uns werfen. Wir alle müssen Hemden aus Papier anziehen und schließlich zusammen zu unserem Scheich gehen."

Sie gingen alle nach Rom und waren im Verborgenen Tag und Nacht in heimlicher Anbetung. Denn am Tor Gottes hat jeder hunderttausend Fürbitten oder Klagen. So bewegten sie sich alle 40 Tage und Nächte lang nicht von der Stelle. In den Nächten aßen und schliefen sie nicht, und an den Tagen gab es ebenfalls weder Brot noch Wasser. Vom flehenden Bitten dieser reinen Menge fing der Himmel an, heftig zu beben. Die grün gekleideten Engel trugen in der Aufregung alle aus Trauer dunkelblau. Schließlich kam der Pfeil des Gebetes aller ans Ziel. Nach 40 Nächten kam jener reine Schüler aus Erschöpfung zur Ruhe. In der Morgendämmerung kam ein moschusduftender Wind auf, und die enthüllte Welt offenbarte sich seinem Herzen. Er sah den auserwählten Mohammad wie einen Mond, der das schwarze Haar ausgebreitet hatte. Der Schatten Gottes war die Sonne über ihm, und hundert Welten der Seele waren das Vermächtnis eines einzigen seiner Haare. Er schritt stolz und lächelte, und jeder, der ihn sah, ging in ihm verloren. Als jener Schüler ihn sah, sprang er auf: „Oh Prophet Gottes, nimm meine Hand! Wegweiser der Geschöpfe durch die Macht Gottes, unser Scheich hat sich verirrt, zeige ihm den Weg!"

S. 299, Verse 1514-1538

Der Auserwählte sprach: „Strebsamer, geh. Ich habe den Scheich von den Fesseln befreit. Dein hoher Ehrgeiz hat dazu beigetragen. Er sprach nicht, solange der Scheich auf dem Weg war. Zwischen Scheich und Gott gab es seit langem viel schwarzen Staub. Ich nahm ihn von seinem Weg und ließ ihn nicht in der Dunkelheit. Durch die Macht der Fürbitte legte ich Tau auf sein Schicksal. Der Staub löste sich vom Weg, die Reue kam und die Sünde ging. Wisse sicher, dass hundert Welten an Sünden sich durch den Speichel eines reuigen Bekenntnisses vom Weg lösen. Wenn das Meer der Güte Wellen schlägt, wird die Sünde des Mannes und der Frau aufgehoben."

Der Mann war vor Freude außer sich. Er schrie, dass der Himmel bebte. Er setze alle Männer davon in Kenntnis, gab die freudige Nachricht kund und machte sich auf den Weg. Er lief weinend mit den Männern bis er zum Schweine hütenden Scheich kam. Er sah den Scheich, der wie Feuer und in seiner Unruhe schön geworden war. Er hatte die Glocke der Mönche weggeworfen und den Gürtel vom Leib gerissen. Er hatte sich der Mönchshaube entledigt und sein Herz vom Christentum befreit. Als der Scheich die Männer von ferne sah, empfand er sich selbst glanzlos. Er streute sich aus Scham wegen seines Kleides und wegen seiner Schwäche Staub über das Haupt. Mal weinte er wie eine Wolke blutige Tränen, mal war er verzweifelt wegen der schönen Seele. Mal verbrannte der Vorhang der Sonne von seinem Seufzer, mal kochte das Blut in ihm wegen des Leids. Die Weisheiten der Geheimnisse des Korans und die Überlieferungen waren alle aus seinem Innersten gewaschen. Doch alles kam ihm plötzlich wieder in Erinnerung. Er befreite sich vom Unwissen und der Not.

Als er wieder zu sich gekommen war, kniete er in Anbetung nieder und weinte. Wie eine Rose schimmerte das Blut in seinen Augen, und aus

Scham war er in der Tiefe verloren. Als die Männer ihn so sahen, waren sie ihm in Freude und Leid ergeben. Sie liefen alle erstaunt zu ihm und waren in Dankbarkeit ergeben. Zum Scheich sagten sie: „Geheimnissucher, der Nebel löste sich vor dem Anblick deiner Sonne.

S. 300, Verse 1539-1561

Der Unglaube ging und der Glaube kehrte zurück. Aus dem Götzenverehrer von Rom ist wieder ein Gottesverehrer geworden. Das Meer der Zustimmung schlug plötzlich Wellen und der Prophet ist zum Bittsteller in deiner Sache geworden. Jetzt ist dankbarerweise die Welt wieder die Welt. Danke Gott, der anstelle der Trauer da ist. Die Gnade Gottes hat im dunklen Meer den Weg wie die Sonne erscheinen lassen. Dem Wissenden erhellte Er das Dunkel. Da Er die Reue kennt, tat Er es trotz vieler Sünden. Als das Feuer der Reue ihn erleuchtete, verbrannte es alles, was es fand.

Hier kürzen wir die Erzählung. Was noch zu sagen bleibt, ist, dass sie wieder auf dem Weg waren. Der Scheich führte die rituelle Reinigung durch, zog das Derwischgewand über und ging mit seinen Männern in Richtung Hijaz.

Danach sah die Christin im Traum die Sonne neben sich. Die Sonne sprach: „Lauf hinter deinem Scheich her und übernimm seinen Glauben. Sei sein Staub, oh du, die du ihn unrein gemacht hast, sei seine Reinheit. Weil er ohne unaufrichtige Absicht zu dir gekommen ist, gehe du nun zu ihm. Du hast ihn vom Weg abgebracht, gehe nun auf seinem Weg. Wo er wieder auf den Weg gekommen ist, sei ihm eine Begleiterin. Du hast ihn irregeführt, sei nun erst recht mit ihm. Lerne aus dem vielen Unwissen."

Als das Christenmädchen aus dem Traum erwachte, strahlte es aus ihrem Herzen wie die Sonne und ein Schmerz ergriff, oh Wunder, ihr Herz. Dieser Schmerz machte sie unruhig wegen seiner Forderung. Ein Feuer wurde in der berauschten Seele entfacht und ergriff das Herz, sodass sie es verlor. Sie wusste nicht, aus welchem Kern die unruhige Seele in ihr Früchte hervorbrachte. Sie war unfähig und ihm keine Gefährtin gewesen und hatte sich selbst für ein Weltwunder gehalten. Eine Welt, zu der ein Zeichen keinen Zugang hat, muss stumm werden. Es gibt keine Worte. Damals regneten, oh Wunder, alle Schmeicheleien wie ein Regen auf sie nieder. Jetzt rief sie nach dem Zerlumpten und lief aufgewühlt hinaus mit Staub auf dem Haupt und schmerzvollem Herzen. Die Unfähige lief hinter dem Derwisch und seinen Schülern hinterher.

S. 301, Verse 1562-1585

Wie eine Wolke lief sie, ertrunken im Schweiß. Sie wusste nicht, in welche Richtung sie in der Wüste gehen sollte. Schwach und verwirrt klagte sie und rieb ihr Gesicht im Staub auf schöne Weise. Weinend sagte sie: „Oh hilfreicher Gott, ich habe mich von allem entblößt, habe den Weg des

Mannes unterbrochen, der wie du ist. Strafe mich nicht, da ich unwissend war. Zeige dem Meer der Allmacht mein Brennen. Ich wusste nichts und habe einen Fehler begangen, verzeih. Wirf mir Armen nicht vor, was ich getan habe. Ich nahm den Glauben an, wirf mir deshalb nicht Ungläubigkeit vor. Ich sterbe, weil ich niemanden zum Freund habe und weil ich nichts besitze außer Schmach."

Den Scheich informierte man: „Das Mädchen hat dem Christentum abgeschworen. Sie ist mit unserer Türschwelle bekannt geworden und hat sich uns jetzt angeschlossen. Kehre um und begebe dich wieder zu diesem Götzen und werde ihm Gefährte und Freund." Der Scheich kehrte wie der Wind um und die Schüler befiel wieder Unbehagen. Sie fragten ihn alle: „Was wird aus dir, was aus deiner Reue und den vielen Schlägen? Wirst du wieder der Liebe verfallen und trotz der vielen Reue wieder unrein werden?" Der Scheich erklärte ihnen die Lage des Mädchens. Und wer es gehört hatte, sagte sich von der Seele los. Also zogen der Scheich und seine Jünger wieder los, dorthin wo die Schöne war.

Sie sahen sie blass und ohne Haare, die sie auf dem Weg verloren hatte, mit nackten Füßen und zerrissenem Kleid wie eine Tote im Staub liegen. Als die Mondgesichtige ihren Scheich sah, fiel die Herzen brechende Geliebte in Ohnmacht. Da sie in den Schlaf der Ohnmacht gefallen war, vergoss der Scheich Tränen über sie. Als der Blick der Schönen auf ihn fiel, weinte sie wie die Frühlingswolken. Sie erkannte seinen Treueschwur und warf sich ihm in die Arme. Sie sprach: „Weil ich dich beschämt habe, brennt meine Seele. Mehr kann ich hinter dem Schleier nicht brennen. Ich warf ihn fort, um zu erkennen. Zeige mir den Islam, damit ich auf den Weg komme." Der Scheich zeigte ihr den Islam und ein Murren setzte unter den Freunden ein.

S. 302, Verse 1587-1610

Weil die Götzengesichtige zu den Sehenden gehörte, fingen die Tränen der Freunde an zu wogen. Nachdem das Götzenbild schließlich den Weg gefunden hatte, fand sie im Herzen Gefallen am Glauben. Ihr Herz wurde deswegen unruhig, und es überkam sie Kummer ohne Freunde um sich. Sie sprach: „Oh Scheich, meine Kraft ist am Ende. Ich kann die Trennung nicht mehr ertragen. Ich gehe von dieser Welt voller Schmerzen. Lebe wohl, Scheich der Welt. Wenn meine Worte unterbrochen werden, entschuldige meine Schwäche und sei kein Feind." Dies sprach jene Mondgesichtige und starb. Sie hatte nur eine halbe Seele, die sie über den Geliebten streute.

Ihre Sonne verschwand im Nebel, und ihre süße Seele wurde von ihr getrennt, oh weh. Sie war ein Tropfen in diesem Meer der übertragenen Bedeutungen und kehrte wieder zum Meer der Wahrheit zurück. Alle gehen wir von dieser Welt wie der Wind. Sie ging und auch wir werden gehen. So etwas geschieht oft auf dem Weg der Liebe. Das weiß derjenige, der die Liebe kennt. Was man auch sagt, auf dem Weg ist alles möglich: Erbarmen, Hoffnungslosigkeit, List und Glauben. Die Triebseele kann diese Geheimnisse nicht fassen und das Geraubte kann man nicht stehlen. Diese Überzeugung muss mit Herz und Seele gehört werden und nicht mit der Triebseele des Wassers und des Schlamms. Der innere Kampf mit der Triebseele ist jeden Augenblick schwer. Weine, denn das Trauern ist schwer.

15. Die Vögel beschliessen, zum Simorgh zu gehen

Als die Vögel diese Worte gehört hatten, entsagten sie alle der Seele. Simorgh hatte ihnen die Ruhe genommen und die Liebe zum Geliebten wurde hunderttausendfach. Sie wollten sich auf den Weg begeben – eine sehr richtige Absicht – und standen alle flink auf, um sich dafür hinzugeben. Sie sprachen: „Wir sind bereit. Der Führer muss die Aufgaben festlegen, um uns den Weg zu weisen. Aber man kann nicht von sich aus einen Führer bestimmen. Auf so einem Weg muss der Gebieter hervorragend sein. Durch ihn kann man im tiefen Meer erlöst werden. Rufen wir unseren Führer ins Leben. Was er sagt, ob gut oder schlecht, tun wir. Solange wir mit Streit zu tun haben, reichen unsere Worte sogar bis zum heiligen Berg Qaf. Das Atom fällt in die hohe Sonne und der Schatten Simorghs über uns.

S. 303, Verse 1611-1631

Schließlich sagten sie: „Herrscher ist niemand. Man muss ein Los ziehen, nur das ist der Weg. Auf wen das Los fällt, soll der Führer sein. Für die Untergebenen ist es das Beste." Als die Rede endete, löste sich der Tumult. Alle Vögel schwiegen auf einmal. Als das Los unter ihnen geworfen werden sollte, blieb das Herz jener Unruhigen stehen. Sie warfen das Los, damit es möglichst angemessen fiel, und es traf den verliebten Wiedehopf. Sie hatten ihn alle zu ihrem Anführer erkoren. Wenn er nun befiehlt, gehorchen sie. Sie hatten vereinbart, dass er der Führer ist, dass er ihnen auf dem Weg voran geht und der Wegweiser ist. Das Urteil ist sein Urteil und ebenso der Befehl. Es gibt kein Klagen über ihn, für keinen Körper und keine Seele.

Als der Wiedehopf als Führer allen voran gestellt war, setzten sie ihm die Krone aufs Haupt. Es kamen hunderttausend Vögel, die den Mond überschatteten. Als sie das Tal erreichten, stieg die Schar wie eine Person bis zum Mond auf. Respekt vor dem Weg überkam sie, und ein Feuer entzündete sich in ihrer Seele. Sie erhoben sich alle gemeinsam, ob Feder,

Flügel, Fuß oder Kopf, und wuschen sich von der Seele rein. Ihre Last war sehr teuer und ihr Weg weit. Dieser war frei für die Reise, oh Wunder, und es gab weder Wohl noch Leid. Dort gab es Stille und Ruhe, nicht mehr und nicht weniger. Ein Reisender fragte ihn: „Warum ist der Weg frei?" Der Wiedehopf erwiderte: „Aus Großmut des Königs."

Anekdote von Bayazid

Eine Nacht ging Bayazid[71] aus der Stadt hinaus. Er sah die Welt frei vom Geschrei der Geschöpfe. Das Mondlicht war ihm ausreichende Lichtquelle, und die Nacht wurde wegen ihres Leuchtens zum Tag. Der Himmel war sternengeschmückt: Jeder wollte den anderen übertreffen. Sooft der Scheich in die Wüste wanderte, war kein anderer dort. Ihn überkam heftige Sorge, und er sprach: „Oh Herr, mein Herz ist besorgt.

(Seite 304, Verse 1633-1657)

So ein Schloss, das Deiner würdig ist, warum ist es frei von Liebenden?" Eine Stimme sagte ihm: „Erstaunter des Weges, nicht jedem gibt der König den Weg frei. Seine Würde macht es notwenig, dass jeder Bettler meiner Tür fern bleibt. Wie das Wegerecht unserer Ehre Licht verbreitet, hat Er die schlafenden Sorglosen entfernt. Jahrelang sind die Männer in Erwartung, bis für einen die Last hunderttausendfach wird."

16. Der Abflug der Vögel und die Ausrede des ersten Vogels

Alle Vögel stöhnten aus Furcht vor dem Weg, mit Flügeln und Federn voll Blut. Sie sahen nicht das Ende des Weges, sondern den Schmerz, für den es kein Heilmittel gibt. Der Wind des Verzichts ist so wild, dass dem Himmel der Rücken zerbricht. In der Wüste prüft der Paradiesvogel nichts, ohne Zweifel. Wie kann ein anderer Vogel auf der Welt gleichzeitig dessen Macht haben?

Weil sich die Vögel vor dem Weg fürchteten, versammelten sie sich alle an einem Ort. Sie kamen zum Wiedehopf, alle bittend und vernünftig. Dann sagten sie zu ihm: „Oh Weiser des Weges, man kann nicht unhöflich vor dem König sein. Du bist so oft bei Salomon gewesen, gehörtest dem Reich des Sultans an. Du kanntest den Dienst genau, die Sicherheit und die Gefahr. Du sahst die Höhe und die Tiefe des Weges und hast oft die Welt bereist. Wir möchten, dass du jetzt sofort, weil du unser Imam zur Bestimmung der Aufgaben bist, hier auf die Minbar steigst und dein Volk auf den Weg vorbereitest. Erkläre uns die Sitten und Bräuche der Könige,

71 Gemeint ist Abu Yazid Taifur b. Isa b. Soruschan Bistami (gest. 874 n. Chr.) .

damit wir uns nicht aus Unwissenheit falsch verhalten. Jeder hat ein Problem auf dem Herzen, aber für den Weg muss das Herz frei sein. Löse erst unser Problem, damit wir dann das richtige Ziel haben. Wenn wir dich nach unseren Problemen fragen, können wir unsere Zweifel aus dem Herzen räumen. Denn wir wissen, dass auf diesem langen Weg im Zweifel kein Licht erscheint. Wenn unser Herz frei ist, können wir uns unbeschwert auf den Weg zu jener Schwelle begeben."

Seite 305, Verse 1657-1678

Da bereitete sich der Wiedehopf auf seine Rede vor, stieg auf den Thron und begann. Als er mit der Krone auf den Thron stieg, wurde jeder, der ihn sah, überglücklich. Vor ihm standen Reihen von hunderttausend und noch mehr Vögeln. Die Nachtigall und die Turteltaube traten gemeinsam nach vorn, um zusammen zu rezitieren. Beide erhoben ihren Gesang und ein Raunen über sie drang in die Welt. Jeder, der ihren Gesang hörte, wurde unruhig oder verlor den Verstand. Jeder kam in einen Zustand, in dem er nicht mehr bei sich war und auch nicht ohne sich. Dann begann der Wiedehopf seine Rede und lüftete den Vorhang vor den inneren Bedeutungen.

Einer fragte den Wiedehopf: „Oh Überragender, warum übertriffst du uns auf dem Weg zu Gott? Wenn du ein Suchender bist und wir die richtigen Suchenden, was für einen Unterschied gibt es dann zwischen uns? Was für eine Sünde tragen wir in Körper und Seele, dass du klar bist und wir der Bodensatz?"

Er antwortete: „Oh Bettler, Salomons Auge fiel einen Augenblick auf mich. Ich fand weder Silber noch Gold. Dieser ganze Besitz stammt von diesem einen Blick. Wie kann man jemanden durch Gehorsam gewinnen, da Iblis diesen Gehorsam oft erwies? Wenn jemand sagt, man solle nicht gehorsam sein, sollte man ihn immer wieder verfluchen. Befreie dich nicht einen Augenblick vom Gehorsam, aber lege auch nicht besonderen Wert darauf, wenn du gehorsam warst. Verbringe dein Leben in Gehorsam, damit Salomon einen Blick auf dich wirft. Wenn du von ihm akzeptiert wurdest, wirst du mehr als alles, was ich sagen kann."

Mas'ud und der Fischerjunge

Einmal wurde der König Mas'ud, der Glückliche, plötzlich von seinem Heer getrennt. Als er so alleine ohne Begleitung ritt, sah er ein Kind am Meerufer sitzen, das ein Netz auf dem Meeresgrund ausgeworfen hatte. Der König grüßte es und setzte sich zu ihm. Das Kind war traurig, sein Herz bekümmert und seine Seele müde.

S. 306, Verse 1679-1701

Er fragte: „Kind, warum bist du so traurig? Ich habe noch niemanden so traurig wie dich gesehen." Das Kind sprach: „Oh tapferer Herr, wir sind sieben Kinder ohne Vater. Die Mutter ist verlassen, sehr arm und allein. Um zu fischen, werfe ich jeden Tag das Netz aus und bleibe bis zur Nacht. Ich fange Fische mit hundert Sorgen, das ist meine Kraft bis in die Nacht, oh Herr." Der König sprach: „Möchtest du, betrübtes Kind, dass ich dir helfe?" Das Kind willigte ein, und der König wurde sein Gefährte und warf das Netz in das Meer. Das Netz des Kindes fing die Gunst des Königs ein und an diesem Tag bestimmt hundert Fische. Als das Kind die vielen Fische vor sich sah, sagte es zu sich: „Was habe ich für ein wunderbares Glück. Wie groß ist es, oh Diener, dass dir diese vielen Fische ins Netz gegangen sind?"

Der König sprach: „Geh, Junge, wenn du etwas über deinen Fischfänger weißt. Du bist jetzt glücklicher als ich, weil dein Fischer ein König ist." Nachdem er das gesprochen hatte, kehrte er zu seinem Pferd zurück. Das Kind sagte zu ihm: „Leg mir meinen Anteil zur Seite." Er erwiderte: „Heute trenne ich nicht den zehnten Teil. Was morgen gefangen wird, soll mir gehören. Morgen sollst du meine Beute sein, und die eigene Beute gebe ich niemandem."

Als daqs Kind am anderen Tag zum Palast lief, ging es, um Gefährte des Königs zu sein. Ein Oberst kam und rief es. Der König setzte es als seinen Gefährten auf den Thron. Jeder sagte: „König, er ist ein Bettler." Der König erwiderte: „Was er auch sein mag, er ist mein Gefährte. Weil ich ihn annahm, kann man ihn nicht ablehnen." Das sprach er und machte ihn zum Herrscher wie er selbst. Ein Bittsteller fragte jenes Kind: „Woher hast du das alles?" Es antwortete: „Die Freude kam und die Trauer ging, denn der Herr des Glücks ging an mir vorbei."

Ein Mörder im Paradies

Zur Strafe tötete ein König einen Mörder, und ein Sufi sah diesen im Traum, wie er im Paradiesgarten lachend wandelte, mal freudig, mal leicht und graziös.

S. 307, Verse 1703-1723

Der Sufi fragte ihn: „Du bist ein Mörder gewesen und ständig in Niedertracht. Wie konnte dies deine Behausung werden, zu der du wegen dem, was du getan hast, nicht hättest kommen können?" Er antwortete: „Als mein Blut über die Erde floss, ging Habib Adschami[72] vorbei. Insgeheim warf der Weise des Weges für die Dauer eines Wimpernschlages

72 Asket und Zeitgenosse von Hasan al-Basri.

einen Blick auf mich. Diese ganze Ehre und vieles andere mehr erhielt ich durch die Gnade dieses einen Blickes."

Jeder, auf den das Auge des Glücks fiel, dessen Seele fand in einem Augenblick hundert Geheimnisse. Wie kannst du von deiner Existenz wissen, wenn der Blick eines Mannes nicht auf dich fällt. Wenn du viel alleine bist, kannst du den Weg nicht gehen. Der Weg braucht den Weisen, geh nicht allein, gehe nicht völlig blind in dieses Meer. Der Weise ist für dich da, um dich in allen Dingen zu schützen. Wenn du die Gräben auf dem Weg nicht kennst, wie kannst du den Weg ohne Führer gehen? Du siehst sie nicht und der Weg ist nicht kurz. Der Weise ist auf deinem Weg der Führer. Wer im Schatten des Glücksherrn steht, erfährt nie eine Schande auf seinem Weg. Wer mit dem Glück verbunden ist, dem werden die Dornen in seiner Hand zu einem Blumenstrauß.

Mahmud und der Dornensammler

Einmal ging Mahmud auf die Jagd und wurde von seinem Heer getrennt. Ein alter Dornensammler ritt einen Esel. Die Dornen fielen ihm hinunter und er war hilflos. Als Mahmud ihn so mit den heruntergefallenen Dornensträuchern und dem Esel sah, ging er zu ihm und fragte: „Oh Unglücklicher, brauchst du einen Gehilfen?" Er antwortete: „Ja, Reiter. Wenn du mir hilfst, dann nützt es mir und du hast keinen Schaden davon. Ich sehe in deiner Gutmütigkeit das Schicksal, Güte ist den Gutmütigen nicht fremd." Jener König stieg in seiner Großmut ab und streckte die schöne Hand nach den Dornen aus. Der Verehrte lud die Last auf den Esel und lenkte sein Pferd zu seinem Heer zurück.

S. 308, Verse 1724-1747

Er sprach zum Heer: „Ein alter Dornensammler kommt mit dem Esel von seiner Arbeit. Reitet ihm entgegen, damit er mich sieht." Sein Heer nahm den Weg in Richtung des Alten, und ihm blieb nichts anderes übrig, als zum König zu gehen. Der Alte sprach zu sich: „Da gehe ich mit einem klapprigen Esel des Weges und nun droht mir das tyrannische Heer!" Obwohl er sich fürchtete, sah er das Zelt des Königs und einen Weg zu ihm. Er lenkte den kleinen Esel zu ihm, und als er ihn erkannte, schämte sich der Weise des Weges. Als er unter dem Zelt ein bekanntes Gesicht sah, überkamen ihn Sorgen. Er sagte: „Oh Herr, womit soll ich mich erklären, ich habe den König Mahmud zu meinem Lastträger gemacht." Der König erwiderte ihm: „Oh mein Derwisch, was ist deine Arbeit, sage es mir?" Er antwortete: „Du kennst meine Arbeit, treibe kein Spiel mit mir und stelle mich nicht als Dummer bloß. Ich bin ein alter Mann, der Ernährer einer Familie und Lastenträger. Ich bin Tag und Nacht zum Dornensammeln in der Wüste. Ich verkaufe die Dornen und kaufe trockenes Brot. Kannst du mir denn Brot geben?“ Der König sprach: „Oh trauriger Alter, sag einen Preis. Wieviel kosten deine Dornen, damit ich dir Gold dafür gebe?“ Er antwortete: „König, kaufe es mir nicht billig ab. Wenn ich es nicht zu billig verkaufe: zehn Beutel Gold.“ Die Heeressoldaten sagten zu ihm: „Schweig, Narr! Dies ist höchstens zwei Körner wert. Verkaufe es billiger!“ Der Alte sprach: „Diese zwei sind es wert, aber es ist wenig. Dieser Kauf ist gut, weil ein Glücklicher die Hand nach meinen Dornen ausgestreckt hat und meinen Dornen hunderte Blumen schenkte. Wer diese Dornen kaufen will, muss jede Dornenwurzel für einen Dinar kaufen. Ein Unmensch gab mir viele Dornen, bis jemand wie er die Hand danach ausstreckte. Wenn es sich um solche Dornen handelt, dann sind sie es wert. Weil sie aus seiner Hand sind, sind sie hundert Seelen wert.“

17. Die Ausrede des zweiten Vogels

Ein anderer Vogel fragte den Wiedehopf: „Oh Stütze des Heeres, ich bin unfähig. Wie komme ich auf den Weg? Ich habe nicht die Kraft und bin sehr schwach. Solch einen Weg hatte ich noch nie vor mir. Die Wüste ist weit und der Weg beschwerlich. Ich würde schon bei dem ersten Halt sterben. Es gibt so viele feurige Berge auf dem Weg und so etwas ist nicht jedermanns Angelegenheit.

S. 309, Verse 1748-1771

Hunderttausende Köpfe rollen auf diesem Weg und so viel Blut ist wegen dieses Wunsches geflossen. Der Verstand von Hunderttausenden hat an dieser Stelle kapituliert. Und wer den Kopf nicht verlor, hatte zu leiden. Auf so einem Weg haben die unfähigen Männer aus Scham einen Tschador übergeworfen. Was kommt von einem Armen wie mir außer Staub? Wenn ich die Absicht hätte zu gehen, würde ich qualvoll sterben.“

Der Wiedehopf sagte zu ihm: „Oh stark Betrübter, wie lange soll dein Herz daran gebunden sein? Wenn du hier von so geringem Wert bist, ist es einerlei, ob du gehst oder nicht. Denn die Welt ist überall beschmutzt, und die Geschöpfe sterben hier heimatlos. Wie ein gelber Wurm sterben in der Welt hunderttausend Geschöpfe qualvoll unter Schmerzen. Wenn wir darin elendig wandeln, wozu dann diese Qual? Wenn diese Forderung an dich oder mich falsch ist und ich jetzt sterbe, ist klar, dass es aus Kummer ist. Weil es auf der Welt viele Fehler gibt, ist ein weiterer Fehler genauso viel. Wem die Liebe etwas Schlechtes ist, ist sie immer noch besser als das Reinigen eines Misthaufens oder der Aderlass. Hunderttausende betreiben Diebstahl in der Welt und sind Aas. Auch wenn die Leidenschaft zum Diebstahl gering ist, wenn du sie reduzierst, gibt es für mich weniger Kummer. Wenn du aus dieser Leidenschaft das Herz zu einem Meer machst, dann begeistere alle für den Diebstahl. Wenn jemand sagt, dass diese Leidenschaft Täuschung ist, wie kannst du das erreichen, was niemandem gelungen ist? Wenn ich mich für diese Täuschung der Leidenschaft opfere, ist es besser, als das Herz in Haus und Laden zu tun. Ich sah und hörte dies alles und sagte kein Wort. Ich habe von den Geschöpfen eine schwere Aufgabe erhalten, von denen einige eine Gruppe von Bettlern ohne Gebet war. Solange ich nicht vor mir selbst und den reinen Geschöpfen die Augen verschließe, kommt die Seele nicht wegen ihnen hervor. Wer nicht wegen der Geschöpfe stirbt, dann deshalb, weil er nicht Vertrauter des Vorhangs ist. Sein Vertrauter ist die wissende Seele. Aber wer von den Geschöpfen lebt, ist kein Mann des Weges. Los, wenn du ein richtiger Mann bist. Lasse ab von der weiblichen Täuschung. Sei sicher, dass dies Unglaube ist. Was zu tun ist, ist nicht einfach.

S. 310, Vers 1772-1794

Auf dem blattlosen Baum der Liebe sind Früchte. Sage zu dem, der ein Blatt davon hat, er soll hervorkommen. Weil die Liebe in der Brust sitzt, hat dessen Seele der Existenz entsagt. Dem Mann gibt er den Schmerz und holt ihn demütig aus dem Vorhang. Er lässt ihn nicht einen Augenblick aus dem Körper. Tötet er ihn, verlangt er Blutgeld. Wenn er ihm Wasser gibt, dann nicht ohne Sorge. Gibt er ihm Brot, ist der Teig aus Blut. War er schwächer als die Ameise, bringt er mehr Liebe, die jeden Augenblick stärker wird. Wenn der Mann ins Meer der Gefahren fiel, wie kann er je mutlos einen Bissen essen?“

Anekdote vom Scheich Nuqani

Scheich Nuqani[73] kam nach Neischabur, und die Strapazen des Weges hatten ihm zugesetzt. Eine Woche saß er in Lumpen, hungrig, ohne einen Happen in der Ecke. Nachdem eine Woche vergangen war, sprach er: „Oh Gott, gib mir ein Stück Brot auf den Weg.“ Eine Stimme sagte ihm: „Geh sofort und reinige den gesamten Platz von Neischabur vom Staub. Wenn du alles gereinigt hast, findest du ein halbes Korn Gold. Von dem kaufe Brot.“ Er sprach: „Wenn ich einen Besen und ein Sieb hätte, was wäre das Brot dann für ein Problem für mich. Aber weil ich nichts besitze, gib mir Kraftlosem Brot und vergieße nicht mein Blut.“ Die Stimme sagte: „Es ist ein Leichtes für dich, kehre, wenn du Brot haben willst.“ Der Alte ging und klagte, bis er einen Besen und ein Sieb von jemandem bekam. Er fegte den Staub, war emsig und fand schließlich im letzten Sieb jenes Gold. Seine Triebseele freute sich, als sie das Gold sah. Er ging damit zum Bäcker und kaufte Brot. Noch ehe der Bäcker ihm das Brot gab, vergaß er den

73 In anderen Übersetzungen ist es der Scheich Cherdschani.

Besen und sein Sieb. Ein Feuer befiel die Seele des Alten. Er hielt im Lauf inne, und es entwich ihm ein Schrei: „Es gibt keinen, der so verzweifelt ist wie ich. Das Gold habe ich nicht mehr. Was gebe ich jetzt als Ausgleich?“ Schließlich rannte er wie ein Verrückter in eine Ruine. Als er hineinging, elend und bestürzt, sah er Besen und auch Sieb.

S. 311, Verse 1795-1814

Da freute sich der Alte und sprach: „Oh Gott, warum hast Du mir die Welt schwarz gemacht und das Brot zu Gift für meine Seele. Sag, dass die Seele gehen soll, und nimm mein Brot zurück.“ Die Stimme sagte: „Unglückliches Wesen, keinem gefällt trocknes Brot. Als du das Brot allein zur Seite legtest, habe ich Zutaten hinzugefügt, nimm diese Gnade.“

Der nackte Verrückte

Es gab einen aufgewühlten Verrückten, der nackt und von einer Menge umringt war. Er sprach: „Herr, gib mir einen soliden Überrock und mach mich wie die anderen fröhlich.“ Eine Stimme erhob sich und sprach: „Sieh, ich gab dir die warme Sonne, setz dich.“ Er fragte: „Oh Herr, wie lange soll ich noch leiden, wäre ein Umhang nicht besser als die Sonne?“ Sie erwiderte: „Gedulde dich noch zehn Tage, dann werde ich dir ohne Worte einen Unhang geben.“ Als zehn Tage vorüber waren, brachte man dem verbrannten Mann einen geflickten Umhang. Er hatte mehr als hunderttausend Flicken, denn der Schenker war ein Derwisch. Der verrückte Mann sprach: „Kenner der Geheimnisse, du hast einen zerrissenen Lumpen in diesen Tagen genäht! Sind denn in Deinem Speicher alle Kleider verbrannt, dass du diese vielen Flicken aneinander nähen musstest? Du nähtest hundert Flicken zusammen. Von wem hast du so viele Nähte erlernt?“

Es nicht einfach mit Seiner Schwelle. Man muss Staub auf Seinem Weg werden. Es gibt viele, die von weitem zu dieser Schwelle gekommen sind. Mal verbrannten sie, mal verkauften sie Feuer und Licht. Wenn man dann im Leben das Ziel erreichte, wurde man schwermütig und sah das Ziel nicht.

Rabi'a auf der Wallfahrt

Rabi'a ging sieben Jahre auf dem Weg zur Kaaba. Sie ging tapfer. Bravo, Krone der Männer! Als sie in der Nähe der heiligen Stätte der Kaaba war, sprach sie: „Endlich fand meine Pilgerfahrt zum Ziel.“ Am Tag der Hadsch wollte sie zur Kaaba, doch sie musste sich wegen des Übels der Frauen entschuldigen.

Seite 312, Verse 1815-1834

Sie kehrte um und sprach: „Oh Gütiger, da bin ich sieben Jahre tapfer gegangen, damit ich am Ende so etwas erlebe. Du hast mir auf meinem Weg solch einen Dorn zugeworfen. Gib mir entweder einen Platz in deinem Haus oder lass mich nicht in mein eigenes."

Solange es keinen Verliebten wie Rabi'a gibt, wie soll er den wahren Wert des Herrn kennen? Solange du in diesem Meer der Selbstsucht wanderst, spielen die Wellen mit dir. Mal verehrt man dich vor der Kaaba, mal enthüllt man dir ein Geheimnis im Kloster. Wenn du den Kopf aus diesem Strudel erhebst, verstärkt sich jeden Augenblick deine geistige Sammlung. Wenn du in diesem Strudel gefangen bleibst, dreht sich dein Kopf wie eine Mühle. Du kannst dich nicht sammeln und bist beunruhigt wegen einer Fliege.

Vom Irren und den Fliegen

Ein elender Irrer saß in einer Ecke. Die namhafte Liebe kam zu ihm und sprach: „Ich sehe in dir eine Fähigkeit, die Fähigkeit zur Sammlung." Er fragte: „Wie soll ich durch jemanden zur Sammlung kommen, wenn ich nicht frei von Flöhen und Fliegen bin? Den ganzen Tag plagen mich die Fliegen, und die ganze Nacht kann ich wegen der Mücken nicht schlafen. Als nur eine kleine Mücke zu Nimrod kam, hat sich der Verstand dieses Armen in Rauch aufgelöst. Wenn ich Nimrod dieser Zeit bin, sind mir vom Geliebten Flöhe, Mücken und Fliegen zuteil."

18. Die Ausrede des dritten Vogels

Ein anderer Vogel sprach zum Wiedehopf: „Ich habe viele Sünden. Und wenn jemand mit Sünden dorthin geht, wird er bestimmt eine schmutzige Fliege. Wie kann man sich mit Simorgh auf dem Berg Qaf verbünden? Wenn sich der sündige Mann vom Weg löst, wie kann er die Nähe des Königs finden?"

Er antwortete: „Verliere nicht die Hoffnung daran. Verlange Gnade und ewige Ehre von ihm. Wenn du so leicht das Schild wirfst, wird es für dich schwierig, Ahnungsloser.

S. 313, Verse 1835-1855

Wenn du den Reumütigen nicht akzeptierst, wie kann er dann jede Nacht zu ihm herunterkommen? Wenn du gesündigt hast, ist die Tür der Reue offen. Bereue, damit die Tür nicht geschlossen wird. Wenn du auf dem Weg nur einen Augenblick zur Aufrichtigkeit gekommen bist, wirst du hundert göttliche Gnaden zurückbekommen.

Der reuige Sünder

Ein Mann hatte eine große Sünde begangen. Er bereute sie aus Scham und kam wieder auf den Weg zurück. Ein anderes Mal, als die Triebseele die Übermacht hatte, brach er die Reue und gab sich der Wollust hin. Er war wieder vom Weg abgekommen und allen Arten der Sünde verfallen. Da ergriff ihn ein Schmerz und Scham, und es wurde für ihn sehr schwer. Weil er außer Nutzlosigkeit nichts gewonnen hatte, wollte er bereuen, aber er hatte keinen Mut dazu. Tag und Nacht brannte ihm das Herz wie Pottasche in der Pfanne, und seine Augen waren vor Tränen ganz rot. Wenn der Staub vorher auf seinem Weg aufgewirbelt war, hatte er sich nun durch seine Tränen wieder gesetzt. In der Wüste hob eine Stimme zu sprechen an, um seine Angelegenheit zu richten: „Der Herr der Welt sagt, als du zum ersten Mal bereutest, Mensch, habe ich verziehen und deine Reue akzeptiert. Ich hätte dich ergreifen können, tat es aber nicht. Beim zweiten Mal, als du deine reine Reue brachst, gab ich dir einen Aufschub und wurde nicht zornig. Wenn dies jetzt, oh Ahnungsloser, dein Begehren ist, wieder zurückzukommen, dann komm, die Tür ist offen. Hast du deine Strafe gezahlt, stehen wir hier."

Gabriel und der Diener Gottes, der ein Christ war

Eines Nachts hörte Gabriel den Herrn rufen ‚Hier bin Ich.' Ein Diener hatte Ihn gerufen, und Er hatte ihm geantwortet. Ich weiß nicht, wer ihn kennt. Ich weiß nur so viel, dass er ein herausragender Diener ist. Seine Triebseele war tot, aber er lebte. Da wollte er ihn kennenlernen, fand ihn aber in den sieben Himmeln nicht. Er suchte auf der Erde und im Meer, fand ihn aber weder auf dem Berg noch in der Wüste.

S. 314, Verse 1856-1876

Eilig kehrte er zum Herrn zurück und hörte wieder das ‚Hier bin Ich.' In vollem Eifer kehrte er zurück und durchsuchte ein zweites Mal die Welt. Wieder fand er den Diener nicht und sprach: „Oh Gott, zeig mir endlich den Weg zu ihm." Der erhabene Gott antwortete: „Geh nach Rom in ein Kloster und lerne ihn kennen." Gabriel ging und sah ihn, wie er gerade einen Götzen klagend anrief. Er war darüber sehr erregt und kehrte im Zorn zum Herrn zurück. Dann sagte er: „Oh Bedürfnisloser, lüfte vor mir den Vorhang dieses Geheimnisses. Dem, der in einem Kloster zu einem Götzen spricht, gibst du in deiner Gnade eine Antwort?" Gott antwortete: „Er hat ein dunkles Herz und weiß nicht, dass er sich im Weg geirrt hat. Da er diesen Irrtum aus Nachlässigkeit begangen hat und ich davon weiß, habe ich ihm das nicht als Fehler angerechnet. Ich zeige ihm gerade den Weg zu mir. Meine Gnade wird sein, ihm zu verzeihen." Nachdem Er dies gesagt hatte, öffnete Er seiner Seele den Weg und löste Seine Zunge, um zu ihm zu sprechen.

Wisse, dass dies der Brauch ist, dass das, was hier vor sich geht, ohne Nutzen und Schaden ist. Wenn du auf dieser Schwelle nichts hast, kannst du auch nichts abwerfen und du windest dich weniger. Nicht alle erhalten die makellose Askese, sondern auch das ‚Nichts' an Seiner Schwelle.

Der Sufi und der Honigverkäufer

Ein Sufi ging eilig nach Bagdad. Unterwegs hörte er eine Stimme, die sagte: „Ich habe viel Honig und verkaufe ihn billig. Wer will ihn kaufen?" Der Sufischeich antwortete: „Oh standhafter Mann, du gibst etwas für umsonst?" Er erwiderte: „Nein! Bist du denn irre, Wollüstiger. Gibt jemand einem anderen je etwas umsonst?" Eine Stimme sagte zu ihm: „Oh Sufi, gehe eine Stufe weiter. Wir geben dir alles für nichts, und willst du noch mehr, auch das geben wir dir."

S. 315, Verse 1877-1895

Es war das strahlende Erbarmen der Sonne, das alle Atome findet. Sieh Sein Erbarmen, der den Gesandten wegen Unglaubens tadelte.

Worte Gottes zu Moses

Der erhabene Gott sprach: „Der klagende Qarun[74] hat dich, Moses, siebzig Mal gerufen, und du gabst ihm nicht einmal eine Antwort. Hätte er mich in der Klage angesprochen, hätte ich von seiner Seele den Zweig der Vielgötterei abgebrochen und ihm das Ehrenkleid der Religion übergeworfen. Hättest du, Moses, seine hundert Schmerzen tilgen können, hättest du dem Erdengeschöpf den Kopf in den Staub gelegt. Hättest du ihn geschaffen, hättest du ihm denn in seinem Leid helfen können?"

Wer mit den Erbarmungslosen Erbarmen hat, ist unter den Barmherzigen der Herr. Die Meere seines Wissens sind ohne Reue. Über ihnen ist die Schuld wie eine Träne aus der Wolke. Wem ein solches Geschenk zuteil wird, wie kann er die Sünde tadeln? Wer den Fehler einer Sünde begeht, macht sich selbst zu einem Tyrannen.

Erbarmen für einen Sünder

Als ein Verbrecher in Sünde gestorben war, brachte man seinen Sarg zum Weg. Als ein Asket dies sah, hielt er sich mit dem Gebet zurück, weil man für einen Verbrecher nicht beten dürfe. In der Nacht sah der Asket ihn im Traum im Paradies mit einem Gesicht wie die Sonne. Der

74 Ein Zeitgenosse Moses', der sehr großen Reichtum besaß und von Gott bestraft wurde, siehe Koran Sure 28,76-84.

Asket fragte ihn: „Oh Diener, wie kamst du zu diesem hohen Rang? Du hast, solange du lebtest, gesündigt und warst von Kopf bis Fuß besudelt.“ Er antwortete: „Wegen deiner Erbarmungslosigkeit hat der Schöpfer sich meiner erbarmt.“

Sieh die Zuwendung, mit der Er Erbarmen zeigt. Er tut dies und erbarmt sich. Seine Barmherzigkeit ist in der Nacht wie eine schwarze Rabenfeder. Er schickt ein Kind mit einem Licht, dann einen scharfen Wind, damit du dieses Licht nimmst und losgehst.

S. 314, Verse 1897-1917

Dann nimmt er das Kind mit auf den Weg. Aber warum hast du das Licht gelöscht, du Ahnungsloser? Er nimmt das Kind, um es mit hundertfachem Mitleid zu tadeln. v

Wenn alle nur beten, besitzt seine Weisheit keine Zuneigung. Die Weisheit ist nur durch sie vollkommen, und sie dauert gewiss ewig. Auf dem Weg zu Ihm gibt es hunderttausend Weisheiten. Ein Tropfen davon ist Teil des Meeres seiner Barmherzigkeit.

Tag und Nacht haben die sieben Himmel viel zu tun, Junge. Sie tun es wegen dir. Der Gehorsam der Engel ist wegen dir. Paradies und Hölle sind das Abbild deiner Güte und deines Zorns. Die Engel haben dich alle angebetet, sie haben durch Teil und Ganzes zur Größe deiner Existenz beigetragen. Schau nicht mit Verachtung auf dich, denn niemand kann mehr sein als du. Dein Körper ist der Teil und deine Seele das Ganze. Werde nicht angesichts der Niedertracht schwach. Geht dein Ganzes, kommt dein Teil zum Vorschein. Eilt deine Seele weg, erscheint dein Körper. Aber Körper und Seele sind nicht getrennt, denn Er ist ein Teil davon. Die Seele ist nicht getrennt vom Ganzen, sondern sie ist ein Teil davon. Auf dem Weg gibt es keine Mehrheit, sondern Einheit. Teil und Ganzes kann man niemals nennen. Hunderttausend Wolken der Barmherzigkeit sind über dir. Sie regnen, damit deine Leidenschaft größer wird. Wenn die Zeit der Auferstehung aller kommt, sind die Ehrenkleider aller wegen dir. Was die Engel auch getan haben, sie taten es wegen dir. All ihr Gehorsam wird der Schöpfer ewig über dich streuen.

Erzählung von Abbase

Abbase[75] sprach: „Wenn am Tag der Auferstehung die Geschöpfe aus Respekt fliehen, werden die Gesichter der Sünder und Leichtsinnigen wegen der Sünden mit einem Mal schwarz. Die armen Geschöpfe sind erstaunt, und jeder von ihnen ist auf seine Weise verwirrt. Der erhabene Gott hat von der Erde bis zu den neun Himmeln für hunderttausend Jahre

75 Abu Mohammad Abbas b. Mohammad Assari (gest. 1153/54 n. Chr.) war ein Gelehrter aus Tus, möglicherweise ein Lehrer Attars.

den Gehorsam von den Engeln. Er machte sie alle rein aus seiner reinen Güte und warf eine Hand voll Staub über sie.“ Von den Engeln kam Geschrei auf: „Oh Gott, warum plündern uns die Menschen auf dem Weg aus?“ Der erhabene Gott antwortete: „Engel, weil ihr davon weder Nutzen noch Schaden habt. Für die Erdenwesen wird dies vollkommen, denn Brot brauchen sie gegen den Hunger immer.“

19. Die Ausrede des vierten Vogels

Ein anderer Vogel sagte zum Wiedehopf: „Ich bin ein zwitterhaftes Wesen. Jedes Mal bin ich ein Vogel auf einem anderen Zweig. Mal bin ich ein Prasser, mal ein Asket, mal betrunken. Mal lebe ich kaum, noch sterbe ich. Mal wirft sich meine Triebseele in die Laster, mal widmet sich meine Seele dem stillen Gebet. Mal bringt mich der Dämon vom Wege ab, ehe ich es mich versehe. Mal bringt mich ein Engel plötzlich auf den Weg zurück. Ich blieb dazwischen und staunte. Was soll ich tun, wenn ich im Brunnen und im Verlies bin?“

Er antwortete: „Diese Last gibt es bei jedem, denn Männer mit nur einer Eigenschaft gibt es nicht viele. Wenn alle von Beginn an rein wären, wem hätten die Gesandten die richtige Botschaft bringen sollen? Wenn es für deinen Gehorsam Interesse gibt, kommst du sehr einfach zur Rechtschaffenheit. Solange man sich nicht im Leben erhebt, kann man den Körper nicht in Ruhe und Güte nach unten beugen. Oh, die Bäckerei der Nachlässigkeit ist dein Platz und ein Laib Brot ist alles, was du verlangst. Die zinnoberrote Träne ist das Geheimnis des Herzens. Was bedeutet es, satt zu werden? Der Rost des Herzens. Weil du ständig den Seelenhund ernährst, ist dein zwitterhaftes Wesen auch nicht gering.“

Schibli im Haus der Ausschweifungen

Schibli[76] verirrte sich in Bagdad. Wie konnte man ihn finden? Man suchte ihn überall, und schließlich sah ihn jemand im Haus der Ausschweifungen unter weibischen Männern. Er saß inmitten dieser unhöflichen Gruppe mit feuchten Augen und trockenen Lippen. Ein Bettler fragte ihn: „Oh einflussreicher Geheimnissucher, sag, warum bist du an so einem Ort?“ Er erwiderte: „Sie sind ein Volk der Ausschweifung und auf dem weltlichen Weg weder Mann noch Frau.

S. 18, Verse 1939-1959

Und ich bin wie sie auf dem Weg der Religion. Ich verlor meine Männlichkeit und schäme mich vor mir selbst.“

---

76 Abu Bakr Dulaf b. Dschahdar (gest. 945 n. Chr.) war ein Bagdader Mystiker.

Wer seine Seele kennt, hat seinen Bart zum Tischtuch des Weges gemacht. Wie die Männer wählte er die Niedertracht und streute über die Lehrer Großmut aus. Wenn du mehr bist als ein Haar im Auge, bist du schlechter als ein Götze. Wenn er Lob und Tadel unterscheidet, wäre das Götzenverehrung. Wenn du ein Diener Gottes bist, sei kein Götzenanbeter. Bist du ein Mann Gottes, sei kein Götzenschützer. Unter den Adligen und dem Volk kann niemand einen höheren Rang als die Dienerschaft Gottes haben. Diene und suche keinen Streit mehr. Sei ein Mann Gottes und suche nicht die Macht durch den Götzen Uzza.[77] Wenn du unter dem Derwischkleid hundert Götzen besitzt, so zeige dich als Sufi vor den Geschöpfen. Oh Zwitter, trage nicht das Kleid der Männer und sei nicht verwirrter als das.

Streit zwischen zwei Sufis

Zwei Sufis kamen im Streit und in Abneigung zum Richter. Der Richter führte sie in eine Ecke und sagte: „Für einen Sufi ist der Streit nicht gut. Ihr habt das Kleid der Unterwürfigkeit an, warum habt ihr dann den Streit vom Zaun gebrochen? Seid ihr Leute des Krieges und Streites, dann legt euer Kleid ab! Aber ihr seid dieses Kleides Leute, also solltet ihr nichts von Streit wissen. Ich bin Richter und kein Mann der inneren Bedeutung, und ich bin sehr beschämt wegen des Derwischgewandes. Wenn ihr beiden einen Frauenschleier über dem Kopf hättet, wäre es besser als das."

Wenn du in der Liebe weder Mann noch Frau bist, wie kannst du die Geheimnisse der Liebe lösen? Wenn du dem Geheimnis des Weges der Liebe verfallen bist, wirf aus Not den Kriegsüberwurf über. Wenn du für den Streit zum Platz kommst, gibst du deinen Kopf hin und verlierst deine Seele.

S. 319, Verse 1960-1980

Erhebe dich nicht mehr zum Streit, damit du nicht in Schande gerätst.

Der König von Ägypten und der Verliebte

Es gab einen namhaften König in Ägypten, in den sich ein armer Kerl heftig verliebt hatte. Als der König von seiner Liebe erfuhr, rief er den Verliebten sofort zu sich. Er sagte: „Da du dich in den König verliebt hast, wähle nun von zwei Dingen: Entweder sage, dass du die Stadt und das Land verlassen wirst, oder, dass du deinen Kopf verlieren willst. Ich habe dir deine Aufgaben genannt. Was willst du nun: das Abschlagen des Kopfes oder das Auswandern?" Weil der Verliebte kein Mann des Weges war, wählte er das Verlassen der Stadt. Als der verwirrte Arme gehen wollte,

---

77 Vgl. Koran Sure 19,53.

sagte der König: „Schlagt ihm den Kopf ab!" Der Wächter sprach: „Aber er hat keine Sünde begangen. Warum befiehlt der König, ihm den Kopf abzuschlagen?" Der König erwiderte: „Weil er nicht verliebt und auf dem Weg der Liebe nicht aufrichtig ist. Wenn er es wäre, wäre er ein Mann des Weges und hätte das Kopfabschlagen gewählt. Wem der Kopf aber lieber als der Geliebte ist, ist das Lieben für ihn eine Strafe. Hätte er von mir gewollt, dass ich den Kopf abschlage, wäre er zum Herrn eines Reiches geworden. Vor ihm hätte der König der Welt den Gürtel der Sufis umgebunden und wäre sein Derwisch geworden. Weil er aber in der Liebe nicht aufrichtig war, verträgt sich das Abschlagen besser mit ihm. Wer die Trennung vorzieht, ist unaufrichtig und befleckt. Wisse, ich sagte dies, damit jeder Glanzlose in der Liebe zu mir das lügenhafte Gefasel sein lässt."

20. Die Ausrede des fünften Vogels

Ein anderer Vogel sagte zum Wiedehopf: „Meine Triebseele ist ein Feind. Ich gehe den Weg, weil ein Wegelagerer mich begleitet. Der Seelenhund hat noch nie auf mich gehört. Ich weiß nicht, wann ich wegen ihm sterbe. Den Wolf lernte ich in der Wüste kennen, aber den Seelenhund kenne ich nicht. Ich war verwundert über diese Treulosigkeit. Warum kam er hervor?"

S. 320, Verse 1981-2001

Er antwortete: „Oh Hund, du hast gut getäuscht. Du bist gut wie ein Staubwesen um die Füße gestrichen. Deine Triebseele ist sowohl kleinmütig als auch einäugig, sowohl Hund, Widerrist und Ungläubiger. Lobt dich jemand in einer Lüge, erhält deine Triebseele dadurch ihren Glanz. Es ist nicht durch sie, dass dieser Hund besser wird und die Lüge so stark wird. Zuerst ist alles nutzlos, kindlich, verliebt und leichtsinnig. In der Mitte ist alles Vielfalt, durch die Jugend ein Zweig der Verrücktheit. Am Ende kommt das Alter. Die Seele ist schwach und auch der Körper. Wie kann durch solch ein Leben in Unwissen der Seelenhund vertrieben werden? Wenn es von Anfang bis Ende Leichtsinn gibt, ist unser Ergebnis auch die Ergebnislosigkeit. Der Diener hat auf dieser Welt viele solcher Hunde. Führt am Ende jemand den Dienst eines Hundes? Mit der Triebseele ist das Leben nicht schön, denn sie ist eine Hölle voller Feuer. Mal ist sie in der Hölle die Hitze der Wollust, mal ist sie dort die Kälte des Hochmutes. Deswegen ist die Hölle Gottes schön und angenehm, denn sie hat zwei Essenzen: Feuer und Kälte. Hunderttausend Herzen sterben aus Kummer, aber dieser ungläubige Hund stirbt nicht einen Augenblick."

Der Totengräber und die Triebseele

Ein Totengräber hatte ein langes Leben, und ein Bettler fragte ihn: „Sag mir, da du ein Leben lang Gräber geschaufelt hast, was für Wunder hast du unter der Erde gesehen?“ Der Mann antwortete: „Ich sah bis jetzt, dass mein innerer Schweinehund siebzig Jahre alt ist. Er sieht das Schaufeln der Gräber, aber stirbt und gehorcht mir nicht einen Moment.“

Abbase über die Triebseele

Eines Abends sagte Abbase: „Oh Anwesende, wenn hier alles Ungläubige wären, dann hätten sie den Glauben der selbstsüchtigen Turkomanen aus Aufrichtigkeit angenommen. Dies hätte sein können, aber es kamen die hunderttausend und ein paar zwanzig Gesandten,

S. 321, Verse 2002-2023

damit die Triebseele des Ungläubigen eines Tages entweder Muslim wird oder stirbt. Sie hat sie unfähig gemacht und das ist zulässig. Warum ging sie aus so vielen Unterschieden hervor?“

Wir stehen alle unter der Gewalt der ungläubigen Triebseele und pflegen sie in uns. Sie ist ungläubig und ebenso ungehorsam. Wie könnte es leicht sein, sie zu töten? Denn sie erhält Hilfe auf zwei Wegen, über den Bauch und die Wollust. Daher wäre es ein Wunder, wenn sie vernichtet würde. Das Herz ist der Reiter des Reiches und der Seelenhund sein ständiger Begleiter. Wie schnell der Reiter das Pferd auch reitet, der Hund jagt hinter der Beute her. Was das Herz auch vom Geliebten bekommt, nimmt die Triebseele auch vom Herzen. Wer den Hund an einen Mann bindet, fängt in den beiden Welten den Löwen mit einer Schlinge. Wer ihn besiegt, an den kommt nie ein Mann heran. Wer den Hund in wertvolle Fesseln legt, dessen Staub ist besser als das Blut der anderen.

Der König und der Bettler

Jemand hatte ein Lumpenkleid an und war ein Weiser des Weges. Plötzlich sah ihn der König und fragte: „Bin ich besser oder du, he, Zerlumpter?“ Der Alte antwortete: „Oh Ahnungsloser, sei still! Auch wenn ich mich nicht selbst loben kann – denn wer sich selbst lobt, ist unwissend – aber, weil du es von mir verlangst, sage ich: Jemand wie ich ist zweifellos hunderttausend Mal besser als jemand wie du. Denn deine Seele kennt den Glauben nicht und deine Triebseele hat aus dir einen Esel gemacht. Wenn sie in dir ist, Herr, bist du unter ihrer Last gefangen. Und sie hat dich Tag und Nacht am Zügel. Du bist für sie zu einem Bittsteller geworden. Was sie befiehlt, musst du Armer tun, ob du willst oder nicht. Aber jemand wie ich kennt das Geheimnis des Glaubens. Ich habe den Seelenhund zu meinem Esel gemacht. Weil sie zu meinem Esel wurde, habe ich mich auf sie gesetzt. Während deine Triebseele über dir ist, bin ich über meiner. Weil mein Esel auf dir reitet, bin ich hunderttausend Mal besser als du.“

S. 322, Verse 2024-2044

Oh du, vom Seelenhund Ergriffener, in dir hat sich das Feuer der Wollust entfacht. Würde deine Würde dieses löschen, käme aus deinem Herzen Licht und aus deinem Körper Kraft. Die Dunkelheit des Blickes und die Taubheit des Ohrs, das Alter, der mangelnde Verstand und die schwache Vernunft, dies und hunderte dieser Heere und Armeen sind Diener des ruhmreichen Herrn. Tag und Nacht kommt ein Heer an. Das heißt, es kommt von mir, dem Anführer. Wenn es aus allen Richtungen kommt, kannst du auf den Weg zurück und deine Triebseele fällt ab. Du hast dich sehr gut mit deinem Seelenhund arrangiert und dich mit ihr gemeinsam vergnügt. Du bist an ihr Vergnügen gebunden und stehst in ihrer Gewalt. Wenn aber König und Anhänger bei dir sind, wirst du von diesem Hund getrennt und dieser von dir. Wenn ihr voneinander getrennt werden wollt, müsst ihr euch der Trennung hingeben. Sei unbesorgt, wenn ihr hier zusammen auch zu wenig kommt, so werdet ihr doch in der Hölle Schönes erreichen.

Die zwei Füchse

Zwei Füchse begegneten sich und taten sich zum Vergnügen zusammen. Als ein König mit Jagdhund und Falken in die Wüste kam, trennte er die beiden Füchse wieder voneinander. Das Weibchen fragte das Männchen: „Oh, sag, Schlauer, wo werden wir wieder zusammenkommen?“ Er erwiderte: „Wenn wir im Leben einen Wert hatten, dann im Laden eines Lederflickers in der Stadt.“

21. Die Ausrede des sechsten Vogels

Ein anderer Vogel sagte zum Wiedehopf: „Iblis hat mir aus Hochmut einmal den Weg versperrt. Weil ich mich nicht gegen ihn wehren konnte, wurde mir aus Kummer darüber schwer ums Herz. Wie kann ich mich von ihm befreien und wie vom Wein der inneren Bedeutung leben?“

Er sprach: „Dieser Seelenhund ist bei dir, um dir zu schaden. Die Koketterie Iblis’ gibt es, um dich zu betrügen. In dir ist jeder Wunsch dein Iblis. Wenn du ihn erfüllst, entstehen in dir hundert Iblis.“

S. 323, Verse 2045-2064

Der Ofen der Welt ist ein Gefängnis. Alles ist ein Lehen des Satans. Lass die Hände weg von diesen Lehen, damit niemand von dir etwas will.

Klage Iblis' über einen Niederträchtigen

Ein Niederträchtiger kam zu einem Sufi und klagte über Iblis. Er sprach: „Iblis hat mir mit List den Weg versperrt und mich durch List vom Glauben abgebracht." Der Sufi antwortete: „Oh lieber Mann, auch zuvor war Iblis schon da. Er hatte über dich geklagt und hat unter dir gelitten. Er hat sich wegen deines Unrechts Staub über das Haupt gestreut und gesagt: Die ganze Welt ist mein Lehen und ein Mann von mir ist keiner, der der Welt Feind ist. Sag ihm, er solle sich auf den Weg machen und von meiner Welt ablassen. Ich habe ihn laut zum Glauben gerufen, weil er die Hand nach meiner Welt ausgestreckt hat. Wer von meinem Lehen weit genug weg ist, mit dem habe ich nichts zu tun."

Brotessen als Gehorsam gegenüber Satan

Einem Besitzer eines Dinars sagte jener Liebe: „Ich kenne mich selber nicht, wie ist es mit dir?" Er antwortete: „Um Gott zu rufen, esse ich Brot. Also gehorche ich dem Satan."

Ein Dämon hat dich vom Weg abgebracht und du hast nicht um den Beistand Gottes gebeten. Du bist nur dem Namen nach ein Muslim. Du bist im Kummer der Welt gefangen. Schäme dich, du bist besudelt. Wenn ich dir sagte, wirf das Weltliche ab, meinte ich, dass du standhaft sein sollst. Wenn du ihm all deinen Besitz gegeben hast, wie konntest du ihn so leichtfertig aus der Hand geben? Oh, aus Fahrlässigkeit im Meer der Wünsche Ertrunkener, weißt du, warum du zurückgeblieben bist? Beide Welten tragen Trauerkleidung und weinen und du lebst in Sünde. Die Liebe zu den weltlichen Dingen hat deine Leidenschaft zum Glauben verdrängt und deine Wünsche danach deine Seele. Die Welt ist nichts anderes als ein Nest von Gier und Wünschen. Sie genügte Pharao und Nimrod nicht.

S. 324, Verse 2065-2086

Mal hat Qarun von ihr abgelassen, mal hat der ungläubige Schaddad sie heftig in Besitz genommen. Der erhabene Gott hat dem Nichts einen Namen gegeben, und du bist mit deiner Seele in seinem Netz gefangen. Wie lange willst du das Leid dieser Welt ertragen? Du hast nur ein lahmes Pferd von diesem Nichts. Du bist Tag und Nacht erstaunt und betrunken, bis er dir von dem Nichts ein kleines Atom gibt. Wer sich in einem Atom des Nichts verliert, wie kann er ein respektabler Mann sein? Wer im Nichts aus weltlichem Verlangen starb, war hundert Mal weniger als das Nichts. Was hat das Diesseits zu tun? Alle untätig zu machen. Und was ist die Untätigkeit? Alle in eine schwierige Lage zu versetzen. Die Welt ist ein loderndes Feuer, jederzeit verbrennt sie ein anderes Geschöpf. Wenn dieses Feuer zu heftig brennt, lässt es einen tapferen Mann, der von ihm erfasst wurde, fliehen. Verschließe wie die Mutigen das Auge vor diesem Feuer, ansonsten verbrenne in ihm wie ein Schmetterling. Wer wie der Schmetterling ein Feueranbeter geworden ist, der wird geblendet und betrunken verbrennen. Vor und hinter dir ist überall Feuer, und es ist möglich, dass du jeden Augenblick verbrennst. Pass auf, wenn du an solch einem Ort bist, dass dieses Feuer nicht deine Seele verbrennt.

Bitte um Erbarmen

Ein Herr sprach zur Zeit des Gebetes: „Oh Gott, erbarme Dich meiner und hilf mir." Dies hörte ein Irrer und er sagte: „Erhoffe kein schnelles Erbarmen von Ihm. Aus Eigenliebe hast du in der Welt keinen Platz. Jederzeit schreitest du stolz einher. Dein Aussichtsplatz steht über den Himmelssphären und die vier Wände sind mit Gold beschrieben. Du hast zehn Diener und zehn Dienerinnen, wie kannst du da Erbarmen fordern? Schau selbst, da du diese ganzen Dinge besitzt, ob du auch Platz für Erbarmen hast. Schäme dich. Wenn du wie ich ein Stück Brot hättest, dann hättest du auch Erbarmen."

Wenn du dich nicht vom Besitz abwendest, wirst du diesen Zustand nicht einen Augenblick erlangen. Wende dich sofort von allem ab, damit du wie die Männer Gottes von allem frei wirst.

S. 325, Verse 2087-2108

Tod eines frommen Mannes

Eine Gruppe von Betrügern hatte einen frommen Mann in den Tod geschickt. Vorher hatte der Ahnungslose ständig in Gebetsrichtung ausgerichtet gestanden. Was hat man von einem Zweig, dem die Blätter abgefallen sind, für einen Nutzen? Und was nützt es, wenn du dich jetzt abwendest? Wer in diesem Augenblick das Gesicht abwendet, der stirbt unrein. Also suche keine Reinheit bei ihm.

22. Die Ausrede des siebten Vogels

Ein anderer Vogel sprach zum Wiedehopf: „Ich liebe das Gold. Die Liebe zum Gold wurde in mir wie eine Essenz. Wenn ich kein Gold wie eine Blume in der Hand habe, kann ich nicht wie eine aufgeblühte Rose sein. Ich habe die Liebe zu den weltlichen Dingen und zum Gold der Welt. Er hat mich streitsüchtig und bedeutungslos gemacht."

Der Wiedehopf antwortete: „Oh vom Anblick Erstaunter, die innere Bedeutung hat sich vor deinem Herzen verborgen. Tag und Nacht bist du blind. Gebunden an den Anblick bist du wie eine Ameise geworden. Sei ein Mann des Sinns und verwickle dich nicht in den Anblick. Was ist der innere Sinn? Der Ursprung. Was ist der Anblick? Nichts. Das Gold ist ein von außen gefärbter Stein. Und du bist wie die Kinder der Farbe verfallen. Das Gold, das dich beschäftigt, ist vom Schöpfer. Es ist ein Götze, wirf es in den Staub. Wenn es für das Gold einen angemessenen Platz gibt, dann für das Schloss am Keuschheitsgürtel eines Maultiers. Niemand hat wegen deines Goldes einen Freund, und auch du hast davon keinen Nutzen. Wenn du einem Derwisch ein Gran Gold gibst, quälst du einmal ihn und einmal dich selbst. Du musst wie Amru und Zaid sein und wenn du ein Gran gibst wie Dschunaid.[78] Wegen des Goldes bist du mit den Geschöpfen befreundet, weil du dich für das Gold begeisterst. Jeden Monat brauchst du den Ladenpreis. Aber was ist das für ein Laden, wo man den Preis deiner Seele erfragt? Die Seele und das Leben sind für dich angenehm, bis aus deinem Laden eine falsche Münze kommt. Du hast alles für nichts gegeben und so dein Herz an alles gehängt. Aber ich habe Geduld, bis Er dir eines Tages die Leiter unter dem Tor wegzieht. Auf der Welt gab es einige wie dich. In jedem brannten hundert Feuer wie deines.

S. 326, Verse 2109-2130

Du bist ertrunken in der Welt, brauchst du da auch den Glauben? Der Glaube reicht dir nicht die Hand, Lieber. Du suchst die Trennung. Da du sie nicht findest, rumort es in dir. Gib, was du hast, in alle Richtungen, denn ‚ihr werdet die wahre Frömmigkeit nicht erreichen, wenn ihr nicht spendet'.[79] Man muss alles, was ist, loslassen; wenn eine Seele da ist, muss man loslassen. Hast du die Seele in der Hand, darfst du sie nicht aufgeben für Besitz und dieses und jenes. Wenn ein Wolltuch dein Ruheplatz ist, ist dies die Bindung an deinen Weg. Verbrenne dein Wolltuch, oh Gotteskenner. Aber wie lange dieser Betrug? Was hat das Wolltuch mit Gott zu tun? Verbrennst du es hier nicht aus Furcht, wie wirst du morgen vor der Enge des Gelims befreit? Wer auf der Jagd nach seinem Wunsch ist, wehe ihm, er wird sich dadurch ganz verlieren. Das WA des Wunsches besteht aus zwei Buchstaben *waf* und *alef*, Diener. Beide sind in den Wörtern ‚Staub' und ‚Blut' enthalten. Das *waf* steht in der Wortmitte von ‚Blut', und das *alef* siehst du in der Mitte von ‚Staub'."

Gold im Besitz eines Schülers

Ein junger Schüler hatte ein wenig Gold. Er versteckte es vor seinem Scheich. Der wusste, dass er das Gold vor ihm verheimlichte, sagte aber nichts. Der Schüler des Weges und der weise Führer gingen beide gemeinsam auf Reisen. Vor ihnen tauchte ein dunkles Tal auf. Darin erschienen zwei Wege. Der Mann fürchtete, dass man das Gold stehlen werde. So

78 Abu l-Qasim b. Mohammad (gest. 910 n. Chr.) war Haupt der Bagdader Sufis.
79 Siehe Koran Sure 3,92.

hatte es ihn sehr schnell bloßgestellt. Dem Scheich sagte er: „Weil es zwei Wege gibt, welchen von ihnen sollen wir gehen?" Er antwortete: „Wirf deinen Besitz weg, denn er ist gefährlich. Dann kannst du jeden Weg gehen, den du gehen willst."

Wenn sein Silber sich mit jemandem paart, flieht der Dämon eilig aus Furcht davor. Um ein Gran des verbotenen Goldes zu berechnen, spaltet es immer Haare in der Betrügerei. So ist es auch im Glauben. Wenn jemand mit einem lahmen Esel kommt, bleibt er zurück und besitzt keine Würde. Kommt er zur Betrügerei, ist er Sultan, kommt er zum Glauben, ist er erstaunt.

S. 327, Verse 2131-2150

Wem das Gold gestohlen wurde, hat sich verirrt und blieb gefesselt im Brunnen. Joseph, fliehe aus diesem tiefen Brunnen und sprich nicht darüber, dass der Brunnen stickig ist.

Der Scheich von Basra und Rabi'a

Der Scheich von Basra kam zu Rabi'a und sprach: „Oh in der Liebe Bewanderte, eine Sache hast du von niemandem gehört. Man hat es über niemanden gehört und bei niemandem gesehen: Du bist dir über dich selbst im Klaren. Sag, was ist aus der Leidenschaft meiner Seele geworden?" Rabi'a sagte zu ihm: „Oh Scheich der Zeit, ich hatte ein Seil aus mehreren Fäden. Ich ging und verkaufte es und war froh darüber. Zwei Silbermünzen bekam ich dafür. Aber ich nahm die beiden nicht in eine Hand. Ich legte die eine in die eine und die andere in die andere Hand. Denn ich fürchtete mich davor, wenn das Silber sich vereint, wird es geraubt und man kann es nicht verhindern."

Ein Mann dieser Welt gibt Seele und Herz ins Blut und wirft hunderttausend verschiedene Netze aus, bis er ein Gran verbotenes Gold erlangt. Wenn er es erlangt, stirbt er. Für seinen Erben ist dieses Gold erlaubt, aber er hat den Kummer seiner Last und Bürde. Er hat den Simorgh und das Herz aus Liebe zum Gold wie eine Kerze verkauft. Wenn es auf diesem Weg keinen Platz gibt, hat niemand mehr Raum für Schatz und Gold. Wenn du den Fuß auf den Weg setzt wie eine Ameise, nimmt man dich mit Gewalt gefangen wegen eines Haares. Wenn ein Haar nicht beachtet wird, hat niemand den Mut, zu Ihm zu gehen.

Die Liebe zur Nachtigall

Ein Diener, der sein Glück in Gott gefunden hatte, diente ihm vierhundert Jahre. Er hatte sich aus der Menge zurückgezogen und mit Gott über das Geheimnis hinter dem Vorhang gesprochen. Sein Gefährte war Gott. Gäbe es ihn und sein Leben nicht, wäre Gott auch genug. Er hatte einen Hof und einen Baum darin. Auf diesen Baum hatte ein Vogel sein Nest gebaut.

S. 328, Verse 1151-1171

Der Vogel hatte eine schöne Stimme und einen schönen Gesang. In einem seiner Melodien waren hundert Geheimnisse und der Diener gewöhnte sich an den schönen Gesang. Da offenbarte sich Gott dem Gesandten und sprach: „Zu diesem Mann Gottes muss man sagen, wunderbar, du hast Tag und Nacht so viel Gehorsam gezeigt, hast jahrelang aus Leidenschaft zu mir gebrannt, um mich am Ende für einen Vogel zu verkaufen. Obgleich du ein kluger Vogel warst, hat dich der vollkommene Schrei des Vogels schließlich betrogen. Ich habe dich gekauft und gelehrt, und du hast mich wegen eines Fremden verkauft. Mich, deinen Käufer, hast du verkauft. Ich habe dir Treue beigebracht. Sei nicht so ein Trödelhändler. Ich bin dein enger Vertrauter, sei nicht ohne mich."

23. Die Ausrede des achten Vogels

Ein weiterer Vogel sagte zum Wiedehopf: „Mein Herz ist voller Feuer, weil mein Wohnort so schön ist. Es ist ein schönes, goldenes Schloss und sein Anblick belebt die Menschen. Ich habe eine freudige Welt von Ihm erhalten, wie kann ich mein Herz von ihr lösen? In diesem großen Schloss bin ich der König der Vögel. Wie kann ich in diesem Tal Schaden erleiden? Wenn ich die Herrschaft völlig aus der Hand gebe, wo soll ich ohne Schloss sitzen? Kein vernünftiger Mann geht aus dem Paradies, um in der Hölle Hitze und Schmerz zu erleben."

Er antwortete: „Oh würdeloser Feigling, du bist kein Hund, was willst du mit dem Ofen machen? Diese ganze Welt ist ein Ofen. Wieviel Wert ist jetzt dein Schloss gegenüber dem Ofen? Wenn dein Schloss auch das Paradies ist, ist es Ihm ein Gefängnis des Unglücks. Wenn es den Tod nicht für die Geschöpfe gäbe, wäre es passend, in solch einer Behausung zu sitzen."

Die Unvollkommenheit des Schlosses

Ein Herrscher baute ein goldenes Schloss und gab dafür hunderttausend Dinar aus. Als das paradiesgleiche Schloss fertig war, wurde es mit Teppichen und Verzierungen ausgestattet.

S. 329, Verse 2172-2192

Alle kamen aus verschiedenen Schichten von überall zum Dienst. Der König rief die Gelehrten und Freunde zu sich, zeigte auf den Thron und sprach: „Fehlt meinem Schloss noch irgendetwas zur Schönheit und Vollkommenheit?" Alle sagten, es hätte niemand auf der Welt je so etwas gesehen und würde es auch nicht sehen. Ein Asket stand auf und sprach: „Oh

Glücklicher, es ist ein Loch geblieben und das ist ein großer Makel. Wenn das Schloss dieses nicht hätte, könntest du es dem Paradies schenken." Der Schah erwiderte: „Ich sah kein Loch. Du provozierst mich und bist ein Unwissender der Versuchung." Der Asket sagte: „Oh zur Herrschaft Ernannter, ein Loch ist durch Azrail[80] offen geblieben. Vielleicht kannst du dieses Loch füllen. Wenn nicht, wozu dann dein Schloss, deine Krone und dein Thron? Obgleich das Schloss so schön ist wie das Paradies, wird der Tod es in deinen Augen schlecht machen. Es wird nichts bleiben, was hier existiert und das ist keine Lüge."

Prahle nicht so mit deiner Herberge und deinem Schloss und verfalle nicht dem Hochmut und Stolz. Wenn dir jemand Fehler deiner Herrschaft und deines Sitzes nennt, wehe dir!

Ein Verrückter lehnt eine Einladung ab

Ein emsiger Kaufmann baute aus Eitelkeit ein goldgeschmücktes Haus. Als es schließlich fertig war, lud er nach allgemeinem Brauch Gäste ein. Mit hundert Freuden rief er die Leute zu sich, damit sie sich sein Haus anschauten, oh Wunder! Am besagten Tag lief der Mann sinnlos umher, als ihn plötzlich ein Verrückter sah. Er sprach: „Ich möchte jetzt zu deinem Haus eilen, oh Unerfahrener! Aber ich bin beschäftigt, also entschuldige mich." Und weiter sagte er: „Mühe dich nicht."

Die Fliege im Netz des Spinne

Siehst du diese ruhelose Spinne, die ihr Leben in Phantasie verbringt? Sie nimmt sich ein vorsorgliches Trugbild und baut sich ein Haus mit ihrem Speichel.

S. 330, Verse 2193-2213

Sie baut ein wunderbares Netz aus Leidenschaft, damit vielleicht eine Fliege hinein fliegt. Wenn eine Fliege hineingeraten ist, trinkt sie aus den Adern dieser Verwirrten das Blut. Danach trocknet sie sie aus und nimmt ihre Kraft für später. Plötzlich kommt der Herr des Hauses mit einem Holz in der Hand und zerstört das Haus der Spinne und der Fliege in einem Augenblick. Die Welt und das, was in ihr gebaut wurde, hat die Kraft wie eine Fliege im Netz der Spinne.

Und wenn die ganze Welt dir gehört, geht sie so schnell verloren wie ein Augenschlag. Wenn du auch zum König geworden bist, bist du ein Kind, das phantasiert. Wenn der nach einem Königreich Strebende seinen Verstand nicht verloren hat, gibt man ihm den Besitz von Kühen, Ahnungsloser. Wer nicht Trommel und Flagge der Derwische trägt, stirbt und ist

---

80 Der Todesengel.

nicht mehr als das Geheul des Windes. Der Wind ist in der Flagge und das Getöse in der Trommel. Aber ein Windgeheul ist nicht das Geringste wert. Eile nicht so auf einem gescheckten Pferd des Unsinns im Hochmut der Herrschaft. Dem Panther hat man schließlich die Haut abgezogen und auch dir wird man ohne Ankündigung das Fell über die Ohren ziehen. Wenn es nicht möglich ist, zu glänzen und sich hervorzutun, ist es besser, sich zurückzuziehen oder umzukehren.

Man kann dich nicht erheben. Ordne dich unter. Wie lange willst du dein Spiel treiben? Entweder gib die Herrschaft auf oder lege die Last ab und lasse es nicht mehr in deinen Kopf. Dein Haus und dein Garten sind dein Gefängnis. Wehe deiner Seele! Der Wunsch ist das Leid deiner Seele. Lass ab von diesem Staubgefäß der Hochmut. Wieviel kannst du in der Welt zurücklegen, Ungeduldiger! Öffne das Auge der Gnade und sieh den Weg. Dann begib dich dorthin und sieh die Schwelle Gottes. Wenn die Seele an diesen Ort gelangt ist, passt du wegen deiner Größe nicht mehr in diese Welt.

Der Derwisch in der Wüste

Ein schwerfälliger Mann lief sehr leichtsinnig in die Wüste und kam zu einem Derwisch.

S. 331, Verse 2214-2232

Er fragte ihn: „Was machst du hier, Derwisch?“ Der antwortete: „Schäme dich, dass du fragst. Ich war in der Enge dieser Welt gewesen, aber sie ist mir zu eng geworden.“ Der Mann fragte: „Das stimmt doch nicht, was du sagst. Ist die Weite der Wüste etwa eng?“ Der Derwisch erwiderte: „Gäbe es hier die Enge nicht, wie hättest du jemals auf mich treffen können?“

Wenn man dir hundert schöne Versprechen macht, zeigt man etwas vom Feuer. Was ist dein Feuer? Verlasse die Welt und nimm dich wie die Löwen vor diesem Feuer in Acht. Hast du sie verlassen, kommt dein Herz zu dir, um ein schönes Haus zu haben. Das Feuer ist nahe, aber der Weg sehr weit. Der Körper ist schwach, das Herz gefangen und die Seele furchtsam. Du bist von allem frei in solcher Angelegenheit. Wenn du genug von der Welt gesehen hast, opfere dich. Denn von dieser Welt hast du weder Namen noch Zeichen. Obgleich du viel siehst, hast du nichts gesehen. Wieviel mehr als das soll ich noch sagen? Verwickle dich nicht.

Das Erblicken der Welt und der Tod

Hinter einem Sarg war rastlose Trauer, als plötzlich jemand klagte: „Was ist aus dir geworden, der du die Welt nicht gesehen hast? Noch bevor du etwas sehen konntest, hast du sie schon verlassen." Als er dies hörte und sah, sprach ein Trauernder: „Er hat hundert Mal die Welt gesehen. Aber wenn du die Welt mitnehmen willst, wirst du auch wie einer sterben, der sie nicht gesehen hat."

Solange dein Blick auf die Welt gerichtet ist, wie kannst du im Leben den Schmerz stillen? Solange du dich der Triebseele des Geizes widmest, ist deine wertvolle Seele in der Unreinheit verloren gegangen.

Das Verbrennen von Aloeholz

Ein Leichtsinniger hatte Aloeholz verbrannt und jemand seufzte vor Freude. Zu jenem sagte ein namhafter Mann: „Ehe du einmal geseufzt hast, ist das Holz verbrannt."

S. 332, Verse 2233-2255

24. Die Ausrede des neunten Vogels

Ein anderer Vogel sprach zum Wiedehopf: „Oh großer Vogel, mich hat die innige Liebe gefangen genommen. Die Liebe zu der Geliebten hat mich blockiert, meinen Verstand geraubt und sich selbstständig gemacht. Der Gedanke an sie war mein Halt, sie hat in mir überall ein Feuer entfacht. Ohne sie finde ich keinen Augenblick Ruhe und mich vor ihr zurückzunehmen, erscheint mir gottlos. Wie mein Herz im Blut steckte, habe ich Verwirrter mir den Weg vorgenommen. Das Tal vor uns muss durchquert werden und hundert Leiden muss man auf sich nehmen. Aber wenn ich ohne den Anblick dieser Mondgesichtigen bin, wie kann ich jemals den Weg suchen? Für meinen Schmerz gibt es kein Heilmittel, und ich gehe an Glauben und Unglauben vorbei. Mein Unglaube ist der Glaube an ihre Liebe, und das Feuer in meiner Seele brennt wegen der Liebe zu ihr. Wenn ich auch niemanden in meinem Kummer habe, auch mein Gefährte wäre durch die Liebe zu ihr sehr bekümmert. Ihre Liebe breitete sich im Staub und in meinem Blut aus und ihre Locken warfen mich aus dem Vorhang. Weil ich in dieser Angelegenheit machtlos bin, kann ich nicht einen Augenblick ohne ihren Anblick sein. Wie soll ich den staubigen Weg gehen, wenn ich im Blut ertrinke? Wo es so um mich steht, was kann ich tun?"

Der Wiedehopf antwortete: „Oh, du bist gefesselt an den Anblick und stecken geblieben im Verdruss. Die Liebe zur äußeren Erscheinung ist keine Liebe der inneren Bedeutung. Sie ist Wollust, du mit den Eigenschaften eines Tieres. Jede Schönheit hat einen Makel und verlangt vom Mann eine Strafe. Jede Schönheit ist vergänglich, und es ist gottlos, wenn man sich nicht von ihr abwendet. Der äußeren Gestalt voller Körpersäfte und Blut gab man den Namen des Vollmondes. Wenn man ihm die Körpersäfte und das Blut entzieht, gibt es nichts Hässlicheres auf dieser Welt. Wessen Schönheit auf diesen Dingen beruht, wisse, wie diese Schönheit am Ende aussieht. Wie oft suchtest du in dieser Gestalt nach Fehlern? Die Schönheit ist verborgen, suche sie in der Verborgenheit. Wenn der Schleier von der Stirn fällt, ist dahinter nichts. Der Anblick des gesamten Himmels verschwindet, und das Glück verkehrt sich ins Unglück.

S. 333, Verse 2256-2274

Die Liebe zum äußeren Anblick ist kurz und alles wird einander Feind. Wer aber die Liebe zum Verborgenen hat, dessen Liebe ist ohne Fehler. Wenn du nicht den Weg dieser Liebe einschlägst, bist du sehr erstaunt, wenn sie dich gefangen nimmt."

Über den Makel der Liebe

Ein Schmerzgeplagter weinte vor Schibli. Der Scheich fragte ihn, warum er weine, und er antwortete: „Scheich, ich hatte eine Liebe, durch deren Schönheit meine Seele erfrischt war. Aber sie starb, und ich werde aus Kummer um sie sterben. Sie hat die Welt für mich aus Trauer um sie verdunkelt." Der Scheich sagte: „Dein Herz ist darüber betrübt. Aber was ist schon der Kummer? Die Vergeltung ist mehr als das. Wähle eine andere Liebe als diese. Wähle einen Freund, der nicht stirbt, sodass du nicht aus Leid sterben musst."

Die Liebe hat einen Makel wegen des Todes. Die Liebe zu ihr bringt den Seelenkummer mit sich. Wer durch die Liebe zum Äußeren betrübt wird, fällt aus diesem Grunde in hundert Nöte. Schnell verlierst du diesen äußeren Schein und lässt ihn darüber erstaunt im Blut sitzen.

Verkauf einer Geliebten

Ein Händler hatte einen großen Besitz und viel Reichtum und eine Dienerin mit Lippen wie Zucker. Plötzlich verkaufte er sie, damit die frei sein würde, aber er war darüber verwirrt und sehr unglücklich. Da ging er aufgeregt zu ihrem Herrn und wollte sie für mehr als das Tausendfache zurückkaufen. Wegen seines Wunsches brannte ihm das Herz, aber der Herr verkaufte sie nicht wieder. Der Mann streute sich aus Verzweiflung auf dem ewigen Weg fortwährend Staub über das Haupt und klagte: „Ich bin so aufgewühlt. Diese Hitze ist Vergeltung für denjenigen, der aus Dummheit das Auge des Verstandes schloss und seine Geliebte für Geld verkaufte."

Am Tag des Basars hast du dir selbst geschadet.

S. 334, Verse 2275-2296

Jeder Atemzug ist dein Lebenselixier. Für Gott ist jedes neue Atom ein Führer. Seine Gunst ist vollkommen. Enthülle die Gnaden des Freundes. Bis du erkennst, dass du angekommen bist, musst du dich in der Trennung gedulden. Gott hat dich mit hundertfacher Güte erzogen und du bist aus Unwissenheit bei etwas anderem stehengeblieben.

Der Hund des Königs

Ein König ging in der Wüste auf Jagd und sprach: „Hundehüter, bring die Windhunde." Der König hatte einen dressierten Hund, dessen Decke aus Satin und Atlas genäht war. Sein Halsband war mit Edelsteinen bedeckt und glänzte an seinem Hals. Sein Fußring war aus Gold und die Leine um seinen Hals aus schwarzem Samt. Der König hielt den Hund für klug und er nahm seine Leine selbst in die Hand. Ging der König, so lief ihm der Hund hinterher. Aber auf dem Weg lag ein nackter Knochen und der Hund lief nicht weiter. Als der König sah, dass der Hund stehengeblieben war, packte ihn das Feuer des Zorns über den verirrten Hund. Er sprach: „Wie kann er vor mir, dem König, nach etwas anderem schauen?" Er zerriss die Leine und sagte: „Jetzt zeigt es diesem Unhöflichen auf der Welt. Wenn so ein Hund hunderttausend Nadeln gefressen hat, ist es besser, wenn er nicht an der Leine ist." Der Hundehüter sprach: „Der Hund ist geschmückt, alles an ihm ist sehr prunkvoll. Während für ihn die Wüste die Belohnung ist, sind es für uns der Atlas, Gold und Edelsteine." Der König erwiderte: „Lass ihn so und geh, lass ab von seinem Silber und Gold und geh. Wenn er dann zu sich gekommen ist und sich selbst so geschmückt sieht, wird er sich erinnern, was er für eine Bekanntschaft gemacht und wie er sich von mir, dem König, getrennt hat."

Oh, du hast erst Bekanntschaft gemacht und dich schon aus Unachtsamkeit getrennt. Setze deinen Fuß in die wahrhafte Liebe und trinke mit den Drachen mutig aus einer Schale.

S. 335, Verse 2297-2317

Weil das Glückspiel mit den Drachen hier ist, ist das Köpfen der Verliebten Blutrache. Was die Seele eines Mannes bitter macht, gibt den Drachen das Aussehen einer Ameise. Die Verliebten, ob einer oder hundert, dürsten auf dem Weg zu Ihm nach ihrem eigenen Blut.

Halladsch an der Richtstätte

Als Halladsch[81] damals an der Richtstätte stand, sprach er nur ‚Ich bin die Wahrheit'. Weil man seine Zunge nicht fand, schlug man seine Gliedmaßen ab. Er wurde blass, als das Blut aus ihm lief, aber wer behält in solch einem Zustand sein rosiges Gesicht? Schnell rieb er, die Sonne des Weges, sich mit der abgeschlagenen Hand über das Gesicht wie der Mond und sprach: „Wie das Blut einen Mann rosengleich macht, habe ich mein Gesicht jetzt noch rosiger gefärbt. Damit ich vor niemandem blass bin, sondern ein rotes Gesicht habe. Jeder, dem ich blass erscheine, denkt vielleicht, dass ich mich gefürchtet habe. Aber ich habe kein bisschen Angst, außer dass mein Gesicht nicht rosig ist."

Wenn sich der zum Tode verurteilte dem Galgen zuwendet, wird sein Mut deutlich. Wenn die Welt mir zu eng ist, wie kann ich mich dann so fürchten? Wer mit dem siebenköpfigen Drachen im Juli ständig isst und schläft, hat von solchen Spielen viele und das geringste davon ist das Hängen.

Dschunaid und der Kopf seines Sohnes

Der Führer des Glaubens, Dschunaid, dieses tiefe Meer, sprach eines Nachts in Bagdad. Die Worte kamen aus der Höhe des Himmels und legten sich dürstend auf seine Türschwelle. Der Führer Dschunaid hatte viele Jünger und einer war so schön wie die Sonne. Man schlug diesem Jungen den Kopf ab und warf ihn elendig unter die Menge. Als der reine Dschunaid den Kopf sah, richtete er sich mutig an die Menge und sprach: „Dieser Kessel ist heute Nacht sehr tief. Ich stellte ihn über die alten Geheimnisse.

S. 336, Verse 2318-2338

In einem solchen Kessel muss Kohl sein, aber es muss mehr sein als das und nicht weniger."

25. Die Ausrede des zehnten Vogels

Ein anderer Vogel sprach zum Wiedehopf: „Ich fürchte mich vor dem Tod. Das Tal ist weit und ich habe keine Wegzehrung. Ich fürchte mich so vor dem Tod, dass meine Seele schon beim ersten Halt entweicht. Wenn der große König Azrail mit seiner Gefolgschaft erscheint, sterbe ich qualvoll. Wer ihm einen Schwertschlag versetzte, dessen Klinge wurde wie ein

81 Bekannter Mystiker, der 922 n. Chr. hingerichtet worden war.

Stift gekürzt und dessen Hand brach. Wehe der Hand und dem Schwert eines Weltlichen, es ist nichts außer Wehklagen in der Hand, wehe!“

Der Wiedehopf antwortete: „Unfähiger Schwächling, wie viel wird übrig bleiben außer einer Hand voll Knochen? Wieviel Knochen auch zusammengesetzt sind, sein Mark schmerzt. Weißt du nicht, dass dein Leben mehr oder weniger der Rest ist von zwei Atemzügen? Wie lange noch davon? Weißt du nicht, dass jeder, der geboren wurde, starb, zu Staub wird und alles, was er gewesen war, vom Wind weggetragen wird? Er hat dich auf das Sterben vorbereitet und dich zum Gehen hergebracht. Die Sonne ist wie ein Kupferbecken, jede Nacht ertrunken in Blut von der Abenddämmerung. Die schwertschwingende Sonne hat auf der Suche nach Ihm diese vielen Köpfe in Sein Kupferbecken geschlagen. Ob du beschmutzt oder rein bist, du bist ein Tropfen Wasser im Staub, ein Tropfen Wasser von Kopf bis Fuß im Schmerz. Wie kann man mit dem Meer kämpfen? Wenn du ein Leben lang in der Welt befohlen hast, wirst du brennen und dein Leben mit Klagen geben.“

Die Geschichte vom Phönix

Der Phönix ist ein seltener, schöner Vogel und sein Ort ist Indien. Er hat einen erstaunlich langen Schnabel und wie eine Flöte darin viele Löcher. Fast hundert Löcher sind in dem Schnabel. Er hat keinen Partner und ist allein. In jedem Loch ist ein anderer Ton und hinter jedem von ihm ein anderes Geheimnis. Wenn er mit jedem Loch fürchterlich klagt, sind Vögel und Fische darüber beunruhigt.

S. 337, Verse 2339-2363

Alle Vögel werden still und durch die Schönheit seines Schreies betört. Ein Philosoph war sein Gefährte, der das Wissen über die Musik aus seiner Stimme erhielt.

Sein Lebensalter zählte fast tausend Jahre und er hielt seinen Todeszeitpunkt für gekommen. Als es soweit war, sammelte er mehr als zehn Ladungen Brennholz um sich. Inmitten des Brennholzes kamen unruhig hundert seiner fürchterlichen Wehklagen heraus. Aus jedem seiner Löcher entrann der reinen Seele ein anderes furchtbares Schluchzen. Wie ein Trauernder brachte er aus jedem der Löcher eine andere Art der Klage hervor. Aus Gram vor dem Tod zitterte er bei jeder Trauerklage wie ein Blatt. Von seinem Geschrei angelockt, kamen alle Vögel und Raubtiere zu ihm, um durch einen Blick auf einmal der Welt zu entsagen. Aus Kummer um ihn kamen an dem Tag sehr viele Tiere im Herzblut zu ihm. Alle waren wegen seines Klagens beunruhigt und einige haben aus Schwäche ihr Leben gelassen. Dieser Tag war ein seltsamer Tag, denn Blut floss wegen seines herzbrechenden Klagens. Als sein Leben zum letzten Atemzug gelangt war, schlug er Flügel und Feder zusammen. Ein Feuer entsprang seinen Flügeln und umloderte ihn schon bald. Schnell erfasste es das Brennholz und brannte es nieder. Vogel und Holz wurden beide zu einem Funken und danach zu Staub.

Als kein kleiner Funken mehr geblieben, erhob sich wieder ein Phönix aus der Asche. Das Feuer hatte das Holz zu Asche verbrannt, aber aus dem Phönix ist ein Kind hervorgekommen.

Niemandem ist dies in der Welt geschehen, dass er nach dem Tod ungeboren wiederkommt. Wenn man dir wie dem Phönix ein langes Leben gibt, stirbst du und ebenso gibt man dir viel zu tun. Der verirrte Phönix hat in den tausend Jahren hundertfach über sich selbst geklagt. Jahrelang hat er gejammert und war im Schmerz, kinderlos, partnerlos, ganz einsam und allein. Nirgendwo hatte er Angehörige und musste sich nicht einem Partner oder einem Kind beugen. Am Ende ist Azrail, weil er schrie, gekommen und hat seine Asche in den Wind gestreut. Da du weißt, dass es aus den Krallen Azrails für die Seele kein Entrinnen gibt, wozu dann die List? Nirgendwo ist jemand ohne Tod. Sieh dieses Wunder, dass niemand etwas dagegen unternehmen kann. Obgleich der Tod hart und grausam ist, so ist es nötig, die Köpfe zu zermalmen. Auch wenn wir viel zu tun haben, ist das Schwerste diese Aufgabe.

Ein Sohn trauert um seinen Vater

Ein Sohn trat vor den Sarg seines Vaters. Er weinte und sprach: „Oh Vater, an so einem Tag wurde meine Seele verwundet. In meinem Leben ist nie zuvor so etwas geschehen." Ein Sufi antwortete: „Auch dem, der dein Vater war, ist so ein Tag noch nie gekommen. Was dem Sohn zustieß, ist nichts. Viel problematischer ist das, was dem Vater zugestoßen ist."

Oh, du bist ohne Kopf und Fuß auf die Welt gekommen. Der Staub über dem Haupt ist vom Wind weggetragen. Wenn du an der Spitze eines Reiches sitzen willst, wird dir nur der Wind in die Hand wehen.

Über den Tod

Einen Flötenspieler, zu dem Azrail gekommen war, fragte einer: „Du, im Quell des Geheimnisses, wie geht es dir im Todeskampf?" Er antwortete: „Über meinen Zustand kann man nichts sagen. Ich bin mein ganzes Leben lang dem Wind hinterhergejagt, um schließlich mit dem Staub zu gehen."

Gegen den Tod gibt es kein Mittel außer seinem Angesicht. Die Blätter fallen über die Klagen. Wir sind alle geboren, um zu sterben. Das Leben wird nicht bleiben und das Herz müssen wir hingeben. Wer eine Welt unter dem Stein eines Ringes trug, dem wurde sie unter der Erde vernichtet. Wer im Himmelsrad den Speer lobte, wurde schnell zu nichts in der Grabesnische. Alle schlafen unter der Erde, nur nicht der, der alle geschaffen hat.

S. 339, Verse 2382-2401

Schau, bis wohin der Tod ein Problem ist, wo das Grab der erste Rastplatz ist. Wenn die Nachricht von der Bitterkeit deines Todes kommt, wird deine süße Seele unruhig.

Bitteres und süsses Wasser aus einer Quelle

Jesus trank Wasser aus einem klaren Wasserlauf. Das Wasser war besser als ein Erfrischungsgetränk. Jemand füllte einen Krug mit diesem Wasser und ging. Auch Jesus trank aus diesem Krug und ging. Aber von dem Wasser aus dem Krug wurde sein Mund bitter. Er kehrte zurück und war darüber verwundert. Er sprach: „Oh Herr, das Wasser aus dem Krug und das des Wasserlaufs ist beides dasselbe. Sag mir das Geheimnis. Warum ist das Wasser im Krug bitter und das andere so süß wie Honig?“ Der Krug vor Jesus fing an zu sprechen. Er sagte: „Oh Jesus, ich bin ein alter Mann. Ich habe unter diesen neun Schalen tausend Lasten. Ich wurde zu Krug, Becher und Schale. Da man mich tausende Male zu einem Krug machte, gibt es nichts außer der Bitterkeit meines Todes. Aus Traurigkeit über meinen Tod bin ich ständig so. Deshalb ist mein Wasser so wenig süß.“

Oh Sorgloser, höre das Geheimnis aus dem Krug. Baue dir nicht aus Nachlässigkeit einen Krug. Du hast dich verloren, Geheimnissucher. Suche das Geheimnis, bevor deine Seele entweicht. Wenn du dich nicht lebend wieder findest, wie kannst du das Geheimnis kennen, bevor du stirbst? Du weißt weder etwas über dich durch den Verstand, noch hast du eine Spur von deinem Sterben. Lebend nicht gefolgt und tot verloren, geboren als Mann, aber zu keinem geworden. Der Derwisch hat hunderttausend Vorhänge, wie kann er sich wieder finden?

Sokrates' Grab

Als Sokrates im Sterben lag, fragte ihn ein Schüler: „Oh Lehrer, wenn wir das Leichentuch bereitet und deinen Körper gewaschen haben, wo sollen wir dich begraben?“ Er antwortete: „Wenn du mich wieder finden willst, begrabe mich überall, wo du willst.

S. 340, Verse 2402-2421

Da ich mich in meinem langen Leben nicht gefunden habe, wie kannst du mich tot wieder finden? Ich bin so viel gegangen, aber habe in der Zeit nicht das Geringste von mir erfahren.“

26. Die Ausrede des elften Vogels

Ein weiterer Vogel sagte zum Wiedehopf: „Oh Gutgläubiger, ich bin nicht einmal zum Ziel meiner Wünsche gelangt. Mein ganzes Leben war ich bekümmert und unglücklich. In meinem vollblutigen Herzen ist so viel Traurigkeit, sodass darüber auch jedes Atom bedrückt ist. Ich bin immer verwirrt und schwach und ungläubig, aber niemals froh. Wie soll ich mit diesem ganzen Kummer den Weg vor mir bewältigen? Wenn mein Kummer nicht so groß wäre, würde ich mich sehr auf die Reise freuen. Aber was soll ich machen, wenn mein Herz voller Blut ist? Ich habe dir nun alles gesagt. Was soll ich tun?"

Der Wiedehopf sagte: „Oh du Stolzer aus Leidenschaft, du bist von Kopf bis Fuß im Leid versunken. Alle Wünsche dieser Welt vergehen, ehe du dich versiehst. Alles vergeht in einem Augenblick, sogar das Leben. Weil die Welt vergeht, gehe auch du. Verlasse sie und schau nicht danach. Denn nichts ist beständig, woran sich das Herz gebunden hat."

Die Ablehnung eines Getränks

Ein Reisender von großem Einfluss hatte noch nie aus der Hand von jemandem etwas Erfrischendes getrunken. Ein Bettler fragte: „Du mit Verbindung zum Herrn, warum hast du nie den Wunsch nach einem Erfrischungsgetränk gehabt?" Er antwortete: „Ich sehe einen Mann oben stehen, der das Getränk schneller nimmt. Mit so einem Mann ist ein Bevollmächtigter über mir und es wäre Gift für mich, wenn ich dieses Getränk trinken würde. Mit ihm ist mir das Getränk, auch wenn es angenehm wäre, kein Erfrischungsgetränk mehr, sondern Feuer."

Für alles, was nur einen Moment standhaft ist, ist ein halbes Korn so viel wert wie hundert Welten.

S. 341, Verse 2422-2443

Wenn es nicht einen Moment eine Verbindung gibt, wie kann ich dann ein Gebäude auf einen Grund setzen, den es nicht gibt? Wenn du wegen eines erfüllten Wunsches stolz bist, prahle nicht mit diesem Wunsch eines Augenblickes. Und wenn dein Zustand wegen eines unerfüllten Wunsches getrübt ist, weine nicht darum, da er auch nur einen Augenblick andauert. Wenn Leid und Klage zu dir kommt, geschieht das wegen deiner Größe und nicht wegen des Kleinmuts. Was die Gesandten an Leid erfahren haben, zeigt niemand von Kerbela. Wenn sich in deinem Gesicht das Leid zeigt, offenbart sich vor einem Sehenden ein Schatz. Hundert Gnaden sind in einem Augenblick und die Welt existiert aus Gunst und Güte. Erinnerst du dich nicht an Seine Güte, erfährst du nicht das Geringste von

Seiner Sorge. Wo ist das Zeichen des Freundes? Du bist von Kopf bis Fuß in düstere Gedanken gehüllt.

Der verlockende Genuss von bitterem Obst

Ein König von großzügigem Wesen hatte eines Tages einem Diener eine Frucht gegeben. Der Diener aß das Obst auf angenehme Weise. Du würdest sagen, dass niemand solch eine Speise schöner gegessen hatte. Weil der Diener es so schön aß, verlangte der König danach und sprach: „Diener, gib mir die Hälfte davon, weil du diese Speise so schön isst." Er gab dem König das Obst und als der König es probierte, war es bitter. Er zog die Augenbrauen zusammen und sagte: „Diener, wie kann jemand etwas so Bitteres so süß essen?" Der Diener sagte zum König: „Oh König, weil ich aus deiner Hand so ein wertvolles Geschenk bekam. Auch wenn das Obst aus deiner Hand bitter war, hielt ich es für keine gute Art, es zurückzugeben. Weil aus deiner Hand jeden Augenblick für mich ein Schatz kommt, wie kann ich wegen eines bitteren Geschmacks leiden? Da ich in deiner Gunst stehe, wie kann mir aus deiner Hand etwas bitter schmecken?"

Wenn du auf deinem Weg zu Ihm viel Leid zu ertragen hast, sei gewiss, dass dies ein Schatz ist. Sein Werk geschieht überall. Was tust du, wenn es so steht? Wie können die Erfahrenen, die sich auf den Weg begeben haben, einen Bissen ohne Herzblut zu sich nehmen?

S. 342, Verse 2444-2460

Solange sie bei Brot und Salz sitzen und die Gnade genießen, haben sich nicht nur trockenes Brot bekommen.

Brot und Schläge

Ein namhafter Mann fragte einen Sufi: „Bruder, wie verbringst du die Zeit?" Er antwortete: „Ich stecke in einem Aschehaus mit trockenen Lippen und besudelt. Ein Stück Brot bekam ich darin nicht, ohne dass man mir dort nicht vorher fast den Hals gebrochen hat."

Wenn du auf der Welt einmal etwas Schönes suchst, träume oder sprich es aus. Sei aber vorsichtig, damit du mutig auf diese Seite des Weges gelangst. Es gibt keine Freude auf der Welt und vom Frohsinn nicht eine Spur. Es gibt die Triebseele, die wie Feuer ist, in der Zeit, in der es dir gut geht. Wenn du wie ein Zirkel in der Welt herumkreist, zeigt dir niemand nur einen Ort der Heiterkeit.

Eine alte Frau bittet um ein Gebet für den Frohsinn

Eine alte Frau sprach zum Scheich Mihna:[82] „Sag mir ein Gebet für die Freude. Ich hatte bisher kein Verlangen und begehre nun nicht mehr als das. Wenn du mir das Gebet für den Frohsinn beibringst, wäre es bestimmt jeden Tag für mich eine ständige Gebetsformel." Der Scheich antwortete: „Es gab eine Zeit, da habe ich die Knie umfasst und nachgedacht. Ich habe sehr nach dem gesucht, was du willst, aber ich habe nichts gesehen und nichts gefunden."

Solange es für den Schmerz keine Arznei gibt, wie kann es dann für einen Mann Frohsinn geben?

Eine Frage nach dem Frohsinn

Ein Bettler saß vor Dschunaid und sagte: „Oh Jäger Gottes ohne Ketten, wann kann ein Mann zu Frohsinn kommen?" Er antwortete: „In dem Moment, da Er im Herzen ist."

S. 343, Verse 2460-2472

Solange die Verbindung zum König nicht da ist, ist das Unglück dein Begleiter. Ich halte ein wenig Erstaunen für gerechtfertigt, denn er besitzt nicht das Strahlen der Sonne. Wenn ein Atom hundertmal im Blut ertrunken ist, wann wird es je das Erstaunen los? Ein Atom bleibt ein Atom, solange es ist. Wer behauptet, dass es nicht so ist, der hat sich getäuscht. Wenn man Ihn reflektiert, ist das nicht Er, sondern ein Atom und nicht eine strahlende Quelle. Wer sich zuerst von dem Atom löst, dessen Ursprung ist auch ein Atom. Und wenn es sich vollständig in Seiner Sonne verloren hat, bleibt es doch ein Atom bis in Ewigkeit. Ob es sehr gut oder sehr schlecht war oder ein Leben lang lief, es bleibt, wie es ist. Oh Atom, du irrst wie ein kaputter, betrunkener Mann, bis du durch das Ringen mit der Sonne gehst. Ich warte, bis du, unruhig wie ein Atom, dein Unvermögen selbst erkennst.

Eine Fledermaus will zur Sonne

Einen Abend sagte eine Fledermaus: „Ich spreche über nichts, wenn die Quelle der Sonne nicht da ist. Ich verbringe das Leben in Unglück, bis ich mich auf einmal in ihr verliere. Ich laufe Monate und Jahre mit geschlossenen Augen, um schließlich am Ort anzukommen." Ein Scharfsinniger fragte: „Oh du vor Stolz Betrunkene, der Weg zu ihr dauert für dich Tausende von Jahren. Wie kann eine Verwirrte wie du dorthin gelangen? Die Ameise bleibt im Brunnen, wie kann sie zum Mond kommen?" Sie ant-

82 Abu Sa'id b. Abi l-Chair (gest. 1049 n. Chr.) war ein berühmter Sufischeich aus Chorasan.

wortete: „Sei ohne Sorge, ich werde fliegen, um zu sehen, was aus meiner Angelegenheit wird."

Jahrelang ging sie betrunken und ahnungslos, bis ihr keine Kraft, keine Flügel und Federn mehr blieben. Schließlich schmolz ihr Köper mit verbrannter Seele dahin. Feder- und flügellos war sie schwach. Als sie noch immer nichts von der Sonne sah, sagte sie zu sich: „Bin ich etwa an der Sonne vorbeigegangen?" Ein Kluger sagte zu ihr: „Du hast so viel geschlafen, dass du den Weg nichts sahst, als du gingst. Und dann sagst du, dass du an ihr vorbeigegangen bist, weil du deine Flügel und Federn verloren hast." Wegen dieser Worte war die Fledermaus sehr betroffen. Was ihr noch geblieben war, ging auch dahin.

S. 344, Verse 2483-2504

Vor Schwäche sprach sie mit den Worten der Seele: „Du hast einen gut sehenden Vogel gefunden. Gehe noch ein gutes Stück weiter!"

27. Die Ausrede des zwölften Vogels

Ein anderer Vogel fragte den Wiedehopf: „Oh Führer, was ist, wenn ich sofort den Befehl ausführe. Ich habe mit Einverständnis und Ablehnung nichts zu tun, sondern warte auf seinen Befehl. Was er befiehlt, führe ich gerne aus. Wenn ich davon loslasse, werde ich bestraft."

Er antwortete: „Gut, dass du, Vogel, die Frage gestellt hast. Es gibt nichts Vollkommeneres als das. Wer gehorcht, ist frei von der Verlassenheit und von allen Schwierigkeiten erleichtert. Dein sofortiger Gehorsam auf einen Befehl ist besser, als ohne Befehl im Leben gehorsam zu sein. Wer ohne Befehl viel erduldet, ist ein Hund und ein Niemand vor dem anderen. Ein Hund leidet viel, aber was hat das für einen Nutzen? Er hat nur Schaden davon, wenn er nicht unter einem Befehl steht. Wer aber unter dem Befehl einmal zu leiden hat, dem wird zur Belohnung eine Menge Federn gegeben. Um den richtigen Befehl auszuführen, suche Zuflucht im Befehl. Du bist ein Diener, erhebe dich nicht aus Besitzergreifung."

Das geschmückte Gefängnis

Ein König kehrte in seine Stadt zurück, und die Leute schmückten die Stadt. Jeder brachte, was er hatte, um die Stadt zu schmücken. Die Gefangenen hatten nichts außer ihren Fesseln und Ketten. Einige hatten einen abgeschlagenen Kopf, manche ein zerrissenes Herz, einige hatten auch abgeschlagene Hände und Füße. Aus all diesem fertigten sie einen Schmuck an. Als der König in seine Stadt kam, fand er sie wie ein Bild geschmückt vor. Als er dorthin kam, wo das Gefängnis war, stieg er schnell vom Pferd. Den Gefangenen gab er etwas von sich, ein Versprechen und viel Silber und Gold. Ein Gefährte des Königs wollte dieses Geheimnis ergründen und fragte: „König, sag mir, was hat es damit auf sich? Du hast hunderttausende Ausschmückungen gesehen und die Stadt in Brokat und Satin.

S. 345, Verse 2505-2527

Man hat Gold und Edelsteine auf die Erde gestreut und die Luft mit Moschus und Amber versetzt. Dies alles hast du gesehen und Zurückhaltung geübt. Du schautest nicht nach einem dieser Dinge. Warum bliebst du vor dem Gefängnis stehen? Etwa um die abgeschlagenen Köpfe zusehen? Wehe! Hier ist überhaupt nichts Erfreuliches, außer abgeschlagenen Köpfen, Händen und Füßen. Sie sind Mörder, all diese mit den abgehackten Händen. Warum muss man sich zu ihnen setzen?" Der König antwortete: „Die Ausschmückungen der anderen sind ein leichtes Spiel. Jeder hat auf seine Weise sich und das Seine angeboten. All jene hier sind bestraft, und die Angelegenheit der Gefangenen ist zu meiner geworden. Wenn man meinen Befehl nicht ausgeführt hätte, wie hätte Kopf und Körper getrennt sein können? Ich habe hier meinen Urteilsspruch ausgeführt gesehen und mich davon abgewendet. Alle waren in ihrem eigenen Stolz verloren und haben sich zur Anmaßung herabgelassen. Sie sind verirrte Gefangene und waren durch mein Urteil erstaunt. Mal verloren sie die Hand, mal den Kopf, mal wegen eines Vergehens und mal schuldlos. Sie warteten, ohne etwas tun zu können, damit sie vom Gefängnis an den Galgen kommen. Wahrlich, dieses Gefängnis ist mir zum Rosengarten geworden. Mal habe ich sie und mal sie mich. Diejenigen, die den Weg sehen, müssen gehorchen, und der König muss zweifelsohne ins Gefängnis gehen."

Vortritt durch Gehorsam

Ein Herr aus Akkaf[83] war ein Pol der Welt und von reinem Wesen. Er sprach: „In der Nacht sah ich im Traum plötzlich Bayazid und Tirmidhi[84] auf dem Weg. Beide gaben mir den Vortritt als Führer. Ich führte sie beide an und danach deutete ich den Traum, warum die beiden Scheiche mir diese Ehre erwiesen haben. Die Deutung war: Als mir in der Morgendämmerung unbewusst ein Seufzer aus dem Herzen entrann, reichte er so weit, dass sich mir der Weg und der Palast Gottes öffnete. Als sich das Tor auftat, fing der Sprachlose zu reden an:

S. 346, Verse 2528-2548

‚Diese vielen alten Weisen und Schüler wollten etwas von mir, außer Bayazid. Dieser überragte alle als Mann der Männer, weil er mich wollte und nicht etwas von mir.' Als ich jene Nacht diese Worte hörte, sagte ich:

83 Abu l-Qasim Akkafi (gest. 1155 n. Chr.) war ein bekannter Rechtsgelehrter.
84 Mohammad b. Ali Hakim Tirmidhi (gest. 932 n. Chr.) war ein Sufi-Schriftsteller.

‚Dies ist mir beides keine Rechtfertigung. Soll ich etwas von Dir wollen und nicht Deinen Schmerz, oder Dich ohne Deine Männer? Was Du befiehlst, das will ich auch, denn mein Tun steht in richtigem Einklang mit Deinem Befehl. Wenn ich weder Richtiges noch Falsches habe, wie kann ich ein Begehren haben? Was Du mir befiehlst, ist genug. Mir reicht es, nach Deinem Befehl zu handeln.‘ Wegen dieser Worte gaben die beiden Scheiche mir den Vortritt.“

Wenn ein Diener an den Befehl gebunden ist, kann er in der Seele mit Gott sprechen. Wer maßlos vom Dienen prahlt, ist kein Diener. Für den Diener kommt die Zeit der Prüfung. Prüfe, ob sich ein Zeichen offenbart.

Dienen ist besser als Herrschen

In den letzten Atemzügen, wenn die Seele über die Lippen kommt, sprach Scheich von Charaqan:[85] „Seltsam, würde man doch meine Seele zerteilen und mein geröstetes Herz öffnen und es dann den Erdenbewohnern zeigen. Das würde erklären, was ich für ein Problem habe. Um zu erfahren, dass die Götzenverehrung nicht mit der Welt der Geheimnisse einhergeht, riskiere nichts Falsches.“

Dieses ist der Dienst und etwas anderes ist Begierde. Dienen heißt, sich niederzuwerfen, Unbekannter. Wenn du herrschst, dienst du nicht. Wie kann für dich da das Niederwerfen möglich sein? Wirf dich nieder und sei ein Diener, lebe! Wenn du ein Diener geworden bist, bist du auch geachtet, und durch die Achtung wird dir Würde zuteil. Kommt ein würdeloser Diener auf den Weg, reitet der König schnell vor ihm davon. Dem würdelosen Mann wurde das Heiligtum verboten. Wenn du würdevoll bist, ist dies eine große Gnade.

S. 347, Verse 2549-2568

Von der Vergänglichkeit der Würde

Der König schenkte einem Diener ein Ehrenkleid. Dieser machte sich damit auf den Weg. Der Staub des Weges setzte sich in seinem Gesicht nieder, und er reinigte es schnell mit den Ärmeln. Ein Frevler sagte zum König: „Oh König, er hat mit dem Ehrenkleid den Staub des Weges abgewischt.“ Der König erzürnte über diese Würdelosigkeit und ließ den Erstaunten sofort hängen. Du solltest wissen, dass es würdelos ist, wenn man den Sachen des Königs keinen Wert beimisst.

85 Abu l-Hasan Ali b. Dschafar Charaqani (gest. 1029 n. Chr.) war ein Sufischeich und einer der herausragendsten islamischen Mystiker.

28. Die Ausrede des dreizehnten Vogels

Ein anderer Vogel fragte den Wiedehopf: „Oh weiser Ratgeber, was ist das Reinwaschen auf dem Weg Gottes? Für mich ist die Beschäftigung des Herzens tabu. Was ich habe, zerstreue ich für immer. Was ich in die Hand bekomme, verliere ich. Denn es zu besitzen, ist für mich verkehrt. Ich bin nicht im Bann von irgendetwas. Ich werfe alles von mir. Warum Fesseln und Bindung? Ich gebe alles für Ihn. Vielleicht sehe ich in der Reinheit Sein Angesicht."

Der Wiedehopf antwortete: „Dies ist nicht der Weg für jeden. Für die Reinwerdung gibt es auf dem Weg viel Nahrung. Wer alles verlor, was er besessen hatte, der wurde von der Schwärze befreit. Zerreiße das Genähte und nähe das Zerrissene nicht wieder zusammen, sondern verbrenne alles, was du hast, bis auf das letzte. Wenn du alles mit einem feurigen Seufzen verbrannt hast, sammle die Asche und setze dich hinein. Tust du dies, bist du frei von allem, ansonsten leide wegen allem, solange du lebst. Wenn du nicht wegen des Besitzes eines einzigen Dinges stirbst, wie kannst du einen Schritt in den Korridor tun? Wenn du in dem Gefängnis nicht lange sitzen kannst, dann löse dich von allem, was da ist. Denn wie kannst du zur Zeit des Todes alle Dinge im Ärmelfortsatz mitnehmen? Lasse erst von dir selbst ab und begib dich dann auf den Weg. Solange du dich nicht am Anfang von allem gelöst hast, frommt sich dir diese Reise nicht."

S. 348, Verse 2569-2589

Von der Freude über den Verlust des Sohnes

Ein Alter aus Turkestan gab von sich kund und sagte: „Zwei Dinge mag ich lieber. Das eine ist mein scheckiges Pferd und das andere ist mein Sohn. Wenn ich von seinem Tod erfahre, verschenke ich mein Pferd aus Dankbarkeit für diese Nachricht. Denn ich halte diese beiden Dinge für zwei Götzen aus Sicht der lieben Seele."

Damit du nicht brennst und verbrennst wie eine Kerze, sage vor der Menge nichts über das Reinwerden. Wer darüber spricht, dessen Angelegenheit ist vernichtet, ehe er sich versieht. Reinwerden ist, wenn jemand aus Gier Brot isst und in dem Augenblick einen Genickstoß erhält.

Die Strafe für die Vorliebe von Auberginen

Der Scheich von Charaqan,[86] dessen Haus der Himmel war, liebte Auberginen. Seine Mutter war über ihn erzürnt und besorgt, als sie ihm eine halbe Aubergine geben sollte. Als er die Hälfte gegessen hatte, hatte man seinem Sohn sofort den Kopf abgeschlagen. Als es Nacht wurde, legte ein Betroffener den Kopf des Reinen auf die Schwelle. Der Scheich sprach: „Habe ich euch nicht tausendmal gesagt, wenn der Arme eine Aubergine isst, wird, ehe er sich versieht, seine Seele einen Schlag abbekommen? Immer, wenn meine Seele danach verlangt, habe ich es nicht leicht mit ihr. Was man selbst zu erleiden hat, darüber sollte man nicht sprechen, denn dann spricht man ohne seinen Freund. Es ist schwer, was mir widerfahren ist. Es ist mehr als Krieg und Versöhnung. Ein Unwissender hat weder Wissen noch Ruhe. An dem Allwissenden liegt es, etwas zu tun. Immer, wenn ein Gast ankommt, kommt ein Zug von Prüfern. Obwohl auf der lieben Seele hundert Kummer lasten, kommen weitere und so, wie es sein soll. Wer aus der Tarnung des Mangels hervorkommt, von dem wird Blut fließen. Hunderttausend Verliebte mit falschem Stolz machen die Seele zu einem Geschenk für einen Mörder.

S. 349, Verse 2590-2612

Alle Seelen kommen zum Einsatz, bis ihr Blut fürchterlich fließt."

Die toten Derwische

Jonas sprach: „Ich ging in die Wüste im Vertrauen auf Gott ohne Stock und Wasserschlauch. Vierzig Derwischkleidträger sah ich auf dem Weg, die alle ihr Leben auf einmal hingegeben hatten. Besorgnis überkam meinen ohnmächtigen Verstand und ein Feuer fiel in meine brodelnde Seele. Ich fragte: ‚Was ist das, Gott? Wieviel der Führer wirfst Du um?' Eine Stimme antwortete: ‚Ich weiß darüber Bescheid. Ich selbst tötete sie und zahlte ihr Blutgeld.' Er fragte: ‚Aber wieviele willst Du denn noch töten?' Er antwortete: ‚Soviel ich Blutgeld habe. Denn die Sache ist, für das Blutgeld in der Schatzkammer zu sein und für die Trauerfeier zu töten. Ich töte einen und zieh ihn durch sein Blut. In den Staub der Welt ziehe ich ihn nieder. Dann werden seine Körperteile vernichtet. Kopf und Fuß gehen seiner Vollkommenheit verloren. Ich will die Sonne seiner Erscheinung, und aus seiner Schönheit nähe ich sein Ehrenkleid. Sein Blut breite ich blumengleich darüber und lasse ihn sich ins Gebet zurückziehen in den Staub seines Ortes. Ich mache ihn zu einem Schatten in seinem Gebiet und bringe dann die Sonne meines Angesichts hervor. Wenn sie erscheint,

86 In anderen Quellen wird anstelle dessen Scheich Chirdschani genannt.

wie kann da ein Schatten in meinem Umkreis bleiben? Wenn der Schatten in der Sonne verschwindet, was bleibt dann noch? Gott weiß es in Rechtfertigkeit.'"

Wer in ihm verging, ist von sich befreit worden, denn außer mit Ihm hat man nichts in der Hand. Vergehe und rede nicht so viel darüber. Widme dich der Seele und suche nicht so viel. Ich kenne kein größeres Glück als das, dass ein Mann aus seinem Körper entrückt. Ich kenne niemanden, der im Sein das Glück fand und zu dem der Magier des Pharao kam. Was war das für ein Glück, das er fand? Als das Volk den Glauben fand, in dem Augenblick trennte es sich wegen Ihm von der Seele. Niemand hat jemals so ein Glück erlebt. Damals gingen sie einen Schritt zum Glauben und waren schon außerhalb der Welt. Niemand hat etwas Besseres als das erlebt. Kein Zweig hat eine schönere Frucht getragen.

S. 350, Verse 2613-2632

29. Die Ausrede des vierzehnten Vogels

Ein Vogel fragte den Wiedehopf: „Oh du Frommer, hat die Würde auf die Bedeutung einen Einfluss? Wenn ich vom Anblick her sehr schwach bin, habe ich doch in Wahrheit eine edle Würde. Aber wenn mir niemand gehorsam ist, ist mir die hohe Würde eine Last."

Der Wiedehopf antwortete: „Magnet der Verliebten des Schöpfers, die hohe Würde ist die Enthüllung von allem, was existiert. Jedem, dem diese hohe Ehre zuteil wurde, dem erschien plötzlich alles, wonach er suchte. Jedem, den Er ein winziges Stück Ehre gab, dem machte Er daraus eine Sonne. Der Kern eines weltlichen Reiches ist die Würde. Flügel und Federn des Seelenvogels ist die Würde."

Eine Frau bietet Garn für Joseph

Als man Joseph verkaufte, sind die Ägypter in Leidenschaft zu ihm entbrannt. Da es viele Käufer gab, verlangte man das Fünffache seines Gewichtes. Eine alte Frau, die in Blut getränkt war, hatte einige Fäden gebunden. Sie trat mit Geschrei in die Menge und sagte: „Oh Makler des Joseph-Verkäufers, ich bin verwirrt wegen des Wunsches nach diesem Jungen. Ich habe zehn gebundene Knäuel Fäden. Nimm sie und verkaufe ihn an mich. Schlag ein ohne Worte." Der Mann lachte und sagte: „Oh Einfältige, du kannst diese Perle einer Waise nicht haben. Er ist hundert Schätze in der Gesellschaft wert, aber nicht deiner und deiner Knäuel, Alte!" Die alte Frau erwiderte: „Ich wusste genau, dass man diesen Jungen nicht dafür verkauft. Aber mir reicht es, wenn jemand – ob Feind oder Freund – sagt, dass diese Frau zu seinen Käufern gehört hat."

Jedes Herz, das nicht zu hoher Würde kam, hat auch keinen endlosen Besitz gefunden. Es war aus Würde, dass der große König ein Feuer in der Herrschaft entfachte. Ein König, der viel Schaden gesehen hat, sah Hunderttausende im Besitz von einigen Hundert.

S. 351, Verse 2633-2652

In Reinheit seiner Würde mied er diesen ganzen unreinen Besitz. Wenn das Auge der Würde die Sonne sieht, wie kann er sich mit dem Kleinsten jemals zusammentun?

Erkaufte Würde

Jemand klagte ständig über seine Nutzlosigkeit und sein Derwischdasein. Ibrahim Adham[87] sagte zu ihm: „Junge, hast du etwa deine Armut billig erkauft?“ Ein Mann sagte ihm: „So soll nicht jemand mit dem Verstand eines Derwischs reden. Schäme dich!“ Er erwiderte: „Ich habe die Seele dem Besitz vorgezogen und sie für den Reichtum der Welt gekauft. Ich kaufe auch noch einen Atemzug für hundert Welten, denn es lohnt sich noch jeder Atemzug. Weil ich einen guten Preis für die Ware bekommen habe, habe ich mich ganz von der Herrschaft verabschiedet. Ich kenne den Wert bestimmt, du aber nicht. Den Dank dafür kann ich mir zuschreiben, du aber nicht.“

Die Würdevollen haben Seele und Herz verloren und Jahre im Brennen verbracht. Der Vogel ihrer Würde stieg zum Allmächtigen auf, frei von der Welt und frei vom Glauben. Bist du kein Mann mit solcher Würde, entferne dich, denn du gehörst nicht zu den Wohltätern.

Der Scheich unter der Brücke

Der Scheich Ghuri ging mit allen überallhin. So ging er mit den Irren unter eine Brücke. Als plötzlich der Sultan Sandschar[88] mit Würde vorbeikam, fragte er: „Was sind das für Leute unter der Brücke?“ Der Scheich antwortete ihm: „Sie sind alle ohne Kopf und Fuß und von beiden ist auch unser aller Zustand nicht weit entfernt. Wenn du uns für immer liebst, werden wir dich ganz schnell aus der Welt schaffen. Und wenn du uns nicht ein Freund, sondern ein Feind bist, ziehen wir dich aus deinem Glauben heraus. Wehe dir! Freundschaft oder Feindschaft, sieh uns, komm und sieh dich selbst entehrt. Wenn du einen Augenblick unter die Brücke kommst, wirst du befreit von Glanz und Begierde.“ Sandschar erwiderte: „Ich bin keiner von euch. Liebe und Hass gibt es euch gegenüber nicht.

---

87 Ibrahim b. Adham (gest. Ende des 8. Jahrhunderts n. Chr.) war ein Fürstensohn aus Balch, der zu einem berühmten Asketen wurde.

88 Sandschar b. Malikschah (1117-1157 n. Chr.) war Seldschukenherrscher und Zeitgenosse Attars.

S. 352, Verse 2653-2672

Ich bin euch weder Freund noch Feind. Ich gehe jetzt, damit sich meine Leute nicht sorgen. Von euch habe ich weder Ruhm noch Schande. Mit dem Guten und Schlechten von euch habe ich nichts zu tun."

Der Ruhm kommt wie ein schneller Vogel, der immer schneller wird auf seiner Reise. Wenn er fliegt, was gibt es außer dem Sehen, was in der Schöpfung? Seine Reise ist höher als die Horizonte der Existenz und er ist höher als Vernunft und Trunkenheit.

Die Welt als Schachtel

Um Mitternacht weinte ein Irrer und sprach: „Was soll ich sagen, was diese Welt ist? Sie ist eine verborgene Schachtel. Und wir geben uns darin wegen unseres Unwissens Vorstellungen hin. Wenn der Tod diese Schachtel öffnet, fliegt jeder, der Flügel hat, hinaus in die Ewigkeit. Wer keine hat, bleibt in hundert Qualen betrübt darin. Gib dem Vogel der Würde durch den inneren Sinn Flügel, dem Verstand ein Herz und der Seele einen guten Zustand. Bevor man die Schachtel öffnet, suche den Vogel des Weges und bringe Federn und Flügel hervor. Ansonsten verbrenne Federn und Flügel und dich selbst auch, damit du vor allen stehst."

30. Die Ausrede des fünfzehnten Vogels

Ein Vogel sprach zum Wiedehopf: „Wie steht es mit der Gerechtigkeit und Treue bei diesem König? Der erhabene Gott hat mir viel Gerechtigkeit gegeben und untreu war ich auch niemandem. Wenn jemand solche Eigenschaften in sich vereint, wie ist dann sein Rang in der inneren Erkenntnis?"

Der Wiedehopf antwortete: „Gerechtigkeit ist der Sultan der Befreiung. Wer gerecht ist, wird frei von Prahlerei. Wenn in dir Gerechtigkeit wohnt, ist ein Leben im Gebet besser als du. Der Edelmut ist in den beiden Welten höher, als im Verborgenen gerecht zu sein. Lerne: Wer seine Gerechtigkeit zeigt, besitzt wenig Heuchelei. Die Männer erfahren von niemandem Gerechtigkeit, aber selbst gab ihnen Gott genug."

S. 353, Verse 2673-2693

ANEKDOTE VON AHMAD B. HANBAL

Ahmad b. Hanbal[89] war der Imam des Zeitalters und seine Weisheit war grenzenlos. Wenn er mit seinen Gedanken und seinem Wissen am Ende war, ging er schnell zum Asketen Bischr Hafi.[90] Als ihn jemand bei Bischr sitzen sah, begann er ihn zu tadeln und sprach: „Ach, Imam der Welt, es gibt doch keinen Weiseren als dich. Du hörst nicht auf das, was jemand sagt, aber läufst zu diesem Barfüßigen?“ Ahmad b. Hanbal antwortete folgendes: „Ich sprach von den Traditionen des Propheten und den Überlieferungen. Im Wissen bin ich besser als er, aber er kennt Gott besser als ich.“

Oh, von der eigenen Ungerechtigkeit Ahnungsloser, schau einmal auf die Gerechtigkeit derer, die den Weg sehen!

DER INDISCHE KÖNIG UND MAHMUD

Die Inder hatten einen alten König, der vom Heer Mahmuds gefangen genommen worden war. Als man ihn zu Mahmud brachte, wurde der König schließlich zu einem Moslem. Er fand auch die Erkennungszeichen und trennte sich von den zwei Welten. Dann saß er allein in einem Zelt mit in Liebe aufsteigendem Herzen. Tag und Nacht verbrachte er im Weinen und Brennen, die Nächte sogar noch schlimmer als am Tag. Weil er so viel geweint hatte, erfuhr Mahmud auch davon. Er rief ihn zu sich und sprach: „Ich gebe dir mehr als hundert Schätze. Du bist ein König, also trauere nicht darüber. So viel du auch geweint hast, weine nun nicht mehr.“ Der indische König antwortete: „Oh König, ich weine nicht um den Besitz. Ich weine deshalb, wenn Gabriel mich am Tag der Auferstehung fragt: ‚Oh Treuloser, wieviele Samen der Abneigung hast du gesät, dass Mahmud nicht mehr mit einer Menge stolzer Reiter zu dir kommt?‘ Du hast dich nicht an mich erinnert, und deshalb bin ich von der Treue abgekommen.

S. 354, Verse 2694-2715

Man müsste das Heer wegen dir versammeln und du wegen eines anderen. Ohne Heer zu sein, ist keine Gnade. Sag, soll ich dich einen Freund nennen oder einen Feind? Wie lange soll von mir die Treue und von dir die Abneigung kommen? In der Treue ist das nicht üblich. Wenn vom erhabenen Gott diese Frage kommt, soll ich ihm mit Treulosigkeit antworten? Oh junger Mann, ich Alter weine, weil ich beschämt bin.“

89 Ahmad b. Hanbal (gest. 855 n. Chr.) war Begründer der Hanbalitischen Rechtsschule.
90 Bischr al-Hafi b. al-Harith (gest. 841 n. Chr.) war ein berühmter Sufischeich.

Höre die Worte und die Wahrheit der Treue, höre auf die Lehre und die Sammlung der guten Taten. Bist du treu, dann begib dich auf den Weg. Wenn nicht, bleib sitzen und lass davon ab. Was aus dem Verzeichnis der Treue kommt, steht nicht im Kapitel der Tapferkeit."

Die Prüfung des Glaubenskämpfers

Ein Glaubenskämpfer wollte von einem sehr stolzen Ungläubigen eine Frist, bis zu der er das Gebet verrichtet hatte. Er ging, betete, und als er zurückkam, kämpfte er jeden Augenblick stärker. Der Ungläubige hatte sein eigenes Gebet. Auch er wollte eine Frist und ging vorher hinaus. Er wählte sich eine reinere Ecke aus und legte seinen Kopf vor dem Götzen in den Staub. Als der Glaubenskämpfer ihn so sah, sagte er: „Ich habe hier deine Unterstützung bekommen" und wollte ihn heimlich mit dem Schwert erschlagen. Eine Stimme kam zu ihm aus dem Himmel, die sprach: „Du bist von Kopf bis Fuß in Verrat. Sei treu und halte dein Versprechen ein. Er hat dir in Gegenwart des Schwertes zuerst eine Frist gewährt. Wenn du jetzt das Schwert gegen ihn erhebst, ist das Unwissen. Oh du, der du ‚und erfüllt die Verpflichtung'[91] nicht gelesen hast, bist von deinem eigenen Versprechen abgekommen. Wenn der Ungläubige vorher etwas Gutes getan hat, dann sei nicht hinterhältig. Er tat Gutes und du willst Schlechtes tun. Verfahre mit denen so, wie du mit dir umgehen würdest. Vom Ungläubigen ist dir Treue und Vertrauen entgegengebracht worden. Wo ist deine Treue, wenn du gläubig bist? Oh Moslem, solange du das billigst, bist du in der Treue weniger als der Ungläubige." Da erhob sich der Glaubenskrieger von seinem Platz. Er sah sich ganz seiner Wurzel beraubt.

S. 355, Verse 2716-2738

Der Ungläubige sah ihn weinend mit dem Schwert in der Hand erstaunt an und sagte: „Warum weinst du?" Und er sagte die Wahrheit: „Er hat mich gerade geprüft. Er sagte, ich sei wegen dir untreu. Und mein Weinen ist wegen der Gewalt an dir." Als der Ungläubige dies hörte, stieß er einen Schrei aus, weinte ebenfalls bitter und sprach: „Ein Gott, der seine Lieben wegen seines fehlerhaften Feindes für Untreue tadelt! Was mach ich dann mit der zahllosen Untreue? Schätze den Islam! Um mir den Glauben beizubringen, vernichte meine Vielgötterei und bringe mir die Regeln des religiösen Gesetzes bei. Wehe meinem Herzen in solcher Bindung, ich wusste damit nichts von dem einen Gott." Du Wunschloser hast mit deinen Bittstellern genug auf unhöfliche Weise Untreue geübt. Aber ich habe viel Geduld. Er sagt dir alles, eins nach dem anderen.

---

91 Siehe Koran Sure 17,34.

Die Brüder Josephs

Die Dürre hatte die zehn Brüder geängstigt. Sie kamen von weit her zu Joseph und erzählten ihm von ihrer Angst. Sie wollten einen Ausweg aus den Hungerjahren. Das Gesicht Josephs war hinter einer Maske verborgen und vor ihm stand eine Schale. Er berührte sie mit der Hand und aus der Schale kam ein bitteres Klagen. Der weise Joseph sagte da: „Kennt ihr denn überhaupt die Sprache der Schale?“ Die zehn Brüder öffneten ihren Mund vor Joseph ob ihrer Schwäche und sagten: „Lieber Gotteskenner, woher soll jemand wissen, was für ein Schrei aus der Schale kommt?“ Joseph antwortete: „Ich weiß genau, was sie euch sagt, ihr Schwachen. Sie sagt euch: Ihr hattet zuvor einen Bruder, dessen Güte größer war. Er hieß Joseph und war kleiner als ihr, aber in der Güte stand er über euch.“ Er berührte die Schale noch einmal und sagte: „Sie sagt mit dieser Weise, dass ihr alle Joseph in einen Brunnen geworfen habt, und dann holtet ihr für den Sündlosen einen Wolf, zogt betrügerisch das Hemd durch das Blut, damit sich das Herz Jakobs dadurch in Blut auflöst.“

S. 356, Verse 2740-2761

Noch einmal berührte er die Schale und sie brachte etwas anderes hervor. Er sagte: „Sie sagt, ihr habt den Vater gequält und den mondgesichtigen Joseph verkauft. Wie können diese Ungläubigen so etwas mit dem Bruder tun? Schämt euch vor Gott.“ Die Leute waren über diese Worte erstaunt. Sie hatten Wasser und Brot gesucht. Als sie Joseph verkauft hatten, haben sie selbst in dem Moment die Welt verkauft. Weil sie ihn in den Brunnen warfen, waren sie selbst alle in der Grube des Leids.

Es muss ein Blinder sein, der diese Geschichte hörte und nicht eine Schlussfolgerung daraus zog. Schaue nicht so oft auf die Geschichte. Es ist deine, du Ahnungsloser. Was du aus Untreue getan hast, hast du nicht wegen des Lichtes der Erkenntnis getan. Wenn jemand im Leben eine Schale berührt, treten daraus alle deine Unfähigkeiten hervor. Bis man dich aus dem Schlaf holt und dich bei deinem eigenen Wesen packt und dir deine Grausamkeiten, Sünden und Fehler zeigt. Man führt dir dies alles vor und zählt dir eins nach dem anderen auf. Weil so viele Weisen aus der Schale an das Ohr gedrungen sind, weiß ich nicht, ob mein Verstand noch geblieben ist. Oh du, lahm wie eine Ameise, bist du am Boden der Schale gefangen. Wie oft willst du niedrig um die Schale kreisen? Lass es sein, denn sie ist eine Schale voller Blut. Du bleibst in der Schale betrübt und jeden Augenblick kommt eine andere Weise daraus zu dir. Bilde Federn und gehe fort, Gotteskenner, sonst wirst du durch die Stimme der Schale ehrlos.

31. Die Ausrede des sechzehnten Vogels

Ein Vogel fragte den Wiedehopf: „Oh Führer, gibt es auch Kühnheit bei Ihm? Wenn jemand große Kühnheit besitzt, fürchtet er sich dann vor niemandem? Wenn es dort Kühnheit gibt, sag es und verbreite die Perle der Bedeutung, nenne das Geheimnis."

Er antwortete: „Wer die Befähigung besitzt, ist ein Vertrauter des Geheimnisses der Schwäche. Wenn er ihm gegenüber kühn ist, dann, weil er ständig der Vertraute des Königs ist.

S. 357, Verse 2762-2783

Aber wie kann ein Vertrauter tollkühn und frech sein? Wenn er auf der einen Seite gutes Benehmen hat und Würde auf der anderen Seite, ist ein Moment der Kühnheit von ihm üblich. Wie kann aber ein Kameltreiber ein Vertrauter an der Seite des Königs sein? Wenn er kühn ist wie die Kenner des Geheimnisses, hat er keinen Glauben und keine Seele. Wie kann er Gaunerei im Heer betreiben und den Mut zur Kühnheit vor dem König haben? Wenn ein dummer Sohn auf den Weg kommt, ist seine Kühnheit Spaß. Er kennt alle Herren, aber er kennt den Herrn nicht, wenn er im Übermaß frech ist. Er läuft wie ein Irrer aus Liebeskummer über das Wasser durch die Macht der Liebe. Seine Kühnheit ist schön, denn jener Verrückte ist wie Feuer. Wie kann jemand auf dem Weg des Feuers gesund sein? Wie kann man einen irren Mann tadeln? Wenn in dir Irrsinn zum Vorschein kommt, kann man alles, was du sagst, von dir hören."

Ein Verrückter und die Diener von Omid

In Chorasan gab es viel Besitz, welcher Omid gehörte. Er besaß hundert Diener, mondgesichtige Türken von großer Statur, mit silbernen Unterarmen und nach Moschus duftend. Jeder hatte eine in der Nacht leuchtende Perle im Ohr. Wenn es Nacht war, wurde sie durch das Reflektieren jener Perle zum Tag. Mit goldbestickter Mütze und goldenem Halsreif war jeder silbern gekleidet und trug ein goldenes Schild. Mit edelsteinbesetzten Gürteln hatte jeder ein weißes Pferd unter den Schenkeln. Wer den Anblick eines solchen Heeres sah, gab sofort sein Herz und die Seele dazu. Da sah ein sehr hungriger Irrer barfuß und in Lumpen gehüllt diese Gruppe von Dienern aus der Ferne und sprach: „Wer sind diese Schönheiten?" Die ganze Stadt antwortete ihm sofort: „Das sind die Diener von Omid aus unserer Stadt." Nachdem der Irre dies gehört hatte, trübte es sich in seinem Kopf und er sagte: „Oh Inhaber des Throns Gottes! Lerne von Omid wie man Diener behandelt!"

S. 358, Verse 2784-2803

Wenn du wie er verrückt bist, sei kühn. Hast du ein solches Blatt, brauchst du so einen Zweig. Hast du kein Blatt von diesem hohen Zweig, dann sei nicht frech und lache nicht über dich. Die Frechheit der Verrückten ist angenehm, denn sie verbrennen selbst wie Schmetterlinge. Die Leute des Weges können nicht sehen, was gut oder schlecht ist, außer von dieser Position aus.

Ein Irrer bekommt einen Ziegel auf den Kopf

Man sagte, ein nackter Irrer wurde auf dem Weg hungrig. Es regnete und schneite, und der Verirrte wurde ganz nass von Regen und Schnee. Er hatte weder einen Unterschlupf noch ein Haus. Schließlich lief er zu einer Ruine. Weil er vom Weg abwich und den Fuß in eine Ruine setzte, fiel ein Ziegel vom Dach hinunter auf seinen Kopf und brach den Schädel. Das Blut floss in Strömen und der Mann wandte sich gen Himmel und sprach: „Bis die Trommel des Herrn schlägt, konnte man mit nichts besserem schlagen als einem Ziegel?"

Die Entschädigung für einen Esel

In Kariz gab es einen Mittellosen, der sich einen Esel von einem Nachbarn geliehen hatte. Er ging zu einer Mühle und schlief dort ganz bequem. Während er schlief, lief der Esel plötzlich davon. Ein Wolf riss den Esel und fraß ihn auf. Am anderen Tag wollte der Nachbar Entschädigung dafür. Da liefen beide zu Mir Kariz und trugen ihm die Geschichte vor. Sie fragten ihn: „Wem steht die Entschädigung zu?" Der Herr sprach: „Wer den Wolf hungrig in die Wüste lässt, der muss die Entschädigung zahlen. Ihr beide müsst die Entschädigung von ihm einfordern."

Oh Herr, wofür ist die Entschädigung gut? Es gibt keine für alles, was Er tut. Den Frauen in Ägypten ist Gleiches geschehen von einem Geschöpf, das an ihnen vorbeiging.[92] Wie seltsam ist es, dass über einem Irren der Glanz eines Glückshauses strahlt.

S. 359, Verse 2804-2822

Wenn er sich in diesem Zustand verliert, sieht er nicht, was vor und hinter ihm ist. Alle reden über ihn und sagen ihm alles, alle suchen von ihm und nach ihm.

92 Eine Anspielung auf eine Legende über Joseph.

Der kühne Verrückte

In Ägypten kam plötzlich eine Dürre auf. Die Menschen starben und riefen nach Brot. Den ganzen Weg waren sie halb lebend und dem Tode nahe. Als ein Verrückter sah, dass die Menschen starben und es kein Brot gab, sagte er: „Oh Herr der Welt und des Glaubens, wenn du keine Nahrung hast, erschaffe weniger Geschöpfe."

Wer die Kühnheit der Schwelle hat, bittet um Verzeihung, wenn es ihm bewusst wird. Wenn er zu der Schwelle nichts Wahres, sondern Falsches sagt, wisse, dass er auf angenehme Weise um Verzeihung bitten muss.

Der Irre im Aschehaus

Einem Irren tropfte das Blut aus dem Herzen, weil Kinder einen Stein nach ihm geworfen hatten. Schließlich lief er in die Ecke eines Aschehauses, in dem eine Öffnung war. Aus dieser fiel Hagel auf den Kopf des Irren nieder. Weil er den Hagel nicht von den Steinen unterscheiden konnte, schimpfte er sinnlos darüber. Er gab sehr schlimme Beschimpfungen von sich. „Warum werfen sie Steine und Ziegel auf mich?" Es war dunkel und es schien ihm, als seien es noch immer die Kinder. Bis sich irgendwo eine Tür öffnete und in das Aschehaus Licht einfiel. Nun konnte er den Hagel vom Stein unterscheiden und er wurde über seine Beschimpfungen betrübt. Er sprach: „Oh Herr, es war dunkel in meinem Aschehaus. Ich habe einen Fehler gemacht. Alles was ich sagte, war ich!"

Wenn ein Irrer so prahlt, führe nicht aus Übermut mit ihm Krieg. Wer hier die Trunkenheit des Unwissens hat, ist unruhig, allein und mutlos.

S. 360, Verse 2823-2843

Das Leben verbringt er ohne Wünsche. Jedes Mal ist er aufs Neue beunruhigt. Halte deine Zunge von seiner Methode fern und vergebe den Verliebten und Irren. Wenn du das Geheimnis derjenigen ohne Licht der Erkenntnis erblickst, vergibst du allen.

Anekdote von Wasiti

Wasiti[93] irrte umher und war aus Verwirrung ohne Kopf und Ziel. Sein Blick fiel auf das Grab der Juden und von dort auf seine Vorgänger. „Die Juden", sagt er, „sind entschuldigt, aber man darf es niemandem sagen." Diese Worte hörte ein Angehöriger eines Richters. Zornig zog er ihn vor den Richter. Weil der Richter seine Worte nicht vernommen hatte, leugnete er und war damit nicht einverstanden. Wasiti sagte zu ihm: „Wenn

93 Abu Bakr al-Wasiti (gest. 932 n. Chr.) war ein berühmter Sufi in Merv.

diesen Verfaulten nicht durch dein Urteil verziehen wird, wird ihnen allen durch das Urteil Gottes im Himmel verziehen."

32. Die Ausrede des siebzehnten Vogels

Ein Vogel sagte zum Wiedehopf: „Solange ich lebe, bin ich der Liebe zu Ihm angemessen und würdig. Ich sitze und habe alles aufgegeben. Ich bin verbunden mit der Prahlerei von Seiner Liebe. Weil ich alle Geschöpfe der Welt gesehen habe, woran soll ich mich binden, da ich viel aufgegeben habe. Mir ist die Leidenschaft zu Seiner Liebe genug, aber diese Leidenschaft ist nicht jedermanns Sache. Ich habe die Seele durch die Liebe zum Freund beschäftigt, als würde meine Seele sonst nichts tun. Es kommt die Zeit, da ich einen Strich in der Seele ziehe. Den Weinkrug trinke ich auf die Gesundheit des Geliebten. Durch Seine Schönheit erhelle ich meinen Blick und die Seele und ich arrangiere mich mit der Verbindung zu Ihm."

Er erwiderte: „Man kann nicht in Prahlerei neben Simorgh auf dem Berg Qaf sitzen. Prahle nicht jeden Augenblick von der Liebe zu ihm, denn sie passt nicht in den Sack von niemandem. Wenn die Brise eines Besitzes aufkommt, zieht sie den Vorhang weg. Also zieht er dich auf deinen Weg und zeigt dir seinen Ruheplatz.

S. 361, Verse 2844-2863

Wenn du hier eine Klage hast, ist der Kern dieser Klage für dich von Bedeutung. Deine Liebe ist Leid, seine Liebe ist für dich Arbeit."

Ein Schüler sieht Bayazid im Traum

Ein Schüler sah in einer Nacht in seinem Traum Bayazid, wie er aus dem Tor der Welt ging. Da fragte er ihn: „Oh fähiger Alter, wie bist du an den Todesengeln Monkar und Nakir vorbeigekommen?" Er sprach: „Weil die beiden Namhaften mich Armen nach dem Schöpfer fragten. Ich sagte ihnen, man solle so eine Frage nicht stellen. Weder ihr seid vollkommen, noch ich. Denn wenn ich sage, dass Er mein Gott ist, ist das auszusprechen Gier von mir. Außer wenn ihr von hier zu Gabriel zurückgeht und ihn danach fragt. Wehe, wenn Er mich seinen Diener nennt! Denn ich bin Gottes namhafter Diener. Wenn Er mich nicht unter seinen Dienern nennt, löst Er meine Fesseln. Für jemanden ist es leicht, wenn er nicht verbunden ist. Was hat es für einen Nutzen, wenn ich Ihn ‚Herr' nenne? Wenn ich nicht Sein Diener bin, wie kann ich mit Seiner Herrschaft prahlen? Unter Seiner Herrschaft habe ich mich gebeugt, aber Er muss mich Seinen Diener nennen."

Wenn wegen Ihm ein Verliebter erscheint, bist du Seiner Liebe höchst würdig. Aber eine Liebe, die von dir kommt, wisse, dass sie für dich akzeptabel ist. Wenn Er dir Liebe zeigt, kannst du vor Freude Feuer werden. Das ist wichtig und nichts anderes, Ahnungsloser. Wie kann jemand ohne Kenntnis von Ihm etwas erfahren?

Leid durch die Liebe zu Gott

Ein Derwisch litt aus übermäßiger Liebe und war aus Zuneigung wie haltloses Feuer. Seine Seele brannte von der Glut der Liebe und seine Zunge brannte von der Hitze seiner Seele. Das Feuer war von der Seele auf sein Herz übergegangen und hatte viele Probleme mit sich gebracht. Auf dem Weg wurde er haltlos. Er weinte und sprach diese Worte: „Herz und Seele verbrannten mich mit dem Feuer der Eifersucht. Wie kann ich weinen, wenn alle meine Tränen verbrannten?“ Eine Stimme sagte zu ihm: „Übertreibe nicht. Warum liebst du Ihn so übertrieben?“ Er antwortete: „Wie kann ich jemanden so lieben? Er liebt mich ohne Zweifel. Wie kann ich Mark und Haut haben, solange man Ihn lieben kann? Was ich auch tue und was Er macht, hat Er veranlasst. Das Herz wurde zu Blut und Er hat das Herzblut zu sich genommen.“

Wenn Er dich liebt und dir Zutritt gewährte, Vorsicht, sei nicht hochmütig. Du bist bis zur Tür jener großen Angelegenheit gekommen und gehst einen Augenblick über deine Grenzen hinaus. Wenn Er dich liebt, oh Diener, dann tut Er das ewig und mit Geschick. Du stehst über nichts und über keiner Angelegenheit. Vergehe und überlasse das Geschick dem Schöpfer. Wenn du dich aber beklagst, kommst du von deinem Glauben ab und von deiner Seele.

Mahmud zu Gast beim Heizer

Eines Nachts wurde Mahmud das Herz voll von Glut. Er war Gast bei einem Badeofenheizer. Der Schlaue zeigte auf die Asche und steckte ein Holz in den Ofen. Er brachte ihm sofort trockenes Brot. Der König streckte die Hand danach aus und aß es schnell auf. Er sprach zu sich: Am Ende bittet er mich um Entschuldigung, dann schlag ich ihm den Kopf ab. Als der König schließlich wieder gehen wollte, sagte der Heizer zu ihm: „Siehst du diesen Ort? Du hast meinen Ruheplatz gesehen und was ich esse und wie ich schlafe. Du bist als ungerufener Gast zu mir gekommen. Wenn du noch einmal kommst, dann steh schnell auf und mach dich auf den Weg. Wenn du meinen Kopf nicht hast, sei froh. Sag dem Heizer, er solle ein Holzstück gut einlegen. Ich bin nicht mehr und nicht weniger als du. Wer bin ich, dass ich dir gegenüberstehe?“ Dem König der Welt gefielen diese

Worte und er kam ihn sieben weitere Male besuchen. Am letzten Tag sagte der König zum Heizer: „Wünsch dir am Ende etwas vom König."

S. 363, Verse 2886-2906

Er antwortete: „Wenn dieser Bettler ein Begehren nennt, wird der König das erfüllen?" Der König antwortete ihm: „Sag mir deinen Wunsch, herrsche und sag, dass du dieses Badehaus verlassen willst." Er erwiderte: „Ich wünsche mir, dass mich der König weiterhin ab und zu besuchen kommt. Für meine Herrschaft genügt mir sein Wiedersehen. Als Krone für mein Haupt ist mir der Staub zu seinen Füßen genug. Herrscher gibt es durch dich viele, aber gibt es einen Heizer? Er saß mit dir im Badehaus. Dies ist besser als eine Herrschaft im Rosengarten ohne dich. Weil mir hier das Glück erschien, wäre es Unglaube, wenn ich von hier wegginge. Wenn ich hier weiter mit dir in Verbindung stehe, warum soll ich es für den Besitz der zwei Welten geben? Dieser Ort ist mir so hell durch dich, was kann ich besseres von dir verlangen? Dem verworrenen Herzen möge die Seele sterben, wenn es vor dir jemals etwas vorzog. Ich möchte keine Herrschaft und kein Königtum. Was ich von dir will, bist du. Sei ein guter Herrscher, aber mache mich nicht dazu. Komme lieber ab und zu als Gast zu mir."

Du musst Seine Liebe haben. Darum geht es. Hat Er deine, ist das Kummer und Leid. Wenn du liebst, verlange dieses von Ihm und nicht weniger. Denn von Seinem Geliebten verlangt Er ohne Zweifel das Herz. Er hat ein Meer und will einen Tropfen.

Das Wasser des anderen

Ein Mundschenk hatte Wasser in der Hand. Da sah er einen anderen in der Reihe stehen. Er ging mit dem Wasser in der Hand zu jenem und verlangte Wasser von ihm. Der Mann sagte: „Oh Ahnungsloser der Bedeutung, da du auch von diesem Wasser hast, trinke doch davon!" Er antwortete: „Oh, gib mir von deinem Wasser, Kluger, denn das Herz hat von meinem verlangt!"

Ein Mann war des Alten überdrüssig. Für das Neue ging er mutig ins Getreide. Alles Alte hatte er für Getreide verkauft. Alles, was er hatte, ist darin verbrannt.

S. 364, Verse 2907-2930

Er war entblößt und ein Schmerz kam aus seinem Herzen. Die Liebe kam und ein Ring schlug an seine Tür. Im Funken der Liebe wurde er zu nichts. Alt und Neu gingen und auch er. Weil nichts von ihm blieb, band er sich auch an nichts. Was er in der Hand hatte, hat er im Nichts verloren. Sich selbst zu entsagen und zu sterben. ist genug. Aber es ist nicht unsere Sache und nicht die eines jeden.

33. Die Ausrede des achtzehnten Vogels

Ein anderer Vogel sagte dem Wiedehopf: „Ich denke, dass ich die Vollkommenheit erreicht habe. Ich erreichte sie und habe auch Enthaltsamkeit vor den Problemen geübt. Weil ich hier alles erreicht habe, ist es schwer für mich, von hier wegzugehen. Hast du jemanden gesehen, der von seinem Schatz weggegangen ist und mit Mühen auf den Berg und in die Wüste geht?"

Er erwiderte: „Oh Iblis, Wesen voller Stolz! In mir bist du verloren und von meinem Willen abgeschreckt. In der eigenen Vorstellung stolz und von der Erkenntnis entfernt, hat die Triebseele Überhand über deine Seele und der Dämon sitzt in deinem Verstand. Du bist von Phantasterei eingenommen und von Kopf bis Fuß darin. Wenn du Licht hast, ist es auf dem Weg der Hölle. Wenn du eine Neigung hast, ist das deine Einbildung. Leidenschaft und Armut sind nicht mehr als Phantasie. Alles, was du sagst, ist nur eine Vorstellung. Sei nicht der weiße Fleck dieser Helligkeit des Weges. Wisse, dass deine Triebseele bei dir ist. Wie kann sich mit so einem Feind, mit einem Schwert in der Hand, bei jemandem der Glaube niederlassen? Wenn dir ein Licht von der Triebseele erscheint, kommt die Wunde des Skorpions aus dem Sellerie. Sei nicht der weiße Fleck in diesem unreinen Licht. Wenn du nicht die Sonne bist, sei nur ein Atom. Verliere nicht die Hoffnung wegen der Dunkelheit des Weges. Werde nicht wegen seines Lichts zu einem Gleichgestellten der Sonne. Solange du in deiner Einbildung bist, Lieber, ist das Rufen und Sprechen nicht eine Kupfermünze wert. Wenn du von dieser Einbildung wegkommst, wird sich über dir der Himmel drehen. Hast du die Phantasterei, hast du nichts. Außer der Nichtexistenz hast du nichts in der Hand. Du bist ein Atom, wenn du den Geschmack der Existenz spürst. Du bist ungläubig, wenn du Götzenverehrung betreibst. Wenn du für einen Moment in das Dasein kommst, hagelt es über dich von vorn und von hinten ein.

S. 364, Verse 2931-2951

Solange du existierst, gib dem Leid der Seele einen Körper und den hundert Nacken jederzeit einen Hals. Wenn du selbst in der Existenz erscheinst, bringt Er auf einmal alle deine hundert Heimlichkeiten hervor."

Falscher Stolz

Scheich Abu Bakr Neischaburi[94] ging mit seinen Schülern aus dem Derwischkloster. Er saß auf einem Esel, umgeben von seinen Schülern. Plötzlich ließ der Esel einen Wind los. Durch diesen erreichte der Scheich einen Zustand, in dem er schrie und sich das Kleid zerriss. Sowohl seinen Schülern als auch allen, die ihn so sahen, war unwohl dabei. Da fragte ihn einer von den Seinen: „Ach Scheich, was tust du hier? Erkläre!" Er sprach: „Wie ich so um mich schaute, umringt von meinen Schülern, vor und hinter mir, sagte ich mir, dass ich ja nicht weniger als Bayazid sei. So wie ich mich heute geschmückt mit meinen Schülern hervorhebe. Und morgen gehe ich stolz und reich an Ruhm und Ehre an den Ort der Auferstehung. Als ich gerade daran dachte, hat der Esel plötzlich einen Wind fahren lassen. Das heißt, wer so prahlt, dem antwortet der Esel. Wieviel der Übertreibung? Weil dadurch ein Feuer über meine Seele einbrach, geriet ich in diesen Zustand."

Bist du dem Hochmut und Stolz verfallen, bist du sehr weit weg von der Wahrheit. Vernichte den Stolz und verbrenne den Hochmut. Bist du für die Triebseele bereit, verbrenne die Bereitschaft.

Du suchst jeden Augenblick nach einer anderen Farbe und in jeder Haarwurzel einen Pharao. Während von dir nur ein Atom übrig bleibt, bleiben hundert Zeichen von dir Heuchelei. Du bist einer von mir, wenn du den Glauben hast und beiden Welten Feind bist. Wenn du eines Tages in die Phase der Entwerdung des Körpers eintrittst, und wenn alles Nacht ist, wirst du erhellt. Sag nicht ‚ich', von dem du hundert Leiden hast, damit du nicht unweigerlich zur Satanschaft kommst.

S. 366, Verse 2952-2970

Moses löst das Geheimnis von Iblis

Der erhabene Gott sprach im Geheimen zu Moses: „Suche das Rätsel von Iblis zu lösen." Als Moses Iblis traf, lief er wegen des Rätsels hinter ihm her. Er sprach: „Erinnere dich immer an diese Worte: Sage nicht ‚ich', damit es dir nicht wie mir ergeht."[95]

Wenn du wegen eines Haares lebst, ist das Unglaube und nicht Knechtschaft Gottes. Den Weg kann man nur in Wunschlosigkeit gehen. Der gute Name eines Mannes ist ansonsten nur Schande. Denn wenn du auf diesem Weg glücklich ans Ziel kommen willst, sind auf einmal hundert ‚ich' zu besiegen.

---

94 Gest. 936 n. Chr.

95 Als sich Iblis über Adam stellte, siehe Koran Sure 38,76.

Das Entsagen von Wünschen

Ein Frommer sagte: „Da ein Neuling unerfahren ist, ist es besser, dass er sich völlig im Meer der Großmut verliert. Dann kann in ihm nichts an Schwächen und Wünschen wachsen. Denn wenn so etwas bei ihm entsteht, wird er hochmütig und dann zu einem Ungläubigen."

Was in dir an Neid und Zorn ist, sehen die Augen der Menschen und nicht deine. In dir gibt es einen Ofen voller Drachen und du hast sie aus Unachtsamkeit frei gelassen. Tag und Nacht hast du dich um sie gekümmert, hast ihnen Schlaf und Essen gegeben. Dein Ursprung ist aus Staub und Blut entstanden. Oh seltsam, beide sind wegen ihrer Wertlosigkeit tabu. Das Blut, das dir näher steht, ist unrein und gering. Was dem Herzen fern ist und den Gefühlen nahe steht, ist ebenfalls tabu und zweifellos unrein. Wenn du die innere Unreinheit siehst, wie kannst du dann in solchem Glanz sitzen?

Innere und äussere Unreinheit

Zu einem Scheich kam ein unreiner Hund. Da er den Rocksaum nicht vor ihm zurückzog, fragte ihn ein Bettler: „Reiner Großer, warum hast du dich nicht über den Hund beschwert?" Er sprach: „Das Äußere des Hundes ist unrein, aber in mir ist das Unreine nicht sichtbar."

S. 367, Verse 2971-2990

Was der eine äußerlich sichtbar trägt, verbirgt der andere in seinem Inneren. Weil mein Inneres wie das Äußere des Hundes ist, wie kann ich vor ihm flüchten, wenn er mit mir läuft. Ob deine innere Unreinheit gering oder hundertmal mehr ist, der Behälter ist derselbe. Wenngleich dich nur eine Kleinigkeit vom Weg abbrachte, was macht es dann, ob es ein Berg ist oder Stroh."

Die Liebe zum Bart

Zur Zeit Moses' gab es einen Diener, der Tag und Nacht im Gebet war. Er hatte keine Begeisterung und Freude und von der Sonne keinen Glanz auf der Brust. Der gute Mann hatte einen schönen Bart und von Zeit zu Zeit kämmte er ihn. Von weitem sah er Moses, kam zu ihm und sagte: „Befehlshaber vom Sinai, um Gottes wegen, frage Ihn, warum ich keine Begeisterung habe." Nachdem er dies vernommen hatte, ging Moses zum Berg Sinai und fragte danach. Gott antwortete: „Nun, sage ihm: Jeder, der in der Bindung zu mir ein Derwisch bleibt, ist ständig mit seinem Bart beschäftigt." Moses kehrte zurück und gab ihm die Worte wieder. Der Mann schnitt daraufhin seinen Bart ab und weinte. Da kam Gabriel zu Moses gelaufen und sagte: „Auch jetzt ist er noch mit dem Bart beschäftigt. Als er den Bart pflegte, war er im Zweifel, und wenn er ihn abschneidet, dann ist er ungläubig!"

Einen Moment ohne Ihn zu sein, ist ein Fehler. Oh du, der du nicht von deinem Bart losgekommen bist und nicht aus diesem Blutmeer herauskamst. Wenn du dich zuerst deinem Bart widmest, ist dieses Meer für dich richtig. Wenn du mit diesem Bart ins Meer gehst, wirst du wegen deines Bartes nicht beachtet.

Der Bart wird zum Verhängnis

Ein Dummkopf hatte einen langen Bart und ging plötzlich im Meer unter. Ein frommer Mann sah ihn vom Land aus und rief: „Wirf die Jagdtasche weg!"

S. 368, Verse 2991-3011

Er erwiderte: „Das ist keine Jagdtasche, das ist mein Bart. Er ist nicht nur Bart, er ist auch meine Besorgnis und Verwirrung." Da sagte der andere: „Bravo, wehe dem Bart und wehe dieser Sache. Ergib dich in diese Lage, denn er wird dich umbringen."

Oh du, wie eine Ziege, schäme dich über deinen Bart, nimm ihn ab und schäme dich. Solange du Triebseele und Satanschaft hast, ist auch die Despotie eines Pharaos und seines Ministers in dir. Ziehe die Wolle heraus wie Moses die Existenz und dann nimm den Bart des Pharaos ab. Nimm ihn und halte ihn fest, kämpfe mutig im Nahkampf. Geh und lass von deinem Bart ab. Wielange willst du ihn tragen? Nimm dir lieber den Weg vor. Wenn von deinem Bart nichts außer Verwirrung kommt, solltest du dich nicht einen Augenblick um ihn sorgen. Auf dem Weg des Glaubens wäre dies weise, denn er hat für deinen Bart keinen Kamm. Er macht dich deines Bartes bewusst und ihn zu einem Tischtuch des Weges. Er hat kein Wasser außer blutige Tränen und nichts außer Sorge. Wenn es ihn gibt, hat der Kleiderwäscher keine Sonne und der Bauer kein Wasser.

Von Wolke und Seife

Als ein Sufi einmal sein Kleid wusch, da verdunkelte eine Wolke die ganze Welt. Das Kleid wurde mit einem Mal schmutzig und aus der Wolke entstanden hundert Kummer. Er lief wegen Seife zum Krämer. Die Wolke kam hervor und der Mann sprach: „Oh Wolke, warum kamst du? Gehe, ich muss meine Rosinen kaufen. Ich kaufe sie heimlich. Warum kamst du? Ich kaufe keine Seife. Soll ich wegen dir die Seife in den Staub fallen lassen? Ich wusch mit ihr meine Hände von dir rein."

34. Die Ausrede des neunzehnten Vogels

Ein Vogel sagte zum Wiedehopf: „Sag, Namhafter, wielange bleibe ich auf der Reise froh? Wenn du sagst, dass meine Sorgen geringer werden, gäbe es ein wenig mehr Wachstum beim Gehen. Ein Mann muss auf dem weiten Weg wachsen, damit er nicht vor dem Weg zurückschreckt.

S. 369, Verse 3012-3030

Weil ich unzufrieden bin und das Wachsen verborgen ist, lehne ich die Geschöpfe wegen der Fehler ab."

Der Wiedehopf antwortete: „Solange du existierst, sei froh wegen Ihm und frei von allem, was du sagst. Denn wegen Ihm kann deine Seele froh sein und die betrübte Seele schnell froh werden. In beiden Welten haben die Männer Freude wegen Ihm. Wegen Ihm gibt es das Leben unter der kreisenden Kuppel. Lebe auch du aus Freude wegen Ihm und kreise wie der Himmel aus Leidenschaft zu Ihm. Was gibt es besseres von Ihm, sag, Unbekannter. Sei wegen Ihm einen Moment froh."

Von der Liebe zu Gott

Ein seltsamer Verrückter war in den Bergen und traf sich Tag und Nacht mit den Leoparden. Von Zeit zu Zeit erreichte er einen Zustand, in dem er sich verlor. Zwanzig Tage war er in einem solchen Zustand, aber dieser war ein anderer. Zwanzig Tage, von der Morgendämmerung bis zur Abendzeit, tanzte er und rief ständig: „Wir beide sind allein und niemand ist da. Oh, alles ist Freude und kein Kummer."

Wie kann jemand sterben, dessen Herz bei Ihm ist. Gib Ihm dein Herz, denn Er liebt den Freund des Herzens. Wenn dein Herz in Leidenschaft zu Ihm entbrennt, wie kann der Tod je über dich kommen.

Unsterblichkeit durch Liebe

Ein Verliebter weinte zur Zeit des Sterbens und man fragte ihn, warum er weine. Er sagte: „Ich weine wie die Wolken im Frühling, weil ich in diesem Moment keinem Mann Leid bereiten möchte. Wenn ich jetzt mit der Klage aufhöre, dann ist mein Herz bei Ihm. Und was ist, wenn ich jetzt gehe?" Sein Gefährte sagte: „Wenn das Herz bei Ihm ist, ist es gut, wenn du stirbst." Der Mann erwiderte: „Wessen Herz bei Ihm ist, wie kann der sterben? Wie kann der Tod über ihn kommen? Wenn das Herz in der Verbindung zu Ihm steht, ist mein Sterben unmöglich."

S. 370, Verse 3031-3048

Wenn du wegen dieses Geheimnisses einmal froh wirst, ist der Schatz nicht nur eine Ecke in der Welt. Wer wegen Seiner Existenz froh wurde, verlor die Existenz und wurde frei. Freue dich ewig über deinen Freund, bis du wie eine Blume nicht mehr in deine Haut passt.

Von der Suche nach Fehlern

Jener Liebe sagte: „Seit siebzig Jahren bin ich in Freude und Zuwendung, denn so schön ist für mich die Gottesherrschaft. Mit Seiner Herrschaft bin ich verbunden."

Wenn du damit beschäftigt bist, nach Fehlern zu suchen, wie kannst du dich über die verborgene Schönheit freuen? Fehlersucher! Wie kannst du mit Fehler sehenden Augen jemals das Verborgene sehen? Befreie dich erst von den Fehlern der Geschöpfe, dann freue dich über die unbegrenzte Liebe zum Verborgenen. Du gibst zu sehr Acht auf die Fehler der anderen, aber wenn ich nach deinen Fehlern frage, bist du demgegenüber blind. Wenn du dich mit deinen Fehlern beschäftigst, bist du akzeptiert, obgleich du fehlerhaft bist.

Zwei Betrunkene

Ein Betrunkener hatte einen stark zerstörten Verstand, seine Ehre war völlig wegen des Alkoholgenusses verloren. Bodensatz und Klarheit waren stark miteinander vermischt und wegen der Zerstörung hatte er alles verloren. Der Verdruss erfasste ihn. Da führte Er den Betrunkenen in einen Sack. Er ergriff ihn, um ihn zu Sich zu holen. Dann kam ein anderer Betrunkener zu ihm auf den Weg. Dieser ging mit jedem und zechte mit ihm. Als der erste Betrunkene, der im Sack war, ihn in so einem düsteren Zustand sah, sprach: „Oh Unglücklicher! Du hättest zwei Becher weniger trinken müssen, damit du wie ich frei und einzigartig bist!"

Er sah den Zustand des anderen, aber nicht den eigenen. Unser aller Zustand ist nicht mehr.

S. 371, Verse 3049-3067

Siehst du Seine Fehler, bist du nicht verliebt. Diese Methode ist wahrlich nicht geeignet. Wenn du ein wenig von der Liebe sehen würdest, hieltest du die Fehler alle für Kunstfertigkeit.

Der Fehler im Auge der Geliebten

Ein mutiger und respektvoller Mann war fünf Jahre in eine Frau verliebt. Im Auge der bildschönen Frau wurde ein weißer Fleck von der Größe einer Nagelspitze sichtbar. Der Mann wusste davon nichts, obgleich er sie oft angeschaut hatte. Wenn der verliebte Mann in schmerzender Liebe war, wie konnte er den Fehler im Auge der Geliebten sehen? Danach wurde sein Liebe geringer und für den Schmerz gab es ein Heilmittel. Die Liebe zu dieser Frau wurde in seinem Herzen schwach und ihm die Sache leicht. Da sah er den Fehler im Auge der Geliebten und er fragte: „Woher kommt das Weiße?“ Sie antwortete: „In dem Moment, in dem deine Liebe gering wurde, hat auch mein Auge den Fehler hervorgebracht. Als deine Liebe nachließ, sahst du den Fehler in meinem Auge.“

Wenn dir aus Verlangen das Herz voller Leid ist, dann schau auch auf deine Fehler, du Blinder. Wie oft willst du die Fehler der anderen suchen? Suche deine eigenen bei dir. Solange dir deine eigenen Fehler etwas wert sind, hast du nicht den Wunsch nach den Fehlern der anderen.

Schläge für einen Betrunkenen

Ein Basaraufseher schlug einen Mann heftig. Der Betrunkene sagte zu ihm: „Aufseher, verringere deine Erregung, denn wenn das verbotene Brot hier Trunkenheit bringt und vom Weg führt, wärst du viel betrunkener als ich, nur diese Betrunkenheit sieht niemand. Quäle mich nicht mehr weiter und lass ein wenig Recht auch gegenüber dir walten.“

35. Die Ausrede des zwanzigsten Vogels

Ein anderer Vogel fragte den Wiedehopf: „Oh Oberst des Weges, was bekomme ich von Ihm, wenn ich dort angekommen bin?

S. 372, Verse 3068-3088

Wenn mir die Welt durch Ihn erhellt wird, weiß ich nicht, was ich davon habe. Es ist besser, wenn ich das wüsste, bevor ich zu Ihm komme.

Der Wiedehopf antwortete: „Unwissender, du weißt nichts von Ihm. Was will man von Ihm? Ihn muss man wollen. Für einen Mann ist der Wunsch nach Wissen über alles, was Er will, gut. Wenn du in der ganzen Welt von Ihm weißt, was ist besser als zu wissen, was du von Ihm willst? Wer in Seinen Ruheplatz eintritt, wird Ihn nach und nach kennenlernen. Und wer den Geruch des Staubes von Seiner Tür wahrgenommen hat, wie kann er zur Bestechung zurückkehren?“

Die Seele lehnt das Paradies ab

Als die Zeit des Sterbens für Abu Ali Rudabar[96] gekommen war, sagte er: „Meine Seele ist in Erwartung zu gehen. Den Himmel hat man geöffnet und mir einen Sitz im Paradies gegeben. Wie Nachtigallen singen die Engel des schönen Ortes: ‚Oh Verliebter, komm. Sei dankbar und schreite mit Freude, denn niemand hat diesen Ort je gesehen.‘ Obgleich dies eine Belohnung ist, hat meine Seele nicht das Verlangen danach. Denn sie sagt: ‚Was hast du damit zu tun? Mein ganzes Leben hast du mich warten las-

96 Abu Ali Rudabari (gest. 934 n. Chr.) war ein Sufischeich.

sen. Aber ich habe nicht die Neigung wie die Leute der Wollust, mich für eine kleine Bestechung zu erniedrigen.‘ Deine Liebe ist mit meiner Seele vermischt, und ich kenne hier weder Hölle noch Paradies. Wenn du mich zu Asche verbrennst, nützt mir nichts anderes außer Dir. Ich kenne Dich und weder Glauben noch Unglauben und ich lasse davon nicht ab, außer Du tust es. Ich möchte Dich und kenne Dich, nur Dich. Und Du kennst meine Seele und meine Seele Dich. Mein Wunsch auf der ganzen Welt bist Du. Diese und jene Welt bist Du für mich. Erfülle den Wunsch dieses Verliebten nur ein wenig. Lass uns einen Augenblick gemeinsam miteinander seufzen. Wenn meine Seele von Dir nur ein Haar bekommt, nimm sie fort mit einem Seufzer von mir und einem Seufzer von Dir.“

S. 373, Verse 3089-3110

Gott spricht zu David

Der erhabene Gott sprach: „Reiner David, sag meinen Dienern: ‚Oh Hand voll Staub, wenn ich weder Hölle noch Paradies hätte, so wäre die Knechtschaft unter mir doch nicht schlecht. Wenn es weder Licht noch Feuer gäbe, hättet ihr mit mir dann nichts zu tun? Wenn ich den Anspruch darauf habe, solltet ihr mich weder aus Hoffnung noch aus Furcht verehren. Wenn es keine Hoffnung und keine Furcht gibt, wann habt ihr dann mit mir zu tun? Ich verdiene es, dass ihr mich, den Herrn, aus ganzem Herzen immerwährend verehrt.‘ Sag dem Diener, er soll sich vor anderem zurückhalten und mich gemäß meinem Anspruch verehren. Alles, was ich nicht bin, soll er wegwerfen und anschließend zerschlagen. Wenn es zerschlagen ist, soll er es sauber verbrennen und die Asche einsammeln. Die ganze Asche soll er dann verstreuen, damit sie im Wind des Verzichts verschwindet. Wenn er dies getan hat, kommt, was er sucht, aus der Asche hervor.“ Wenn Er dich mit dem Paradies und den Huris beschäftigt, sei gewiss, dass Er dich von Sich fern hält.

Ayaz lehnt die Herrschaft ab

Mahmud rief Ayaz und übergab ihm die Krone und setzte ihn auf den Thron. Er sagte: „Ich habe dir die Königswürde verliehen und ein Heer ist dein, herrsche, denn dieses Land gehört dir. Ich möchte, dass du herrschst und den Ring des Dieners an das Ohr von Mond und Fisch hängst.“ Wer aus der Menge und dem Heer dies vernahm, wurde aufgrund dieser Gunst neidisch. Jeder sagte: „Kein König hat seinem Diener auf der Welt jemals so viel Ehre erwiesen.“ Aber in dem Moment weinte der kluge Ayaz über die Gunst des Sultans fürchterlich. Alle sagten zu ihm: „Du bist verrückt und dumm und hast deinen Verstand verloren. Wenn du die Herrschaft erhieltest, oh Diener, was bedeutet dann dieses Weinen? Sei glücklich.“

Ayaz gab den Leuten daraufhin die Antwort: „Ihr seid sehr weit entfernt vom Weg der Redlichkeit. Erkennt ihr denn nicht, dass mich der König dieser Gesellschaft von sich gewiesen hat?

S. 374, Verse 3111-3131

Er gibt mir Beschäftigung über ein Heer, damit ich ihm fern bleibe. Und wenn er die ganze Welt unter meinen Befehl stellen würde, möchte ich nicht einen Augenblick vor ihm verborgen sein. Ich tue alles, was er sagt, aber ich werde nicht einen Moment vor ihm das Weite suchen. Was soll ich mit einem Reich und der Herrschaft? Mit ist sein Anblick Besitz genug."

Wenn du ein Mann des Gebetes und Gotteskenner bist, dann lerne von Ayaz die Knechtschaft. Oh, Tag und Nacht vernachlässigt, bist du bei deinem ersten Schritt geblieben. Jede Nacht ist Er wegen dir, Redner unsinniger Dinge, vom Gipfel der Allmacht herabgestiegen. Aber weil du ein unhöflicher Mann bist, hast du nicht einen Schritt von der Stelle gemacht, weder am Tag noch in der Nacht. Er kam vom Gipfel der Größe, und du bist zurückgegangen und hast dich zurückgehalten. Wehe, du bist nicht einer Seiner Männer. Ach, mit wem kann man über diesen Schmerz reden? Wie kann deine Seele von dem Geheimnis wissen, dass Paradies und Hölle auf dem Weg sind? Weil du dich von beiden völlig entfernt hast, kommt am Morgen das Glück vom Abend aus dir heraus. Der Rosengarten des Paradieses ist nicht für die Freunde Gottes, denn das Illiyun[97] gehört denen mit Verstand.[98] Lass den Männern Gottes das Ihre und gib dein Herz nicht dem einen und nicht dem anderen. Wenn du von beiden abgelassen hast, bist du einzigartig. Wenn du auch eine Frau bist, sei ein Mann.

Rabi'a spricht zu Gott

Rabi'a sagte: „Oh Kenner der Geheimnisse, richte den Feinden die Dinge des Diesseits und gib den Freunden für immer Deine andere Welt, damit ich dadurch ewig frei sein werde. Wenn ich von Deiner einen und der anderen Welt nichts habe, bin ich wenig traurig, wenn ich nur einen Moment Deine Gefährtin sein kann. Ich war lange genug ohne Dich, und Dich immer zu haben, reicht mir. Wenn ich auf beide Welten blicke oder etwas anderes möchte außer Dir, bin ich ungläubig."

Wer Ihn hat, hat alles. Sieben niedere Welten unter der Brücke sind Seine. Was war, ist und sein wird ebenfalls. Das hat Vergleichbares, aber nicht der erhabene hohe Gott.

S. 375, Verse 3132-3151

97 Der höchste Platz im Himmel, das höchste Paradies.
98 Siehe Koran 38, 18-21.

Für alles, was du suchst, findest du etwas Ebenbürtiges, außer für Ihn. Denn Er ist unvergleichlich und unausweichlich.

Worte Gottes an David

Der Schöpfer der Welt sprach von jener Seite des Vorhangs zum Propheten David: „Alles, was auf der Welt existiert, das Gute und Schlechte, das Sichtbare und Unsichtbare, für alles findest du ein Äquivalent außer für mich. Du findest weder Vergleichbares noch Gleiches für mich. Und weil es nichts Vergleichbares gibt, sei nicht ohne mich. Deine Seele ist mir genug, und du gib dich nicht der Quälerei hin. Ich bin für dich unausweichlich. Nimm diesen Ring und schätze das Unvergleichliche nicht einen Moment gering. Erstrebe nicht einen Augenblick das Verbleiben der Seele ohne mich. Verlange nichts, was vor dir ist, außer mir."

Oh Bittsteller des Weltherrn, du bist Tag und Nacht im Schmerz darum. In beiden Welten ist Er dein Ziel. Wenn Er, von dir verehrt, dich prüft und dir die verdrehte Welt verkauft, verkaufe du Ihn niemals auf der Welt. Ein Götze ist alles, was du Ihm vorziehst. Ungläubig bist du, wenn du die Seele Ihm vorziehst.

Mahmud vernichtet den Götzen

Das Heer von Mahmud fand einen Götzen namens Lat[99] in Saumanat. Die Inder erhoben sich wegen dieses Götzen und wollten das Zehnfache seines Gewichtes in Gold bieten. Der König verkaufte ihn nicht, sondern entfachte ein Feuer und verbrannte ihn. Ein Hochmütiger sagte zu ihm: „Du hättest ihn nicht verbrennen dürfen. Das Gold ist besser als der Götze. Du hättest ihn verkaufen sollen." Er antwortete: „Ich fürchtete, dass am Jüngsten Tag der Schöpfer vor der Versammlung sagt: Habt Acht auf Azar, den Vater Abrahams, und Mahmud. Denn der eine ist ein Götzenschnitzer und der andere ein Götzenverkäufer."

Nachdem Mahmud das Feuer entfacht und den Götzen der Feueranbeter verbrannt hatte, kamen zwanzig Man[100] Edelsteine daraus hervor, aber er wollte nichts davon.

S. 376, Verse 3152-3173

Der König sprach: „Lat war dies angemessen und von Gott war dies der Lohn für mich."

Zerbreche alle Götzen, die du hast, damit du nicht wie der Götze in Schwierigkeiten kommst. Verbrenne die Triebseele wie den Götzen aus Liebe zum Freund, damit auf dich viele Schätze niederfallen. Wenn du

99 Siehe Koran Sure 53, 19-23.
100 Ein Man entspricht etwa 5,888 kg.

mit der Seele hörtest ‚bin ich nicht euer Herr', zögere nicht davor, ‚Ja' zu sagen.[101] Du bist seit jeher an das Versprechen ‚bin ich nicht' gebunden. Entziehe dich nicht mehr dem ‚Ja'. Weil du zuerst mit Ihm zur Übereinkunft gekommen bist, wie kann das zu leugnen richtig sein? Oh du, der du zuerst die Übereinkunft gemacht und dies dann zuletzt geleugnet hast, wenn du erst ein Abkommen mit Ihm getroffen hast, wie kannst du dann am Ende ungehorsam sein. Er ist für dich unausweichlich, also verbünde dich mit Ihm. Sei allem treu, was Er akzeptiert und komme nicht davon ab.

Mahmud verteilt die Kriegsbeute

Als Mahmud, der König der Herrscher, von Ghazna in den Krieg mit den Indern zog, sah er die große Masse ihres Heeres und war darüber sehr betrübt. An diesem Tag gab der rechtschaffene König ein Versprechen. Er sagte: „Wenn ich über dieses Heer triumphiere, werde ich die ganze Kriegsbeute, die mir hier zufällt, den Derwischen geben." Als der Herrscher schließlich siegte, konnte er unzählige Kriegsbeute sammeln. Ein Teil dieser Beute war mehr als das, woran sich hundert weise Männer erinnern konnten. Sie fanden eine unermessliche Beute und die Schwarzgesichtigen eine Niederlage. Zu einem sagte der König: „Gib die Beute den Derwischen, denn ich habe dies zuvor Gott versprochen und ich möchte meinem Versprechen treu bleiben." Jeder sagte: „Wie kannst du so viel Gold und Reichtum einer Hand voll Ahnungsloser geben? Gib es entweder deinem Heer, das gekämpft hat, oder befehle, dass man es in die Schatzkammer trägt." Der König war von diesen Gedanken verwirrt und ratlos.

Abu l-Hosein[102] war sehr weise, aber er war ein ängstlicher und verrückter Mann.

S. 377, Verse 3174-3194

Er ging durch das Heer, als der König ihn von weitem sah. Er sagte: „Ich werde den Verrückten zu mir rufen, ihn fragen und alles tun, was er rät. Weil er frei von König und Heer ist, wird er sofort ohne böse Absicht sprechen." Der König der Welt rief den Verrückten und erzählte ihm von der Geschichte. Der furchtsame Verrückte sagte: „Oh König, hier geht es um zwei Gran. Wenn du nichts mit Ihm zu tun haben willst, denke wegen dieser Kleinigkeiten nicht an Ihn, Verehrter. Wenn du aber mit Ihm zu tun haben willst, dann geize nicht. Sei schamvoll. Wenn Gott dir den Sieg gegeben hat und deine Angelegenheit gerichtet hat, dann hat Er das für

101 Siehe Koran Sure 7,172.
102 Ein frommer Narr aus der Zeit Mahmuds von Ghazna.

sich getan. Was hat das mit dir zu tun?“ Schließlich verteilte Mahmud das Gold und er war als Herrscher angesehen.

36. Die Ausrede des einundzwanzigsten Vogels

Ein Vogel fragte den Wiedehopf: „Du bist den Weg zum Allmächtigen gegangen, was für eine Ware zirkuliert dort? Wenn du sagst, in was für einem Tauschgeschäft wir sind, bringen wir dorthin, was verbreiteter ist. Vor den Königen muss das Geschenk wertvoll sein. Denn Leute, die kein Geschenk mitbringen, sind geizig.“

Der Wiedehopf antwortete: „Oh Bettler, wenn du gehorsam bist, bringe etwas, was man dort nicht findet. Bringst du etwas von hier, was es dort gibt, wie kann das für dich angenehm sein? Wissen gibt es dort und Geheimnisse und der Gehorsam der Engel ist viel vorhanden. Bringe genug vom Brennen der Seele und vom Herzschmerz mit, denn dies hat dort niemand. Wenn durch den Schmerz ein Seufzer hervorkommt, trägt er den Duft des Herzens bis zu Ihm. Ein besonderer Ort ist der Kern deiner Seele und die Hülle deiner Seele ist deine ungehorsame Triebseele. Wenn der Seufzer von dem besonderen Ort kommt, wird dem Mann sofort die Erlösung zuteil.“

Zulaicha prüft Joseph

Als Zulaicha in Ehrfurcht und Achtung stand, ließ sie Joseph im Gefängnis prüfen. Zum Diener sprach sie: „Mache ihn sofort fest. Dann schlage ihn mit fünfzig Schlägen eines festen Holzscheites.

S. 378, Verse 3195-3216

Und übe so viel Kraft auf seinen Körper aus, dass ich von Ferne sein Seufzen hören kann.“ Der Diener kam, aber rührte ihn nicht an. Er sah das Gesicht Josephs und brachte es nicht über das Herz. Der gesegnete Mann sah ein Fell und schlug heftig darauf ein. Mit jedem Schlag, den er ausführte, schrie Joseph fürchterlich. Als Zulaicha diesen Schrei von Ferne hörte, rief sie: „Schlag fester zu, Standhafter.“ Der Mann sprach: „Oh sonnengleicher Joseph, wenn Zulaicha dich anschaut und an dir nicht die Wunden des Holzes sieht, wird sie mich bestimmt bestrafen. Entblöße deine Schulter und nimm deinen Mut zusammen. Dann besitze die Kraft, einen kräftigen Holzschlag auszuhalten. Auch wenn der Schlag dir Schmerzen bereiten wird, wenn sie dich sieht, wird es ein Zeichen von dir sein.“ Da entblößte Joseph seinen Körper und ein Murren begann in allen sieben Himmeln. Der Mann erhob darauf die Hand und schlug so heftig zu, dass er in den Staub fiel. Als Zulaicha diesmal sein Stöhnen hörte, sagte sie: „Genug! Dies war das richtige Stöhnen. Die vielen Seufzer zuvor waren nichts, aber dieser war von einem anderen Ort."

Wenn es bei einer Trauer hundert Klagende gibt, kommt der Seufzer eines, der Schmerzen erlitten hat, zum Tragen. Und wenn es in einer Runde hundert Traurige gibt, wird der Edelstein des Ringes dieser Trauernde sein. Solange du kein Mann bist, der Schmerzen erfahren hat, wirst du in der Reihe der Männer nicht einzigartig sein. Wer den Schmerz und das Brennen der Liebe hat, wo kann er in der Nacht und auch am Tag Ruhe finden?

Wecken zum Gebet

Chadsche Zangi hatte einen gewandten Diener, der sich von den weltlichen Dingen gesäubert hatte. Jener reine Diener betete die ganze Nacht bis zum Morgen. Der Herr sagte zu ihm: „Oh fleißiger Diener, wenn du nachts aufstehst, wecke mich, damit ich die rituelle Waschung durchführe und mit dir bete." Der Diener antwortete ihm: „Es ist nicht üblich, eine Frau in den Wehen zu wecken.

S. 379, Verse 3217-3237

Wenn du Schmerzen hättest, wärst du wach und Tag und Nacht beschäftigt und nicht tatenlos. Soll dich jemand wecken, muss es ein anderer tun, jemand, der dich beschäftigt!"

Wer dieses Leid und diesen Schmerz nicht hat, soll sich schämen, denn er ist kein Mann Gottes. Wem der Schmerz das Herz zusammenzog, dem verschwand die Hölle als auch das Paradies.

Die Antwort der Paradies- und Höllenbewohner

Abu Ali Tusi, der ein weiser Alter seiner Zeit war, war ein Reisender durch das Tal des Fleißes und des Eifers. Ich kenne niemanden, der je solchen einen Ruhm wie er erlangt hat. Er sprach: „Morgen werden die leidenden Höllenbewohner die Paradiesbewohner befragen, damit sie uns ihr Befinden über die Schönheit des Paradieses und die Freude der Verbindung schildern." Die Paradiesbewohner sagten: „Die Schönheit des Paradieses hebt sich hervor, wenn sich uns im vollkommenen Paradies die Sonne von solcher Schönheit zeigt. Wenn sie sich uns nähert, verdunkeln sich die acht Paradiesgärten aus Scham. Im Glanz dieser selbstlosen Schönheit haben die Gärten weder Namen noch Zeichen." Nachdem die Paradiesbewohner ihre Situation geschildert hatten, antworteten die Höllenbewohner: „Oh ihr Unbelasteten aus Paradies und Gärten, es ist alles so wie ihr sagt. Wir sind die Bewohner eines unschönen Ortes und sind von Kopf bis Fuß im Feuer versunken. Weil sich uns das Gesicht nicht zeigte, haben wir die Qual des Verzichts auf das Angesicht des Freundes, als wir erfuhren, wohinein wir geraten sind und dass wir von solch einem Anblick getrennt wurden. Aus dem Feuer der Qual ist unser trauriges Herz, aber das Höllenfeuer hat es aus unserem Gedächtnis getragen."

Überall, wo dieses Feuer aufflammt, wo bleibt die Nachricht vom Höllenfeuer? Jeder, dem auf dem Weg Leid zustieß, kann mit Fleiß wenig tun. Du brauchst das Leid, das Stöhnen und die Wunde. Und in der Wunde brauchst du das Wohlbehagen und die Ruhe.

S. 380, Verse 3238-3256

Wenn du in dieser Welt verwundet bist, bist du Vertrauter mit dem Ruheplatz der Seele. Bist du verwundert, rede nicht von der Welt, lege Hitze auf die Wunde und rede nicht.

Das Gebet ohne Gebetsteppich

Ein frommer Mann wollte vom Propheten, dass er auf dem Gebetsteppich beten dürfe. Der Herr erlaubte es ihm aber nicht. Er sagte: „Der Kies und der Staub sind jetzt warm. Leg dein Gesicht in den warmen Staub, denn jeder Verwundete hat ein Brandmal im Gesicht. Wenn du die Wunde der Seele siehst, ist ein Brandmal für den Verwundeten besser."

Solange du die Hitze des Herzens nicht an diesen Ort mitgebracht hast, wie kann man dann zu dir schauen? Bring die Hitze des Herzens auf den Platz des Schmerzes. Die Besitzer des Herzens erkennen den Mann Gottes am Brandmal.

37. Die Ausrede des zweiundzwanzigsten Vogels

Ein Vogel fragte den Wiedehopf: „Oh Herr des Weges, wir sind auf dem Weg durch das Tal blind geworden. Dieser Weg scheint voller Regeln zu sein. Wie lang ist er, Freund?"

Der Wiedehopf antwortete: „Wir haben sieben Täler auf dem Weg. Wenn wir die durchwandert haben, dann kommt die Schwelle Gottes. Niemand blieb auf diesem Weg zurück und niemand weiß, wie lang er ist. Weil niemand von diesem weiten Weg zurückkam, wie kann man dich darüber unterrichten, Ungeduldiger? Weil alle an jenem Ort verloren gingen, wer kann dich darüber informieren, Ahnungsloser? Das Tal des Suchens ist das erste, dann folgt das Tal der Liebe. Das dritte Tal ist das der Gotteserkenntnis, das vierte das der Unbedürftigkeit. Das fünfte Tal ist das der reinen Gotteseinheit, das sechste das der schweren Verwirrung. Das siebte Tal ist das der Armut und der Entwerdung. Danach gibt es für dich keine Handlungsweise mehr. Du wirst von einer Kraft angezogen, sodass du nicht mehr handeln kannst. Wenn es einen Tropfen gibt, wird er für dich zu einem Meer.

S. 381, Verse 3267-3278

38. Das erste Tal des Suchens

Wenn du zum Tal des Suchens kommst, kommen zu jeder Zeit hundert Schwierigkeiten. Es gibt hundert Mühen in jedem Augenblick. Das große Himmelgewölbe ist hier klein wie eine Fliege. Du musst dich jahrelang in Eifer und Fleiß üben, denn hier erreicht das Herz verschiedene Zustände. Du musst dein Vermögen wegwerfen und deinen Besitz ablegen. Die musst in deinem Blut sein und aus allem anderen herauskommen. Wenn dir nichts mehr bleibt, musst du dein Herz von allem, was es gibt, reinigen. Wenn dein Herz von allem rein ist, beginnt das Licht Seines Wesens zu leuchten. Erscheint dieses Licht über dem Herzen, dann wird ein Wunsch in deinem Herzen zu tausend. Und wenn ein Feuer auf dem Weg zu Ihm aufflammt und wenn hundert unangenehme Täler erscheinen, wirst du aus Liebe zu Ihm wie wahnsinnig und fliegst schmetterlingsgleich zum Feuer. Das Geheimnis wird zur Forderung wegen deiner Sehnsucht. Sie verlangt nach einem Schluck ihres Mundschenks, einen Schluck von dem Wein. Wenn du getrunken hast, wirst du beide Welten vollkommen vergessen und der im Meer Versunkene behält trockene Lippen. Er sucht in der Seele nach dem Geheimnis des Geliebten. Im Wunsch nach dem, der das Geheimnis kennt, fürchtet er nicht die ungeheuerlichen Drachen. Wenn Unglaube und Verwünschung zu ihm kommen, akzeptiert er sie, bis sich die Tür für ihn öffnet. Wenn sie offen ist, gibt es auf der anderen Seite weder Glaube noch Unglaube.

Die Verfluchung Iblis'

Als Gott die reine Seele in den Körper Adams, der aus Wasser und Staub war, eingehaucht hatte, wollte er, dass die Schar der Engel davon keine Nachricht erhielten. Er sagte: „Geister des Himmels, kniet euch jetzt in Anbetung vor Adam nieder!“ Alle legten ihren Kopf in den Staub und nicht einer erkannte das reine Geheimnis. Da kam Iblis und sagte: „Jetzt wird niemand von mir eine Anbetung sehen.

S. 382, Verse 3279-3300

Und wenn man mir den Kopf vom Körper trennt, wird es keinen Kummer über den Zustand meines Halses geben. Ich weiß, dass Adam kein Staub ist. Ich gebe den Kopf hin, um das Geheimnis zu erfahren. Angst habe ich keine.“ Weil Iblis den Kopf nicht auf die Erde legte, sah er das Geheimnis, was dahinter steckte. Der erhabene Gott sagte zu ihm: „Oh, Spion des Weges, du hast das Geheimnis gestohlen. Weil du den Schatz sahst, den ich versteckt habe, werde ich dich töten, damit du es nicht in der Welt wiedergibst. Denn es ist geheim, wohin der König den Schatz außerhalb des Heeres brachte. Wenn aber jemand einen Blick darauf wirft, setzt er dessen Leben ein Ende. Hat der Mann des Schatzes diesen gesehen, muss man ihm den Kopf abschlagen. Wenn ich dir nicht sofort den Kopf abtrenne, wirst du dies in der ganzen Welt verbreiten." Er erwiderte: „Oh Herr, gib mir eine Gnadenfrist, gib dem Betroffenen einen Ausweg." Der erhabene Gott sprach: „Dir sei die Gnadenfrist gewährt. Ich verfluche dich bis zum Tag der Auferstehung.[103] Ich werde dich einen Lügner nennen, damit du bis zum Tag des Jüngsten Gerichts angeklagt bleibst." Daraufhin sagte Iblis: „Da mir der reine Schatz sichtbar wurde, warum soll ich mich vor dem Fluch fürchten? Verfluchung ist deine Sache und Erbarmen ebenfalls, der Diener ist deine Sache und das Schicksal ebenfalls. Wenn mein Los die Verwünschung ist, habe ich keine Furcht. Es muss auch Gift geben, denn es ist nicht alles Gegengift. Weil ich die Geschöpfe nach Erbarmen suchend gesehen habe, habe ich deine Verwünschung unhöflich aufgenommen. Deine Verwünschung hat keinen Diener wie das Erbarmen. Ich bin der Diener deines Fluchs, aber nicht verloren."

So muss man suchen, wenn du ein Suchender bist. In der Suche nach dem Sinn bist du nicht gewandt. Wenn du ihn auch Tag und Nacht nicht findest, ist er nicht verloren, sondern in der Suche ist ein Mangel.

Kein Unterschied

Zum Todeszeitpunkt war Schibli unruhig. Er hatte die Augen geschlossen und war voller Erwartung. Er hatte den Gürtel des Erstaunens um und saß in der Asche. Mal kam ihm eine Träne, mal streute er sich die Asche über das Haupt.

S. 383, Verse 3301-3320

Ein Bettler sagte zu ihm: „Hast du jemanden gesehen, der zu einer solchen Zeit den Gürtel umgebunden hat?" Er antwortete: „Ich brenne. Was kann ich tun, da ich vor Eifer dahinschmelze? Meine Seele, die vor beiden Welten die Augen verschlossen hat, brennt nun vor Eifer für Iblis. Weil er die Worte der Verfluchung hat, kommt mein Bedauern dazu. Schibli blieb brennend mit dürstendem Herzen. Gibt er denn einem anderen etwas anderes?"

Wenn es für dich durch die Hand des Königs einen Unterschied zwischen Stein und Edelstein gibt, bist du kein Mann des Weges. Wenn du die Edelsteine schätzt, bist du niedrig wie Stein und der König hat hier nichts zu tun. Sei Stein und Edelstein, weder Feind noch Freund. Zieh in Betracht, dass sie beide von ihm stammen. Wenn der betrunkene Verliebte

103 Vergleiche Koran Sure 38,67-85.

dich mit einem Stein schlägt, ist es gut, wenn du daraus einen Edelstein gewinnst. Der Mann muss bei der Suche erwarten, dass er jederzeit auf dem Weg seine Seele verliert. Auf der Suche wird er nicht einen Moment ruhen, es wird ihm nicht möglich sein, einen Augenblick innezuhalten. Wenn er es doch tut, ist er ein unflätiger Abtrünniger dieses Weges.

Madschnun sucht Laila im Staub

Ein treuer Freund sah Madschnun, wie er Staub auf dem Weg siebte. Er fragte: „Madschnun, was suchst du hier?" Er antwortete: „Ich suche Laila." Er fragte: „Wie kannst du Laila im Staub finden? Wann gab es im Staub des Weges je eine reine Perle?" Er erwiderte: „Ich suche sie überall. Vielleicht finde ich sie einmal irgendwo."

Geduld bei der Suche

Joseph aus Hamadan, ein Imam seiner Zeit, war ein Kenner der Geheimnisse der Welt und ein Scharfsinniger. Er sprach: „In allem, was ist, vom Hohen und vom Niederen, sieht man: Es gibt in jedem einzelnen Atom einen Jakob, der nach dem verloren gegangenen Joseph fragt. Schmerz ist auf seinem Weg und Warten, bis sich aus beiden das Schicksal zeigt.

S. 384, Verse 3321-3342

Wenn du mit beiden nichts anzufangen weißt, Vorsicht, ziehe dich nicht von den Geheimnissen zurück. Der Mann braucht bei der Suche Geduld. Aber wie kann ein Schmerzgeplagter sich gedulden? Gedulde dich, ob du willst oder nicht. Vielleicht findest du durch jemanden den Weg. Wie ein Kind im Bauch, genauso sitze in dich gekauert und komme nicht einen Moment aus dir heraus. Wenn du etwas essen musst, ernähre dich vom Blut. Die Kraft jenes Kindes im Bauch ist das Blut und all das Leid kommt von außen. Trinke Blut und gedulde dich mannhaft, bis du durch den Schmerz zum Ziel gelangst."

Über die Geduld und den Sinn des Suchens

Der Scheich von Mihna ging tief bedrückt in die Wüste, den Blick voller Blut und das Herz gespalten. Der Alte sah einen Bauern von fern. Er hatte seine Kuh angebunden und Licht ging von ihm aus. Der Scheich ging zu ihm und grüßte ihn und erzählte ihm von seiner Bedrückung. Als der Alte dies hörte, sagte er: „Oh Abu Sa'id, wenn man alles von der Unterseite der Erde bis zum ruhmreichen Gottesthron ständig mit Gerstenkörnern füllen würde – und das nicht nur einmal, sondern hundertmal – und wenn es einen Vogel gäbe, der eines davon nach tausend Jahren pickte, und wenn er dann nach so langer Zeit hundertmal die Welt aufpickte, findet die

Seele immer noch einen Duft von Seiner Schwelle. Abu Sa'id, es ist noch zu früh."

Die Suchenden müssen viel Geduld haben, aber nicht jeder ist ein geduldiger Sucher. Solange die Suche nicht ins Innere gelangt, entsteht auch kein Moschus aus dem Blut in der Moschusdrüse. Wenn die Suche nach außen gerichtet ist, und wenn es die ganze Welt wäre, geht sie ins Blut. Wer nicht auf der Suche ist, ist schon gestorben. Er lebt nicht und sein Aussehen ist das einer Wand. Wer nicht sucht, ist ein Tier. Es lebt durch Gott mit einem seelenlosen Wesen. Wenn du den Schatz der Essenz in die Hand bekommst, musst du noch eifriger Suchen. Wer sich mit dem Schatz der Essenz begnügte, hat sich auch an ihn gebunden.

S. 385, Verse 3343-3360

Wer auf dem Weg wegen einer Sache zurückblieb, dem wurde diese zu seinem Götzen, und er war der Götzenspieler. Wenn du einen geringen Verstand hast, bist du kraftlos, vom Wein betrunken und dumm. Werde am Ende nicht wegen des Weins betrunken, denn der Wein des Suchens ist endlos.

Mahmud und der Staubsieber

Eines Nachts war Mahmud ohne Heer. Er sah einen Staubsieber mit dem Kopf im Staub. Überall hatte er einen Hügel aufgeschichtet. Als der König dies sah, fiel sein Armband auf einen Staubhügel. Dann ritt er mit seinem Pferd schnell wie der Wind davon. In der anderen Nacht kam der Herrscher wieder und sah ihn weiterhin so beschäftigt. Er sagte: „Was du gestern Nacht leicht gefunden hast, war das Zehnfache der Steuern der Welt und dann siebst du weiterhin den Staub? Herrsche, denn es fehlt dir an nichts mehr." Der Staubsieber antwortete ihm: „Ich fand derartiges. Aber ich fand dadurch auch einen ebensolchen verborgenen Schatz. Weil ich durch ihn mein Glück gefunden habe, werde ich, solange ich lebe, diese Arbeit weitermachen."

Sei ein Mann dieser Tür, bis sie sich dir öffnet, und wende dich nicht vom Weg ab, solange er sich dir zeigt. Außer deinen zwei Augen ist nichts geschlossen. Suche, denn diese Tür ist nicht zu.

Die Tür ist immer offen

Ein Verrückter sagte vor Gott: „Oh Gott, öffne doch die Tür für mich!" Rabi'a, die zufällig dort saß, sagte: „Oh Leichtfertiger, wann war diese Tür jemals geschlossen?"

39. Das zweite Tal der Liebe

Dann erscheint das zweite Tal. Wer dorthin gelangt, versinkt im Feuer. In diesem Tal war nichts außer Feuer. Wer nicht Feuer ist, wird seines Lebens nichts froh! Verliebt ist, wer wie Feuer warm, brennend und hochmütig ist.

S. 386, Verse 3361-3383

Er denkt nicht einmal an das Ende und überzieht hundert Welten mit dem Feuer. Er kennt nicht einmal Unglauben und Glauben, kennt nicht ein bisschen Zweifel und Gewissheit. Gut und Schlecht sind auf Seinem Weg eins und Er ist, wenn die Liebe kommt, weder das eine noch das andere. Oh Freigeist, diese Worte sind nichts für dich. Du Abtrünniger, du spürst davon nichts. Alles, was der Reine an Geld hat, verspielt er. Wegen der Bindung zum Freund ist er zu stolz für Geld. Die anderen geben das Versprechen bis morgen, aber er hat hier alles. Solange er sich nicht selbst verbrennt, wie kann er den Kummer loswerden? Solange die Seide seines Wesens nicht verbrannte, wie kann jemand sein Herz für ein belebendes Mittel verkaufen? Es schlägt, gebunden an Brennen und Glühen, bis es plötzlich wieder an seinen Platz zurückkehrt. Wenn ein Fisch aus dem Meer in die Wüste fällt, springt er solange, bis er vielleicht wieder ins Meer findet. Liebe ist hier Feuer und der Verstand Rauch. Kommt die Liebe, flieht der Verstand sofort. Der Verstand ist in der Leidenschaft der Liebe kein Lehrer und die Liebe hat nichts mit dem angeborenen Verstand zu tun. Wenn man dir richtige Augen für das Verborgene schenkte, siehst du hier, wo der Ursprung der Liebe ist. Jedes einzelne Blatt existiert durch die Liebe und wirft sich nieder im Liebesrausch. Wenn sich dir das verborgene Auge öffnet, teilt es mit dir die Geheimnisse der Atome der Welt. Schaust du mit dem Auge des Verstandes, siehst du nie etwas von der Liebe. Ein geübter Mann braucht die Liebe ebenso wie der freie Mann. Bist du weder geübt noch verliebt, dann bist du tot. Wie kann das der Liebe angemessen sein? Auf diesem Weg muss es hunderttausend Lebende geben, damit er jeden Augenblick hundert Seelen ausstreuen kann.

Die Liebe zum Getränkeverkäufer

Ein Herr verließ sein Heim und wurde wegen eines Getränkeverkäufers verzweifelt. Wegen eines Übermaßes an Liebe verfiel er durch ihn in starke Leidenschaft und wegen ihm entstand blanker Tumult. Er verkaufte alles, was er hatte, und kaufte von jenem Getränke. Weil ihm nichts mehr blieb, wurde er zu einem Derwisch, aber die Liebe dieses Schwachen nahm um das Hundertfache zu.

S. 387, Verse 3385-3404

Gab man ihm Brot, blieb er hungrig. Satt wurde er nur durch die Seele. Was er an Brot bekam, trug er alles zum Getränkeverkäufer und verkaufte es ihm. Er war ständig hungrig, bis er einmal Getränke für hundert Personen kaufte. Ein Bettler fragte ihn: „Oh Verwirrter, was ist Liebe? Enthülle das Geheimnis." Er antwortete: „Sie ist, wenn du hundert Welten an Habseligkeiten für ein Getränk verkaufst."

Solange ein Mann nicht so etwas erlebt hat, was weiß er dann von Liebe und Schmerz?

Madschnun im Schafsfell

Die Angehörigen Lailas gaben Madschnun den Weg zum Stamm nicht frei. Ein Schäfer saß gerade in der Wüste und gab dem liebestrunkenen Madschnun ein Schafsfell. Er beugte sich nieder, zog das Fell über und wurde wie ein Schaf. Zu dem Hirten sagte er: „Beim Schöpfer, lass mich unter deine Schafe und führe die Herde mit mir darin zu Laila, damit ich einmal den Geruch Lailas spüre. Solange ich vor der Geliebten unter meinem Fell verborgen bin, kann ich den Augenblick mit ihr nutzen." – Hättest du einmal einen solchen Schmerz, wärst du bis zur Wurzel jeden Haares gestorben. Oh wehe, wenn du den Schmerz der Männer nicht hast und nicht einen Tag den Platz der Männer.

Schließlich kam Madschnun, weil er unter dem Fell in der Herde versteckt war, zur Freundin. Zuerst kam Erregung in ihm auf, schließlich wich der Verstand von ihm. Als die Liebe kam und das Wasser ging, nahm ihn der Schäfer und brachte ihn in die Wüste. Er goss Wasser über den zerstörten Betrunkenen, bis sich das Feuer in ihm wieder legte.

Nach diesem Tag saß der betrunkene Madschnun mit ein paar Leuten in der Wüste. Einer von ihnen fragte ihn: „Du bist sehr entblößt, du Erhabener. Sag, was für ein Kleid ich dir holen soll. Ich bringe es dir sofort."

S. 388, Verse 3405-3426

Er sprach: „Kein Kleid ist der Geliebten angemessen. Kein Kleid ist besser als ein Fell. Ich möchte ein Fell von einem Schaf und gegen den bösen Blick verbrenne ich Esfand. Der Atlas und Brokat Madschnuns ist das Fell. Dies möchte jeder, dem Laila eine Geliebte ist. Ich trage in dem Fell den Duft meiner Geliebten, wie kann ich da ein anderes Kleid außer diesem haben? Das Herz erfährt über das Fell von der Liebe. Da ich keinen Verstand habe, bringe mir das Fell!"

In der Liebe musst du deinen Verstand verlieren. Dann verändert sie alle deine Eigenschaften. Die geringsten Dinge sind im Vergehen der Eigenschaften ein Geschenk der Seele und das Ablassen von Nichtigkeiten. Lasse ab, wenn du so stolz bist, denn solch ein Opfer ist kein Spiel.

Ein Bettler verliebt sich in Ayaz

Ein armer Kerl hatte sich in Ayaz verliebt. Diese Worte waren offen auf jeder Sitzung. Wenn Ayaz sich beritten auf den Weg begab, lief jener arme Gotteskenner hinterher. Als der Moschushaarige zum Poloplatz kam, schaute der Schlaue nur nach dem Ball. Mahmud sagte man, dass jener Bettler sich in Ayaz verliebt hatte.

Als der Diener am anderen Tag zum Platz kam, lief der Alte wieder aus Liebe hinterher. Er hatte die Augen auf die Bälle von Ayaz gerichtet. Ein Ball nach dem anderen berührte den Polostock. Der Sultan sah ihn insgeheim: Seine Seele war klein und sein Gesicht blass wie Stroh, der Rücken wie ein Polostab, und verwirrt wie der Ball lief er in jede Richtung des Platzes wie der Ball. Mahmud rief ihn zu sich und sprach: „Bettler, willst du ein Genosse des Königs sein?" Der Schlaue antwortete: „Wenn du mich auch Bettler nennst, bin ich in der Liebe nicht geringer als du. Liebe und Ruin liegen beieinander, sie sind mittelloses Kapital. Liebe bekommt durch den Ruin Würze, und sie richtet ganz gewiss den Armen auf. Du besitzt die Welt, hast aber das Herz verkauft. In der Liebe muss einem wie mir das Herz brennen. Was du hast, ist die Aufrechterhaltung der Verbindung. Gedulde dich ein wenig im Schmerz der Trennung.

S. 389, Verse 3427-3450

Wie oft wirst du die Verbindung suchen? Überstehe die Trennung, wenn du ein Mann der Liebe bist." Der König sagte zu ihm: „Oh vom Dasein Ahnungsloser, siehst du alles wie den Ball?" Er erwiderte: „Weil der Ball verwirrt ist wie ich, wälze ich mich wie er und er sich wie ich hin und her. Er kennt meinen Wert und ich seinen. Wir sind beide Bälle an seinem Polostock. Beide sind wir in Verwirrung gefallen und sind in der Seele ohne Kopf und Körper. Er kennt mich und ich ihn und wir erzählen uns den Kummer von ihm. Glücklicher als ich ist der Ball des Weges, weil er hin und wieder den Huf seines Pferdes küsst. Wenn ich auch wie der Ball kopf- und fußlos bin, so bin ich doch unglücklicher als er. Der Ball wird durch den Polostab am Körper verletzt und ich armer Bettler in der Seele. Auch wenn der Ball unvergleichliche Wunden hat, läuft ihm Ayaz letztlich nach. Obgleich ich mehr Wunden habe als er, laufe ich ohne ihn hinterher und stehe vor ihm. Manchmal ist der Ball ihm nahe und dieser Bettler ist weit weg. Ach, wenn er zu ihm gelangt, freut er sich wegen der Verbindung. Ich habe keine Spur einer Verbindung. Der Ball findet sie und von mir bekommt er den Ball."

Der Herrscher sagte: „Oh mein Derwisch, du hast vor mir den Ruin beklagt. Wenn du Armer nicht lügst, hast du einen Zeugen für deine Armut?" Er erwiderte: „Solange ich die Seele habe, bin ich nicht arm. Ich bin ein Kläger und keiner von den Leuten der Sitzung. Aber wenn ich in der Liebe mein Leben ließ, ist das dem Armen ein Zeichen. Wo ist in dir, oh Mahmud, der Sinn der Liebe? Gib dein Leben oder klage die Liebe an." Dies sprach er und seine Seele ging von dieser Welt. Er gab plötzlich das Leben für den Geliebten auf. Weil der Alte sie auf dem Staub des Weges verlor, wurde die Welt für Mahmud aus Kummer schwarz.

Wenn du die Opferbereitschaft für gering hältst, komm, damit du selbst den Sieg siehst. Wenn man dir einmal sagt, dass du kommen sollst, damit du den Schrei von dem Weg hörst, wenn du selbst ständig so haltlos und verwirrt bist, sodass du alles weggibst, was du hast,

S. 390, Verse 3451-3472

wenn du da hinein gerätst, werden für dich der Verstand und die Seele unten und oben sein, bis du die gute Nachricht bekommst.

Der Araber bei den Glücksspielern

Ein Araber kam nach Persien und war über das, was dort üblich war, erstaunt. Jener Ahnungslose reiste umher, um sich umzusehen, bis er zu einem Qalandar-Haus kam. Er sah eine unbeschwert fröhliche Gruppe ohne Kopf und Wurzel, die beide Welten ohne ein Wort verloren hatten. Alle waren Glücksspieler, in der Unreinheit einer sauberer als der andere. Jeder von ihnen hatte einen Krug mit dem Bodensatz von Wein in der Hand, und der erste eröffnete die Runde. Als der Araber die Leute sah, bekam er Appetit, und Verstand und Seele ertranken im Fluss der Überschwemmung.

Als die Qalandare ihn so vorfanden, Verstand und Seele vom Wasser fortgetragen, sagten alle: „Komm herein, Unbekannter." Er trat ein und das war alles. Ein Schlauer machte ihn betrunken mit einem Rest vom Wein, und er vernichtete sich selbst und seine Manneswürde ging verloren. Er hatte viel Besitz bei sich, Silber und Gold, und verspielte alles. Ein anderer kam und gab ihm noch mehr Wein. Schließlich wurde er nackt aus dem Qalandar-Haus geworfen.

So kam er zu den Arabern zurück, entblößt, mittellos, mit durstiger Seele und trockenen Lippen. Seine Leute fragten ihn: „Du bist sehr mitgenommen. Wo ist dein Gold und Silber, und wo hast du geschlafen? Gold und Silber gingen und die Verwirrung kam zu dir. Deine Reise nach Persien war dein Unglück. Hat man dich bestohlen? Wo ist dein Besitz hin? Erkläre, damit ich deinen Zustand verstehen kann." Er antwortete: „Ich ging unbeschwert des Weges, als ich plötzlich zu einem Qalandar-Haus kam. Ich wusste es nicht anders, und mein Gold und Silber gingen, und ich wurde mittellos." Einer sagte: „Beschreibe uns dieses Haus." Er erwiderte: „Die Beschreibung ist: man sagte (qal): ‚Herein' (andar)!"

Der Araber war von diesem ganzen ‚Er sagte: Herein' vernichtet.

Lasse ab und rette deinen Kopf, rette die Seele oder akzeptiere es bei der Seele. Wenn du mit der Seele die Geheimnisse der Liebe akzeptierst, dann opfere den Kopf für die Liebesangelegenheiten.

S. 391, Verse 3473-3492

Opferst du die Seele und bleibst du nackt, bleibt dir das ‚Er sagte: Herein'.

Ein Mann will den Geliebten töten

Ein hoher Würdenträger verliebte sich in einen schönen Mann. Plötzlich wurde der Geliebte jenes Mannes dünn und gelb wie ein verdorrter Zweig. Der helle Tag wurde in seinem Herzen dunkel und der Tod nahte. Der Verliebte wurde darüber benachrichtigt und er kam mit einem Messer in der Hand gelaufen. Er sprach: „Ich werde den Geliebten töten, damit der Schöne nicht seinen natürlichen Tod stirbt." Die Männer antworteten ihm: „Du bist sehr zornig. Was siehst du für eine Weisheit in diesem Töten? Vergieße kein Blut und lass ab vom Töten, denn er wird ohnehin jetzt sterben. Da einen Toten zu töten keinen Sinn hat, kann nur ein Unwissender einem Verstorbenen den Kopf abschneiden." Er erwiderte: „Wenn der Geliebte durch mich getötet wird, wird man mich aus Blutrache wegen ihm töten. Und wenn der Tag der Auferstehung kommt, wird man mich vor allen wie eine Kerze verbrennen. Wenn ich heute aus Leidenschaft wegen ihm getötet werde, verbrenne ich morgen wegen ihm. Ist das nicht genug? Das Hier und Dort ist mein Wunsch und ‚Verbrannt' oder ‚Getötet durch ihn' mein Name."

Die Verliebten opfern sich auf diese Weise und nehmen sich vor beiden Welten zurück. Sie vernichten das Mühen der Seele und ziehen das Herz vollständig aus der Welt. Wenn die eigene Seele so getötet wurde, finden sie Ruhe mit dem Geliebten.

Abraham verweigert die Seele

Als der Freund Gottes, Abraham, im Todeskampf war, gab er seine Seele Azrail nicht und sprach: „Geh und sag dem König, dass Er nicht die Seele von seinem Freund begehren solle." Der erhabene Gott sagte: „Wenn du ein Freund bist, dann schenke deine Seele deinem Freund. Soll dir das Leben mit dem Schwert genommen werden? Wer enthält seinem Freund die Seele vor?"

S. 392, Verse 3493-3515

Ein Anwesender sagte zu ihm: „Fackel der Welt, warum willst du Azrail nicht deine Seele geben? Die Verliebten sind die, die auf dem Weg ihre Seele opfern. Warum hast du dann so auf die Seele Acht?" Er antwortete:

„Wenn ich am Ende die Seele freigebe und Azrail dabei ist – als Gabriel über dem Feuer hervorkam und sagte: ‚Freund, wünsch dir etwas von mir!', Schaute ich ihn in dem Moment nicht an, weil jemand anderes als Gott zu mir kam – da ich mich von Gabriel abwandte, wie kann ich meine Seele jetzt Azrail anvertrauen? Denn ich kann die Seele nicht einfach so aufgeben, es sei denn, ich höre von Ihm die Worte ‚Gib mir deine Seele'. Wenn ich den Befehl von anderen erhalte, meine Seele abzugeben, lohnt es sich für mich nicht im Geringsten, eine Welt von Seelen zu haben. Wie kann ich meine Seele in beiden Welten jemandem geben, ehe Er etwas sagt. Das ist es und genug."

40. Das dritte Tal der Gotteserkenntnis

Danach zeigt sich dir die Gotteserkenntnis, das Tal ohne Anfang und Ende. Es gab niemanden, der hier wegen der Weite des Weges protestiert hätte. Es gibt in ihm keinen Weg, weil es anders ist. Der Reisende des Körpers und der Seele ist anders. Körper und Seele sind aus Unzulänglichkeit und Vollkommenheit ständig in Vervollkommnung und Verderben. Zweifellos ist der Weg, der sich auftut und jedem nach seinem eigenen Maß erscheint, lang genug. Wie könnte auf diesem Weg des Freundes die traurige Spinne den gleichen Weg wie der Elefant gehen? Die Reise eines jeden geht bis zu Seiner Vollkommenheit und ist für einen jeden seinem Zustand entsprechend. Und wenn die Mücke so viel fliegt, wie sie kann, wie kann sie die vollkommene Kraft des heftigen Windes erreichen? Weil die Reisen ohne Zweifel unterschiedlich sind, wird auch kein Vogel jemals die gleiche Weise haben. In der Gotteserkenntnis gibt es ebenfalls Unterschiede: Der eine fand die Gebetsrichtung des Islam, der andere den Götzen. Wenn die Sonne der Erkenntnis leuchtet, wird jeder aus dem Heer dieses hohen Weges nach seinem Ermessen erkennen und sein tatsächliches Wesen wiederfinden. Die Geheimnisse aller Atome werden klar und über dem Aschehaus der Welt entsteht ein Rosengarten. Er sieht den Kern im Innern und nicht seine Hülle, und er selbst erkennt nicht ein Atom, außer seinen Geliebten.

S. 393, Verse 3516-3537

Alles, was er über sich sieht, ist ewig. Jedes einzelne Atom ist bei Ihm von Dauer. Hunderttausend Geheimnisse zeigen sich dir aus dem Schleier wie die Sonne, hunderttausend Männer verirren sich für immer, bis einer die Geheimnisse vollständig erblickt. Ein Vollkommener muss eine ausgezeichnete Seele haben, damit er in das tiefe Meer hineintauchen kann. Wenn du an deinen Geheimnissen Geschmack gefunden hast, wird die Leidenschaft jeden Augenblick erneuert. Hier gibt es den Durst nach der

Vollkommenheit und Hunderttausenden ist das Blut erlaubt. Wenn du die Hand bis zum Himmelsthron streckst, rede nicht einen Moment vom ‚Gibt es noch mehr'. Versinke selbst im Meer der Erkenntnis, wenn nicht, streue dir den Staub des Weges über das Haupt. Wenn du, Schläfer, nicht zu den Glücklichen gehörst, warum trauerst du dann nicht? Wenn du nicht froh bist über die Verbindung mit Ihm, steh auf und trauere einmal um die Trennung. Wenn du nicht die Schönheit deines Geliebten siehst, bleib nicht sitzen, steh auf und suche nach deinen Geheimnissen. Wenn du nichts weißt, suche, Beschämter. Bist du wie ein Esel, wie lange kannst du ohne Halfter sein?

Tränen aus Stein

Es gab einen Mann, der im Gebirge Chinas zu Stein wurde. Tränen flossen ihm aus den Augen auf die Erde. Wenn die Tränen den Boden berührten, wurden sie zu Stein. Wenn eine Wolke solch einen Stein bekam, regnete es aus ihr bis zum Tag der Auferstehung Klagen.

Der reine, redliche Mann hatte Wissen. Wenn du nach China gehen musst, suche ihn. Denn das Wissen ist aus Sorge um die Würdelosen zu Stein geworden. Wie lange kann man vom Ungläubigen Gnade bekommen? Alles ist dunkel an diesem Ort des Unglücks und das Wissen ist darin Wegweiser wie die Edelsteine. Sie sind der Führer deiner Seele an diesem dunklen Ort. Sie sind die Essenz des Wissens und das Wissen um die Belebung der Seele. Du bist in dieser endlosen Dunkelheit wie Alexander ohne Führer. Wenn du von diesen Edelsteinen genug nimmst, wirst du dich bekümmerter finden. Aber hast du keine Edelsteine, Unbekannter, dann wirst du bekümmert sein.

S. 394, Verse 3538-3558

Ob du die Edelsteine hast oder nicht, werde ich dich jeden Augenblick bekümmerter finden. Diese und jene Welt haben sich in der Seele verirrt. Der Körper von der Seele und die Seele vor dem Köper verborgen, haben sich verloren. Wenn du aus dieser Verirrung herauskommst, gibt es dort einen besonderen Ort für den Menschen. Gelangst du von hier zu diesem besonderen Ort, folgst du jeden Augenblick hunderten Geheimnissen. Bleibst du auf dem Weg zurück, wehe dir, denn du wirst dich vollkommen im Klagen verlieren. Schlafe nicht in der Nacht und esse den ganzen Tag nichts, so kann die Suche in dir erfolgreich sein. Suche, bis die Suche sich verliert und dir das Essen am Tag und der Schlaf in der Nacht verloren gehen.

Der schlafende Verliebte

Ein Verliebter war aus Übermaß an Liebe beunruhigt. Er schlief aus Kummer im Staub. Sein Geliebter ging zu seinem Lager und sah ihn schlafen und ganz von sich gegangen. Er schrieb ihm geschwind einen Brief und band ihn an die Ärmel des Verliebten. Als dieser aus dem Schlaf erwachte, las er den Brief und weinte bittere Tränen. Darin stand folgendes geschrieben: „Oh stiller Mann, steh auf. Wenn du ein Kaufmann bist, suche das Silber. Wenn du ein Asket bist, lebe in der Nacht und diene bis zum Tag, sei ein Diener. Wenn du ein Verliebter bist, dann schäme dich. Was hat der Schlaf mit dem Anblick des Geliebten zu tun? Der Verliebte vergeudet sinnlos den Tag und auch die Nacht wegen des Brennens. Weil du weder das eine noch das andere bist, du Glanzloser, prahle nicht mit Lügen von der Liebe. Schläft ein Verliebter außer im Grab, nenne ich ihn einen Verliebten, aber einen in sich selbst Verliebten. Wenn du in der Liebe unwissend bist, mögest du gut schlafen, denn du bist unwürdig."

Die Liebe des Wächters

Ein Wächter hatte sich heftig verliebt. Er war Tag und Nacht schlaflos und unruhig. Ein Gefährte sagte zum schlaflosen Verliebten: „Schlafloser, schlaf doch wenigstens eine Nacht!" Er antwortete: „Wenn die Liebe dem Wächter zum Freund wurde, wie kann dann jemand wegen dieser zwei Dinge schlafen?

S. 395, Verse 3559-3582

Wie könnte dem Wächter der Schlaf angemessen sein, insbesondere, wenn er verliebt ist? Wenn ein solches zusätzliches Gewicht dazukommt, hat es sich mit dem anderen zusammengetan. Wie kann ich nur ein wenig Schlaf finden, da ich ihn nicht von jemandem borgen kann? Die Liebe prüft mich jede Nacht und wacht über den Wächter."

Mal ging er und schlug das Holz zum Wecken der Wächter, mal schlug er sich aus Kummer ins Gesicht und auf den Kopf. Träumt einer, der schlaflos und ohne Essen ist, einen Moment, dann sieht ihn die Liebe mit etwas anderem beschäftigt. Die ganze Nacht ließ er die Menschen nicht schlafen, weil er klagte. Ein Freund sagte zu ihm: „Aus Hitze und Glut kannst du die ganze Nacht nicht einen Augenblick schlafen." Er erwiderte: „Ein Wächter hat keinen Schlaf. Im Gesicht des Verliebten gibt es kein Wasser außer Tränen."

Des Wächters Aufgabe ist die Schlaflosigkeit und die Verliebten haben Wasser im Gesicht. Wenn anstelle des Schlafs Wasser herauskommt, wie kann der Schlaf dann kommen? Der Verliebte und der Wächter sind einander nahe. Der Schlaf aus seinen Augen ging in das Meer ein. Für den

Wächter ist das Verliebtsein schön. Seine Schlaflosigkeit fiel in das Innere.

Wem die Schlaflosigkeit angenehm ist, kann der Schlaf dann jemals Gipfel und Kern sein? Schlafe nicht, Mann, wenn du ein Suchender bist. Der Schlaf möge angenehm für dich sein, wenn du ein Ankläger bist. Wache oft im Herzen, denn Diebe sind neben ihm. Die Diebe des Herzens lauern auf dem Weg. Hab Acht vor den Dieben und auf den Edelstein deines Herzens. Wenn du ein Wächter bist, kommen Liebe und Erkenntnis schnell zum Vorschein. Ein Mann erhält in diesem Meer des Blutes die Erkenntnis zweifellos durch Schlaflosigkeit. Wer oft schlaflos ist, hat, wenn er zu Gott kommt, ein waches Herz. Da das Herz aufgrund der Schlaflosigkeit wach ist, schlaf aus Treue zum Herzen wenig. Wie oft sage ich, dass du ertrunken bist, und einem Ertrunkenen kann kein Schrei entweichen. Die Verliebten liefen alle zu ihren Altvorderen und schliefen trunken in Liebe. Du erwartest, dass die Besten der Männer das tun, was getan werden muss.

S. 396, Verse 3583-3602

Jeder, der den Geschmack der Liebe erhält, findet schnell den Schlüssel beider Welten. Wenn es eine Frau ist, wird sie zu einem erstaunten Mann, und wenn es ein Mann ist, wird er ein tiefes Meer.

Das Glück der Erkenntnis

Abbase sagte zu jemandem: „Mann der Liebe, du bist ein Atom von allem, was den Liebesschmerz reflektiert. Wenn es ein Mann ist, entsteht aus ihm eine Frau und wenn es eine Frau ist, dann kommen viele Männer aus ihr heraus.

Sahst du nicht die Frau, die von Adam geboren war, und hörtest du nicht den Mann, den Maria gebar? Wenn das nicht strahlt, was strahlen muss, öffnet es sich dir nie auf Dauer. Wenn es strahlt, wird dir ein Reich zuteil. Es kommt alles, was dir im Herzen ist. Halte dies für den Besitz und nenne dies Glück. Zähle ein Atom davon zu einer Welt des Glaubens. Begnügst du dich mit dem Besitz dieser Welt, wirst du bis in Ewigkeit verdorben bleiben. Aber die Herrschaft ist immer in der Erkenntnis. Mühe dich, damit du diese Eigenschaft erlangst. Wer von der Welt der Erkenntnis betrunken ist, ist der Herrscher über alle Geschöpfe der Welt. Das Reich der Welt ist vor Ihm eine Linse und die neun Himmelssphären in Seinem Meer eine Barke. Wenn die Könige der Zeit den Geschmack des unvergleichlichen Meeres kennen würden, würden sie alle vor Schmerz trauern und ihr Gesicht vor Schmerz nicht sehen.

Mahmud in der Ruine

Mahmud ging in eine Ruine. Dort sah er einen kraftlosen Irren. Er war gebeugt vor Gram und hatte die Last eines Berges auf dem Rücken. Als er den König sah, rief er ihm zu: „Bleib fern, wenn nicht, werde ich deine Seele hundertmal verscheuchen. Du bist kein König, wenn du ohne Würde bist. Vor deinem Gott bist du ein Ungläubiger der Gnade." Er sagte: „Ich bin Mahmud, nenn mich nicht Ungläubiger. Rede mit mir oder sage nichts." Der Mann erwiderte: „Du Ahnungsloser, wenn du wüsstest, wovon du abgekommen bist,

S. 397, Verse 3603- 3625

würdest du nicht nur Asche und Staub, sondern ständig Feuer über dein Haupt streuen."

41. Das vierte Tal der Unbedürftigkeit

Danach kommt das Tal der Unbedürftigkeit. In ihm gibt es weder Anspruch noch Bedeutung. Ein heftiger Wind kommt aus ihm und zerstört mit einem Mal ein ganzes Land. Sieben Meere sind hier ein kleines Wasserbecken und sieben Gestirne nur ein Funke. Acht Paradiese sind hier tot und sieben Höllen zu Eis erstarrt. Hier haben auch Ameisen, erstaunlich, jeden Augenblick die Aufgabe von hundert Elefanten. Bis der Rabe den Kropf gefüllt hat, lebt niemand mehr in hundert Karawanen. Hunderttausende Engel verbrannten aus Kummer, bis Adams Lampe erleuchtete. Hunderttausende Körper verloren ihre Seele, bis Noah seine Arche baute. Hunderttausende Mücken fielen über die Truppen her, bis sich Abraham unter ihnen hervorhob. Hunderttausende Kinder verloren ihren Kopf, bis Moses sichtbar wurde. Hunderttausende Menschen hatten den Gürtel des Unglaubens um, bis Jesus Eingeweihter der Geheimnisse wurde. Hunderttausende Seelen und Herzen wurden geplündert, bis Mohammad eines Nachts zur Himmelfahrt aufstieg. Weder das Neue noch das Alte hatte einen Wert. Verlange hier nichts, sei anspruchslos. Und wenn du auch eine Welt von Qualen erfährst, weiß ich, dass du nur geträumt hast. Wenn tausende Seelen in dieses Meer fallen, ist es nur ein Tautropfen für das endlose Meer. Wenn Hunderttausende träumen, geht ein Atom in den Schatten der Sonne. Wenn es die Himmelsgewölbe und die Sterne in der Welt nicht gäbe, ist es, als fehlte nur ein Blatt vom Baum. Wenn vom Fisch bis zum Mond nichts mehr existiert, ist es, als lahmte die Ameise am Grund des Brunnens. Wenn es beide Welten mit einem Mal nicht mehr gäbe, entspräche es der Vorstellung eines Kieselsteins auf der Erde, der nicht mehr da ist. Bleibt von den Dämonen und den Männern nichts, ist es, als hätte der Regen einen Tropfen zurückgelassen. Würden alle gesamten Körper im Staub liegen, warum sollte man sich dann fürchten, wenn das Haar eines Tieres fehlt? Wenn hier alles, der Teil und das Ganze, zugrunde ginge, ist es, als fehlte ein Strohhalm auf der Erde.

S. 398, Verse 3636-3644

Wenn hier die neun Himmelschalen verloren gingen, ist es, als fehlte nur ein Tropfen in den sieben Meeren.

Der Junge im Brunnen

In unserem Ort gab es einen Jüngling so schön wie der Mond. Dieser Joseph gleiche Mond fiel in einen Brunnen und über ihn eine Menge Erde. Schließlich zog ihn jemand heraus. Der Staub war über ihn gekommen und das Schicksal: sein Leben war nur noch zwei Atemzüge lang. Der Name dieses im Verhalten Schönen war Mohammad und von ihm bis zu jener Welt war es nur ein Schritt. Als sein Vater ihn so sah, rief er: „Junge, Licht meiner Augen und Seele deines Vaters, oh Mohammad, erbarme dich deines Vaters, sag etwas!" Er sagte: „Ach, wo sind die Worte? Wo Mohammed, wo der Junge? Wo ist jemand?" Nachdem er das gesagt hatte, starb er und das war's.

Sieh, frommer Reisender, wo Mohammad und Adam sind. Wo ist Adam und wo die Nachkommenschaft? Wo ist der Name der Teile und des Gesamten? Wo sind die Erde, der Berg, das Meer und der Himmel? Wo die Fee, der Dämon, die Menschen und wo sind die Engel? Wo sind jetzt die hunderttausenden Körper aus Staub und wo die hunderttausenden reinen Seelen? Wo ist die Zeit, die man der Seele für den Todeskampf gibt? Wo ist jemand, wo sind Seele und Körper, wo ist nichts? Beide Welten und das Hundertfache davon gibt es, wenn du weggibst, was da ist. Kommst du in die Welt nach dem Tode, bleibt dir nichts im Sieb zurück.

Die Frage nach dem Nutzen

Joseph von Hamadan hatte den Blick auf den Weg gerichtet, eine reine Brust und ein wissendes Herz. Er sprach: „Gehe viele Leben lang zum Gottesthron hinauf, dann komm herunter und gehe unter die Erde. Alles, was war, ist und sein wird, ob gut oder schlecht, jedes einzelne Atom, ist ein Tropfen dieses Meeres. Was hat ein Sohn, den es nicht gibt, für einen Nutzen?

S. 399, Verse 3645-3667

Dieses Tal ist nicht so leicht, Einfältiger. Du hältst es aus Unwissen für leicht. Wenn das Meer aus dem Blut deines Herzens zum Weg wird, ist das nicht das Ende, sondern nur eine Tagesreise für dich. Wenn du jeden Augenblick eine Welt an Wegstrecke zurücklegst, musst du den ersten Schritt tun, wie du siehst. Kein Reisender sah das Ende dieses Weges, keiner fand ein Heilmittel gegen den Schmerz. Wenn du stehen bleibst, wie ein Stein erstarrt, bist du sowohl unrein als auch tot. Wenn du im Laufen verharrst oder ständig läufst, hörst du den lauten Ruf bis in Ewigkeit nicht. Du solltest weder laufen noch stehen bleiben, weder sterben noch leben. Was haben die vielen Schwierigkeiten für dich für einen Nutzen? Was hat es für einen Nutzen, wenn der Weg schwer ist und du keinen Lehrer hast? Erwarte nichts und sei doch in Erwartung, schweigsamer Mann, lasse ab von dem Begehren, aber bemühe dich gleichzeitig. Lasse von deinen Angelegenheiten ab. Verringere sie und tue das viel. Und wenn eine Sache Erfolg hat, ist sie das Heilmittel und sie wird es bis zum Ende sein. Aber wenn sie für jemanden kein Heilmittel ist, wirst du dort lange genug tatenlos sein. Lasse von dem ab, was du zuerst getan hast. Etwas zu tun und nicht zu tun, ist beides richtig. Woran erkennst du es? Daran, dass du es nicht erkennen kannst. Aber vielleicht kannst du es auch erkennen und die Angelegenheit richtet sich. Sieh diese Unbedürftigkeit, sei mal ein Lobessänger, mal ein Trauerkläger. Der Blitz der Unbedürftigkeit kam so herunter, dass hier von seinem Einschlag hundert Welten verbrannten. Hundert Welten vergehen hier zu Staub. Wenn es die Welt nicht gibt, warum dann die Furcht vor dem Tal?

Das Abbild der Welt

Vielleicht hast du gesehen, dass ein Wahrsager ohne Verstand eine Weissagetafel mitbringt und dann darauf bewegliche und feste Bilder und sowohl den Himmel als auch die Erde zum Vorschein bringt und mal über das eine oder das andere ein Urteil spricht, mal die Sterne und mal die Sternbilder, mal den Untergang und mal den Aufgang der Sterne zeigt und daraus Unheil und Glück vorhersagt und das Haus des Todes und der Geburt zeichnet – sowie er daraus die schlechten und guten Vorzeichen errechnet hat, fasst er eine Ecke der Tafel

S. 400, Verse 3668-3686

und schüttelt sie, als ob es niemals diese Bilder und Zeichen gegeben hätte. Das Abbild dieser verworrenen Welt ist nichts, wie das Bild der Tafel. Und du kannst nicht ihren Abglanz zeigen. Wähle eine Ecke und suche nicht so viel danach, sondern setz dich in die Ecke.

Alle Männer wurden hier zu Frauen und bekamen von den beiden Welten keinen Hinweis. Wenn du nicht die Kraft für diesen Weg hast, selbst wenn du ein Berg wärst, prüfst du nicht das Stroh.

Ein Mann lehnt das Angebot Gottes ab

Vor einem herausragenden Mann, einem Kenner der Geheimnisse, öffnete sich der Vorhang der Welt der Geheimnisse. Ein Stimme sagte dabei: „Schnell, Alter, verlange alles, was du willst und nimm es schnell." Der weise Alte erwiderte: „Ich sah, dass die Propheten ständig über das Unglück betrübt waren. Und überall, wo es viel Leid und Unglück gab, widerfuhr es den Propheten. Wenn die Propheten das Unglück als Los hatten, wie kann der seltsame Alte dann zur Ruhe kommen? Ich möchte keine Ehre und keine Schande, die du in meine Schwäche legst. Da das Los des Höheren Schmerz und Qual ist, wie kann der Schatz dann für den Geringen sein? Die Propheten trugen das Leid für die anderen. Ich glänze nicht, lass ab von mir."

Was ich auch sage, was hat das für einen Nutzen für die Seele? Solange dir nichts dergleichen zustieß, was bringt das dann für einen Nutzen? Obgleich du ins Meer der Gefahren gefallen bist, bist du wie ein Schaum darauf gefallen. Wenn du den Wal der Tiefe kennst, wie kannst du einen solchen Weg wollen? Sei zuerst wegen der Gedanken unruhig, wie du die Seele retten kannst, wenn sie fiel.

Die Fliege im Honig

Eine Fliege suchte nach einer Wegzehrung und fand einen Bienenstock in einer Ecke. Aus Freude wegen des Honigs entbrannte sie in Liebe, und sie begann zu klagen: „Wo ist ein Freimütiger,

S. 401, Verse 3687-3708

dass er von mir Armen einen Krumen nimmt und mir das Innere des Bienenstocks zeigt? Wenn die Zweige meiner Körperglieder zu so einer Frucht kommen sollen, ist es besser, wenn die Wurzel im Honig ist." Da kam jemand und half ihr, führte sie hinein und nahm den Krumen. Als die Fliege sich an dem Honig zu schaffen machte, blieben ihre Hände und Füße im Honig stecken. Vom Zappeln und vielen Mühen wurden ihre Glieder schwach und die Fesseln stärker. Sie begann zu klagen: „Ich sterbe durch Gewalt, der Honig tötet mich schlimmer als Gift. Wenn ich erst einen Krumen gab, gebe ich jetzt zwei, vielleicht komme ich aus dieser Lage frei."

Niemand ist in diesem Tal nur einen Moment frei. Und ein Mann dieses Tales wird durch Brennen nicht mehr. Das ist das Schicksal, erregtes Herz, welches du aus Nachlässigkeit erhältst. Verbringst du das Leben sinnlos, wo ist dann das Wissen im anderen Leben? Stehe auf und verlasse das schwierige Tal, fliege zurück und trenne dich von der Seele und vom Herzen. Denn solange du Seele und Herz mit dir trägst, bist du schlimmer als ein Polytheist. Gib Seele und Herz auf dem Weg auf. Wenn du es nicht tust, wendet man sich von der Unbedürftigkeit ab.

Ein Derwisch liebt die Tochter eines Hundehüters

Ein namhafter Scheich in Derwischkleidung hatte wegen der Tochter eines Hundehüters den Halt verloren. Aus Liebe zu dieser Schönen, so sagte man, schlug sein Herz wie ein Meer Wellen aus Blut. In der Hoffnung, dass er ihr Antlitz sähe, schlief er nachts bei ihren Hunden. Die Mutter des Mädchens erfuhr davon und sagte: „Scheich, da sich dein Herz verirrte: Wenn ein weiser Alter solche Leidenschaft besitzt, soll er bei uns Hunde hüten. Werde wie wir und hüte die Hunde und nach einem Jahr schließe den Ehevertrag und lade Gäste ein." Weil der Scheich nicht schwach in der Liebe war, warf er das Derwischkleid weg und ging fleißig der neuen Beschäftigung nach. Er ging mit den Hunden in der Hand auf den Basar, bis fast ein Jahr vergangen war. Ein anderer Sufi, der sein Gefährte war, sagte, als er ihn so sah: „Oh Unbekannter,

S. 402, Verse 3709-3727

lange Zeit, dreißig Jahre, warst du der Beste der Männer, warum hast du das getan, was niemand jemals tun würde?" Er antwortete: „Oh Sorgloser, zieh die Geschichte nicht in die Länge, wenn du ihr Geheimnis lüften willst. Der erhabene Gott kennt die Geheimnisse und Er wird sie dir zukommen lassen. Wenn Er dich mit dem Vorwurf verbunden sieht, wird Er den Hund aus meiner Hand in deine Hand geben."

Wieviel ich sage, mein Herz blutet wegen des Schmerzes des Weges und es kam nicht einmal ein Mann des Weges. Ich habe völlig umsonst so viel erzählt und keiner von euch suchte nach den Geheimnissen. Wenn ihr zu Kennern der Geheimnisse des Weges werdet, werdet ihr wissen, was meine Worte bedeuten. Wenn ich mehr als dies über den Weg sage, träumt ihr alle: Wo ist der Führer?

Keine Rede vor Ungewaschenen

Ein Schüler sagte zum Scheich: „Sag mir etwas." Der Scheich antwortete: „Geh! Wenn ihr eure Gesichter wascht, dann werde ich etwas sagen. Was hat der Moschusduftige in der Unreinheit für einen Nutzen, und was nützt es, wenn ich etwas vor Betrunkenen sage?"

42. Das fünfte Tal der Einheit mit Gott

Danach folgt das Tal des sich Verlierens in Gott, ein Ort der Zurückgezogenheit und Einsamkeit. Wenn man sich diesem Tal zuwendet, erheben alle ihren Kopf aus einem Kragen. Ob du viel siehst oder wenig, dort wird das eine wie das andere. Wenn das ständige Einmaleins vile ist, wird dieses Einmaleins zu Eins. Diese Eins ist nicht das, was für dich der Eine ist, denn die Eins ist für dich eine Zahl. Wenn das Eine das Maß übersteigt und das andere die Zahl, schau nicht auf die Ewigkeit ohne Anfang und auch nicht auf die Ewigkeit ohne Ende. Ging die Ewigkeit ohne Anfang und ohne Ende für immer verloren, bleibt dann zwischen den beiden nichts? Wenn alles nichts ist und nichts alles ist, was gibt es im Ursprung außer der Umkehrung des Ganzen?

S. 403, Verse 3728-3748

Das Wesen der Welt

Ein Sufi sagte zu einem Irren: „Was ist die Welt? Erkläre mir ihr Wesen." Er antwortete: „Diese Welt ist voller Ruf und Schande wie ein Gebilde aus Wachs aus hundert Farben. Wenn sie jemand mit der Hand zerreibt, wird alles zu Wachs. Wenn alles Wachs ist und nichts existiert, ist auch ein Antlitz mit vielen Farben nur eins. Wenn es die Eins gibt, ist alles nicht Zwei, weder das Meine erhebt sich von hier noch das Deine."

Abu Ali und das Goldblatt

Eine alte Frau kam zu Abu Ali.[104] Sie hatte ein Goldblatt und sagte: „Nimm dies von mir." Der Scheich antwortete ihr: „Ich habe ein Versprechen gegeben, dass ich von niemandem etwas annehme außer von Gott." Die alte Frau sprach darauf: „Abu Ali, aber woher bekamst du dann die Schieläugigkeit? Du bist auf diesem Weg kein Mann des Vertrages. Wieviel würdest du doppelt sehen, wenn du nicht schieläugig wärst?"

Ein Mann sieht dort nicht doppelt, weil es dort keine Kaaba und kein Kloster gibt. Er hört Seine Worte und er bleibt immerwährend bei Ihm. Er sieht niemanden außer irgendwann Ihn und er kennt ewig niemanden außer Ihn. Er ist sowohl in Ihm, von Ihm als auch mit Ihm und selbst außerhalb dieser drei ist es gut. Wer sich nicht im Meer der Einheit verlor, und wenn es alle Menschen wären, wären sie keine Männer Gottes. Jeder von den Kunstfertigen und den Fehlerhaften hat eine Sonne im tiefsten Verborgenen an der Schwelle Gottes. Schließlich wird es einen Tag geben,

104 Vermutlich ist Abu Ali Tusi gemeint, ein großer Sufischeich, der im 11. Jahrhundert in Chorasan lebte.

wo er die Sonne mit sich nimmt und den Schleier abwirft. Zu welcher Zeit auch immer er zu seiner Sonne kommt, sei gewiss, dass der Gute und der Schlechte ankommen. Solange du bist, sind das Gute und das Schlechte hier. Wenn du dich verloren hast, war alles Irrsinn. Bleibst du in dir selbst zurück, siehst du viel Gutes und Schlechtes und den langen Weg. Solange du aus dem Nichts hervorkommst, bist du in dir selbst gefangen. Wärest du doch jetzt wie am Anfang von der Existenz verlassen.

S. 404, Verse 3749-3770

Werde vollkommen frei von den schlechten Eigenschaften und danach werde wie der Wind zu Staub. Woher weißt du, was es in deinem Körper für Unreinheiten und Unrat gibt? Die Schlange und der Skorpion sind in dir verborgen, schlafen und haben sich verirrt. Wenn du ihnen nur ein wenig nahe kommst, machst du jeden zu hundert Drachen. Für jeden ist die Hölle voller Schlangen, und bis du sie gereinigt hast, gibt es viel zu tun. Wenn du von jedem einzelnen frei kommst, dann schläfst du gut im Staub. Wenn nicht, werden dich die Schlange und der Skorpion unter der Erde heftig beißen und stechen bis zum Tag der Auferstehung. Wer nichts über diese Reinheit weiß – nimm, wen du willst, der ist ein Erdwurm.

Wie lange noch, Attar, von diesen allegorischen Worten? Komm wieder zu den Geheimnissen der Gotteseinheit zurück! Ein Reisender, der an diesen Ort kommt, dessen Position hebt sich vom Weg. Er verirrt sich, weil Er erscheint, und er wird stumm, weil Er redegewandt ist. Er wird zu Teil und Ganzem und ist zugleich weder Teil noch Ganzes. Seine Gestalt wird weder Seele noch Körper haben. Jedes der vier geht aus dem Dasein der vier hervor. Aus Hunderttausend werden noch mehr Hunderttausend. In der Schule dieser wunderbaren Geheimnisse siehst du Hunderttausend von Verstand mit trockenen Lippen. Wer hier von Verstand war, ist dort zurückgeblieben, wie ein Kind, das von seiner Mutter taub geboren wurde. Er ist ein Atom von allem, welches das Geheimnis reflektiert. Sein Kopf dreht sich vom Reichtum beider Welten. Da er nicht einmal ein Haar der Existenz ist, warum soll ihm nicht der Kopf von der Welt drehen wie ein Haar? Obgleich er nicht existiert, ist er doch. Wenn es die Existenz und Nichtexistenz gibt, gibt es auch ihn.

Luqman bittet um seinen Freibrief

Luqman Sarachsi[105] sprach: „Oh Gott, ich bin alt, verwirrt und verloren. Einen Diener sollte man, wenn er alt ist, froh machen. Man sollte ihm seinen Freibrief geben und ihn freilassen. In deinem Dienst, oh Herr, ist mein schwarzes Haar weiß wie Schnee geworden. Als Diener bin ich sehr

105 Ein weiser Narr.

bekümmert, schenke mir Freude. Ich bin alt geworden, schenke mir den Freibrief."

S. 405, Verse 3771-3790

Eine Stimme sagte: „Oh Edelster des Heiligtums, wer aus der Dienerschaft entlassen werden will, dem wird der Verstand und die Pflicht vergehen. Lass von beidem ab und geh." Er erwiderte: „Gott, ich will Dich für immer haben. Den Verstand und die Pflicht brauche ich nicht." Also wurde er von beiden befreit und tanzte freudig in der Verrücktheit. Er sprach: „Jetzt weiß ich nicht mehr, wer ich bin. Ein Diener bin ich nicht mehr, wer bin ich dann? Die Dienerschaft ist verschwunden, aber die Freiheit blieb nicht und auch nicht ein bisschen an Kummer und Freude im Herzen. Ich habe meine menschlichen Eigenschaften verloren und bin doch nicht ohne Eigenschaften. Ich bin zur Erkenntnis gekommen, aber habe doch keine Gotteserkenntnis. Ich weiß nicht, ob ich Du bin oder Du ich bist. Ich verschwand in Dir und die Zweiheit gibt es nicht mehr."

Die Verliebten im Wasser

Ein Geliebter fiel plötzlich ins Wasser und der Verliebte sprang eilig hinterher. Als beide wieder zusammen waren, fragte der eine den anderen: „Ahnungsloser, als ich in das fließende Wasser fiel, warum hast du dich auch hinein geworfen?" Er antwortete: „Ich bin auch gesprungen, weil ich mich selbst nicht kannte wegen dir. Das Schicksal wollte es zweifellos, dass ich mit dir eins werde. Du bist ich oder ich bin du, wieviel vom Zweierlei? Ich bin mit dir oder ich bin du oder du bist du. Wenn du für immer ich bist und ich du bin, sind wir beide ein Körper."

Solange es das Du gibt, gibt es die Teilung. Ist das Du weg, wird für dich die Einheit strahlen. Verliere dich in Ihm, das ist die Einheit. Verliere das Verlieren, das ist die Zurückgezogenheit.

Mahmud und Ayaz bei der Parade

Es war an einem gesegneten und glücklichen Tag, der Tag der Heeresparade Mahmuds. Die Elefanten und Soldaten gingen in die Wüste, und der König ritt auf eine Anhöhe, die es dort gab. Zu ihr kamen auch Ayaz und Hasan, und alle drei schauten sich die Parade an.

S. 406, Verse 3791-7815

Die Erdoberfläche war von Elefanten und Soldaten bedeckt, wie der Weg mit Ameisen und Heuschrecken. Die Welt hatte so etwas noch nicht gesehen und auch kein anderer hat je mehr gesehen. Da löste der namhafte König die Zunge und sprach zu seinem besonderen Ayaz: „Junge, so viele Elefanten und Soldaten sind mein und ich bin alles, was du hast. Du bist mein König." Obgleich der namhafte König dies gesprochen hatte, war

Ayaz sehr abwesend und unruhig. Er diente dem König hier nicht und sagte sich nicht, dass der König zu ihm gesprochen hatte. Hasan wurde beunruhigt und er sprach: „Diener, er erweist dir so viel Ehre der Königsherrschaft, wie kannst du so achtungslos dastehen, deinen Rücken nicht beugen und dienen? Warum achtest du nicht auf die Ehrerbietung? Das war kein rechtes Verhalten vor dem König." Nachdem Ayaz diese Worte vernommen hatte, sagte er: „Für dieses gibt es zwei Antworten. Eine Antwort ist, wenn der Besorgte und Verwirrte dem König dient, fällt er entweder aus Schande vor ihm in den Staub, oder er redet weinend vor ihm. Mehr als der König zu tun oder weniger als er, bedeutet, ihm gleich zu sein. Wer bin ich, dass ich so etwas tue und mich hervortue. Der Diener gehört ihm und die Ehre ebenfalls. Wer bin ich, wo alles sein Befehl ist. Was der siegreiche König jeden Tag tut und die Ehre, die er heute Ayaz erwies, wenn beide Welten für ihn beten, weiß ich nicht, wie man ihn ersetzen kann. Wie kann ich mich an diesem Ort der Schaustellung hervortun oder warum soll ich in Erscheinung treten? Weder diene ich, noch weine ich vor ihm. Wer bin ich, dass ich mich ihm gleichstelle?"

Als Hasan diese Worte von Ayaz hörte, sagte er: „Bravo, Ayaz, du Gotteskenner. Ich muss bekennen, dass du unter der Herrschaft des Königs jeden Augenblick hundert Geschenke würdig bist." Dann sagte er ihm noch: „Antworte." Er erwiderte: „Es ist nicht angemessen, es vor dir zu sagen. Wenn der König und ich alleine wären, könnten wir als vertraute Freunde miteinander reden. Da du aber kein Vertrauter bist, was soll ich sagen, da du kein König bist?" Da schickte der König Hasan sofort zu den Soldaten.

S. 407, Verse 3816-3838

Und als sie ungestört waren, nachdem Hasan gegangen war, sagte der König: „Jetzt ist Ruhe, sag das Geheimnis, sag mir die besondere Antwort." Und er antwortete: „Jedes Mal, wenn der König aus voller Gnade zu mir Armem schaut, vergehe ich nach und nach im Glanz des Lichtes dieses einen Blickes. Ich verschwinde in dem Moment aus Scham vor der prächtigen Sonne des Königs. Wenn nichts von mir übrig bleibt, wie kann ich dann im Dienst vor ihm niederfallen? Wenn du dann jemanden siehst, bin nicht ich das, sondern auch der König der Welt. Ob du eine Gnade durch deine Herrschaft erweist oder hundert, erweist du diese dir selbst. Wo ist der Schatten? Er geht in der Sonne verloren. Wie kann von ihm überhaupt ein Dienst kommen? Dein Ayaz ist der Schatten an deiner Seite, verloren in der Sonne deines Angesichts. Da der Diener von selbst verging und nicht bleibt, tue alles, was du willst, da du weißt, dass er nicht bleibt."

43. Das sechste Tal des Erstaunens

Danach kommt das Tal des Erstaunens, eine Reise voller Schmerz und Leid. Jeder Atemzug wird für dich hier wie Messerstiche und jeder Augenblick Klagen sein. Es gibt Tag und Nacht Seufzen, Schmerz und Brennen und weder Tag und Nacht für dich. Aus der Haarwurzel eines jeden fließt Blut nicht durch das Schwert, und er schreit: „Oh weh!" Für den Mann ist hier durch den Schmerz das Feuer erstarrt oder das Eis verbrannt. Wenn der Erstaunte hierher gelangt, ist er verwirrt und hat den Weg verloren. Alles, womit die Einheit seine Seele prägte, geht verloren; sogar das Wort ‚verloren' geht verloren. Wenn man ihn fragt: „Bist du betrunken oder nicht? Sag, ob du bist oder nicht. Bist du darin oder außerhalb? Bist du abseits, verborgen oder sichtbar? Bist du vergangen, geblieben oder beides? Und wenn du nicht beides bist, bist du es oder nicht?" sagt er: „Ich weiß überhaupt nichts und kenne auch nicht das ‚ich weiß nicht'. Ich bin verliebt, aber ich weiß nicht in wen. Ich bin weder Muslim noch Ungläubiger, also wer bin ich?

S. 408, Verse 3839-3861

Aber ich weiß nichts über meine Liebe. Mein Herz ist voller Liebe, aber auch leer."

Die Prinzessin verliebt sich in einen Diener

Ein König, dem die Welt unter seinem Befehl stand, hatte eine Tochter so schön wie der Mond in seinem Palast. Wegen ihrer Schönheit war sie der Neid der Feen. Die Grube in ihrem Kinn erinnerte an Joseph und den Brunnen und ihr gelocktes Haar verwundete hundert Herzen. Jede ihrer Haarspitzen hatte eine Melodie, der Mond ihres Gesichts war wie der Paradiesgarten und ihre Augenbrauen zu einem Bogen gewölbt. Wenn daraus die Pfeile geflogen kamen, wurde die Spanne zwischen den Bogenenden zu einem Lobredner. Ihre trunkenen Narzissenaugen hatten Dornen aus Augenwimpern und ließen viele den Verstand verlieren. Das Antlitz jener war wie das der sonnengesichtigen heiligen Jungfrau Azra vom Mond des Himmels mit siebzehn Gewinnen. Von ihren zwei Rubinen erhielt die Seele Kraft und der heilige Geist war ständig darüber erstaunt. Wenn sie lachte, starb man aus Durst nach dem Wasser des Lebens und suchte von ihren Lippen Almosen. Wer auf ihr Kinngrübchen einen Blick richtete, fiel auf den Grund der Grube hinab. Wer auf der Jagd nach ihrem Gesicht wie der Mond war, fiel sofort ohne Seil in die Grube hinein.

Ein Diener, schön wie der Mond, kam schließlich zum König, um in seinen Dienst zu treten. Und was für ein Diener, dass Er ihm solch eine Schönheit gegeben hatte! Der Mond wurde zum Neumond und die Sonne war untergegangen. Auf der ganzen Welt gab es an Schönheit keinen wie ihn. Hunderttausende Menschen auf dem Basar und in der Region waren erstaunt über dieses Sonnengesicht.

Eines Tages sah die Tochter plötzlich jenen Diener des Königs. Sie verlor ihr Herz, welches ins Blut fiel, und ihren Verstand. Der Verstand ging, aber die Liebe zu ihm kam zu Kräften und ihre süße Seele wurde bitter. Nachdem sie eine Weile nachgedacht hatte, wurde sie schließlich unruhig. Sie schmolz aus Liebe und brannte wegen der Trennung. Im Schmelzen und Brennen war das Herz voll heftigen Verlangens. Sie hatte zehn Sängerinnen, die im Gesang von herausragendem Rang waren. Alle Musikerinnen sangen wie Nachtigallen ihre belebenden, chrysanthemenhaften Weisen.

S. 409, Verse 3862-3886

Sie erzählte ihnen von ihrer Lage, von dem Verlust ihrer Ehre und ihrer Seele. Wenn sich die Liebe zum Geliebten zeigt, wie kann die Seele da etwas tun? Sie sagte: „Wenn ich dem Diener meine Liebe gestehe, ist das nicht richtig. Für meine Ehre hat es großen Schaden, denn wie kann jemand wie ich zu einem Diener kommen? Wenn ich aber nicht davon erzähle, sterbe ich jämmerlich hinter dem Vorhang. Ich habe hundert Bücher der Geduld gelesen, was soll ich tun? Ich habe keine Geduld und bin hilflos. Ich möchte etwas von dieser schlanken Zypresse haben, aber er soll nichts davon wissen. Wenn ich das erreiche, wird die Angelegenheit meiner Seele zu meinem Herzenswunsch." Als die anmutigen Sängerinnen dies hörten, sagten alle: „Sei nicht traurig, wir werden ihn in der Nacht heimlich zu dir bringen, sodass er nichts davon erfährt."

Eine Dienerin versteckte sich vor dem Diener und sagte, man solle ihm sofort Wein und einen Weinkrug bringen. Sie flößte ihm das Betäubungsmittel ein und so breitete sich die Bewusstlosigkeit in ihm aus. Sowie der Diener von dem Wein getrunken und er das Bewusstsein verloren hatte, konnte die schöne Dienerin ihr Werk tun. Vom Tag bis zur Nacht war der silbertragende Diener betrunken und wusste von beiden Welten nichts.

Als es Nacht geworden war, kamen die Dienerinnen zu dem Benommenen. Sie legten ihn auf sein Lager und brachten ihn heimlich zu dem Mädchen. Schnell setzten sie ihn auf einen goldenen Thron und streuten Edelsteine über sein Haupt. Als um Mitternacht jener halbtrunkene Diener die Augen wie Narzissen öffnete, sah er einen Palast so schön wie der Paradiesgarten und sich von einem goldenen Thron umgeben. Zehn Kerzen verströmten den Duft von Amber und Zedernholz, das wie ein Brennholz verbrannte. Jene Götzen vollführten einen vollkommenen Tanz und Gesang. Der Verstand hatte die Seele verlassen und die Seele sich aus dem Körper verabschiedet. In jener Nacht war sie in der Menge wie eine Sonne beim Licht der Kerze. Während all dieser Freude und dem Genuss verlor sich der Diener im Antlitz des Mädchens. Er war verblüfft und hatte weder Verstand noch Seele. Weder in dieser Welt noch in jener kam er zur Bedeutung. Seine Brust war voller Liebe und seine Zunge stumm und seine Seele trat in den Zustand der Begeisterung.

S. 410, Verse 3887-3911

Das Auge hatte er auf das Antlitz der Geliebten gerichtet und das Ohr auf den Gesang der Sängerinnen. Seine Nase fing den Geruch von Amber ein und sein Mund das feuchte Feuer. Das Mädchen gab ihm sofort einen Krug Wein und mit dem süßen Naschwerk zum Wein einen Kuss. Sein Blick verharrte erstaunt im Antlitz der Geliebten. Weil sich seine Zunge nicht bewegte, weinte er und raufte sich die Haare. Und jedes Mal streute das bildschöne Mädchen hunderttausend Tränen über ihr Gesicht. Mal küssten ihre Lippen süß wie Zucker, mal mischte sie mühelos Salz in den Kuss. Mal verwirrten ihn ihre gedrehten Locken, mal verlor er sich in ihren beiden schönen Zaubern. Und der betrunkene Diener war vor der Herzerquickenden mit offenen Augen sinnlos bei sich. Er blieb bei diesem Anblick, bis der Morgen kam. Als es morgen war und der Morgenwind aufkam, schlief der Diener aus Müdigkeit ein. Nachdem er eingeschlafen war, brachte man den geehrten Diener schnell wieder zu seinem Platz zurück.

Dann kam der silbertragende Diener wieder ein wenig zu sich. Er war verwirrt und wusste nicht, was geschehen war. Was auch gewesen war, was hatte die Verwirrung für einen Nutzen? Obgleich er nichts hatte, floss ihm das Wasser aus den Augen. Er streckte die Hand nach dem Kleid aus und zerriss es. Er zerraufte sich die Haare und bedeckte den Kopf mit Staub. Man fragte die Kerze von Taras danach und er antwortete: „Ich kann diese Geschichte nicht wiedergeben. Was ich gesehen habe, betrunken und müde, hat niemand jemals im Traum gesehen. Was allein mir Erstauntem geschah, glaube ich, ist niemand anderem passiert. Was ich sah, gelingt mir nicht zu sagen. Es gibt kein seltsameres Geheimnis." Jeder sagte: „Bring doch wenigsten ein bisschen hervor, sag uns von hundert Dingen nur eins." Er sprach: „Ich war mir nicht sicher, ob ich das alles gesehen habe oder ein anderer. Ich habe nichts gehört, obgleich ich alles gehört habe. Ich sah nichts, obgleich ich alles gesehen habe." Ein Leichtsinniger sagte: „Hast du geträumt, dass du so verrückt und bekümmert bist?" Er antwortete: „Ich weiß nicht, ob ich geschlafen habe oder wach war.

S. 411, Verse 3912-3932

Ich weiß nicht, ob ich es in der Trunkenheit gesehen oder bei Bewusstsein erlebt habe. Es gibt keinen seltsameren Zustand in der Welt, ein Zustand weder klar noch verborgen. Ich kann weder etwas sagen noch schweigen, war weder in dem einen noch in dem anderen bewusstlos. Weder ging in der Zeit die Seele zugrunde, noch habe ich von einer Kleinigkeit von ihr ein Zeichen gefunden. Ich sah die an Schönheit Vollkommene. Niemand ist ihr jemals gefolgt. Was ist die Sonne vor ihrem Angesicht? Ein Atom. Gott wird mich das Richtige wissen lassen. Ich weiß nicht, was ich sonst noch sagen kann, obgleich ich sie gesehen habe. Weil ich sie gesehen und nicht gesehen habe, bin ich zwischen diesem und jenem verwirrt."

Die Trauer um Tote ist besser

Eine Mutter weinte am Grab ihrer Tochter. Ein Seher des Weges schaute zu jener Frau und sagte: „Diese Frau ist den Menschen überlegen, denn sie ist nicht wie wir und weiß mit Recht, welcher Irrung sie ferngeblieben und von welcher Ungeduld sie auf diese Weise verschont geblieben ist. Glücklich ist der, wenn er weiß, wie die Lage steht und worüber er weinen soll. Schwierig ist die Geschichte dieses Armen. Tag und Nacht saß ich in Trauer und ich wusste im Schmerz nicht, worüber ich wie ein Regen fürchterlich weinte. So weinend wusste ich nicht, wovon ich so erstaunt fern geblieben bin. Diese Frau hat es tausendmal besser als ich, denn sie hat eine Ahnung von dem, was sie verloren hat. Ich habe nichts verspürt und das ist mein Leid. Das Blut floss und tötete mich durch das Erstaunen."

Wenn an so einem Ort das Herz nicht mehr da ist, dann ist auch der Ort nicht mehr da. Das Seil des Verstandes ist dem Führer und das Haus des Gedankens der Tür verloren gegangen. Wer dorthin kommt, verliert seinen Kopf und seine vier Grenzen. Wenn hier jemand einen Weg hineingefunden hat, fand er das Geheimnis des Ganzen in einem Augenblick.

S. 412, Verse 3933-3953

Der verlorene Schlüssel

Als ein Sufi daher ging, hörte er eine Stimme, die sagte: „Ich habe den Schlüssel verloren. Hat ihn jemand gefunden? Denn die Tür ist verschlossen und ich bin im Staub des Weges. Was mache ich, wenn meine Tür geschlossen bleibt? Wenn die Sorge geblieben ist, was soll ich tun?" Ein Sufi antwortete ihm: „Wer sagte dir, dass du müde sein sollst? Wenn du die Tür kennst, dann geh, auch wenn sie geschlossen sein mag. Wenn du lange genug vor einer verschlossenen Tür sitzt, gibt es keinen Zweifel daran, dass sie jemand öffnen wird. Dein Problem ist einfach, meins jedoch schwer. Denn aus Verwunderung brennt meine Seele und meine Angelegenheit hat weder Anfang noch Ende. Ich habe weder einen Schlüssel noch jemals eine Tür gehabt. Möge dieser Sufi sich doch beeilen, ob geschlossen oder offen, hat er doch die Tür gefunden."

Die Menschen haben kein anderes Los als die Einbildung. Keiner weiß, wie es steht. Zu jedem, der sagt: ‚Was soll ich tun?', antworte: ‚Frage nicht nach dem ‚Was'. Bis jetzt hast du ‚was' gemacht, nun tue es nicht mehr. Jeder, der in das Tal des Erstaunens kam, verfiel jeden Augenblick in unzähliges Leid. Wie lange soll ich das Erstaunen und die Verwirrung ertragen? Wenn sie die Spuren verwischt haben, wie soll ich dann folgen? Ich weiß nichts. Würde ich doch etwas wissen! Wenn ich wüsste, wäre ich erstaunt. Hier ist mir die Anklage zum Dank geworden, der Unglaube zum Glauben und der Glaube zum Unglauben.

Ein Scheich umkreist einen Feuertempel

Den Scheich Nasrabad[106] erfasste der Schmerz. Ein Mann, der vierzig Wallfahrten nach Mekka gemacht hatte, ohne etwas dabei zu haben! Danach war sein Haar weiß und sein Körper schwach. Jemand sah ihn entblößt, nur mit einem Lendenschurz bekleidet. In seinem Herzen war Hitze und in seiner Seele Glut. Er hatte sich den Gürtel der Ketzer umgebunden und die Arme geöffnet. Er klagte nicht an und prahlte nicht und umkreiste einen zoroastrischen Feuertempel. Ihn fragte jemand: „Großer der Zeit, was machst du hier? Schäme dich! So oft bist du nach Mekka gepilgert. Du bist ein angesehener Führer gewesen. Und nach all dem bist du jetzt zu einem Ungläubigen geworden? So etwas ist ein unreifes Verhalten und du bringst die Frommen in Verruf.

S. 413, Verse 3954-3974

Welcher Scheich hat so etwas getan? Wessen Weg ist das? Weißt du nicht, wem diese Feuerstätte gehört?" Der Scheich erwiderte: „Ich habe es schwer. In meinem Haus ist Feuer ausgebrochen und ich habe meine Kleider verloren. Durch dieses Feuer bin ich wie ein Kornhaufen im Wind geworden, ich habe alles an Ruf und Schande verloren. Meine Angelegenheit ist verworren und ich weiß mir keinen Ausweg mehr. Wenn so ein Feuer in der Seele aufkommt, wie kann man dann noch etwas auf Ruf und Schande geben? Sobald ich in diese Lage geriet, wurde ich der Synagoge und der Kaaba müde. Während du nur ein wenig erstaunt bist, kam über mich hundertfaches Leid."

Ein Schüler sieht seinen Lehrer im Traum

Ein Novize hatte ein Herz wie die Sonne. Er sah seinen Lehrer eines Nachts im Traum und sprach: „Aus Erstaunen ist mein Herz in Blut getaucht. Sag mir, warum sitzt du hier? In der Trennung habe ich die Kerze des Herzens angezündet, und sobald du gingst, bin ich aus Erstaunen verbrannt. Aus Erstaunen wurde ich hier ein Sucher der Geheimnisse. Sag,

---

106 Abu l-Qasim Ibrahim b. Mohammad Nasrabadi (gest. 977/78) war ein Sufischeich aus Chorasan.

wie geht es dir dort?" Der Alte erwiderte: „Ich bin erstaunt und betrunken wie du. Ich beiße mir ständig in die Hand. Aufgrund dieses Gefängnisses und der Grube bin ich viel erstaunter als du. Ein wenig von meinem Erstaunen aus dem Jenseits ist für mich mehr als hundert Berge auf der Welt."

44. Das siebte Tal der Armut und Vergänglichkeit

Danach kommt das Tal der Armut und Vergänglichkeit. Wie könnte hier das Erzählen leicht sein. Es ist wie ein Tal des Vergessens, der Stummheit, Taubheit und Bewusstlosigkeit. Du siehst hunderttausend ewige Schatten verloren von einer Sonne. Wenn das Meer des Ganzen in Bewegung gerät, wie können die Bilder über dem Meer auf der Stelle bleiben? Beide Welten sind ein Bild jenes Meeres. Wer sagt, dass er nicht existiert, hat einen Gewinn. Wer im Meer des Ganzen verloren ging, ist ein ständig ruhender Verlorener. Das Herz ist in diesem Meer voller Ruhe, und es braucht nichts als das Verlorensein.

S. 414, Verse 3975-3994

Wenn man jemanden aus dem Verlorensein herausholt, wird er die Kunstfertigkeit sehen und man wird ihm viele Geheimnisse anvertrauen. Was kommt nach dem ersten Schritt des Sich-Verlierens für die erfahrenen Reisenden und besten Männer, wenn sie den Schmerz erfuhren? Zweifellos gibt es keinen weiteren Schritt. Wenn alle beim ersten Schritt verloren gingen, nimm einen Stein, wenn sie Männer Gottes geworden sind. Wenn Zedernholz und Brennholz ins Feuer geworfen werden, werden beide an der gleichen Stelle zu Asche. Auf diese Weise werden beide für dich gleich. Aber in den Eigenschaften haben sie für dich zahlreiche Unterschiede. Wenn die Unreinheit sich im Meer des Ganzen verliert, wird sie am Boden bleiben. Aber wenn die Reinheit in dieses Meer eingeht, verliert sie ihre Existenz. Ihre Bewegung ist die Bewegung des Meeres. Was nicht war, wird im Meer schön. Was ist und nicht ist, was bedeutet das? Das übersteigt die Einbildungskraft des Verstandes.

Dünn wie ein Haar aus Liebe

Eines Abends sagte der Verliebte von Tus, das Meer der Geheimnisse, zu einem Schüler: „Vergehe ständig, bis du in der Liebe völlig aufgegangen bist. Dann wirst du aus Schwäche wie ein Haar. Und wenn jemand wie du so dünn wie ein Haar geworden ist, wird dich der Geliebte in seine Locken einflechten."

Wer in Seiner Nähe wie ein Haar wird, wird zweifellos ein Haar in Seinem Haar. Bist du einer, der den Weg sieht, dann siehst du so ein Haar im anderen. Und wenn nur eine Haarspitze von dir übrig bleibt, werden sieben Höllen übervoll von deiner Schlechtigkeit.

Der Traum eines Verliebten

Als ein Verliebter eines Tages Blut weinte, fragte ihn jemand: „Warum weinst du?“ Er antwortete: „Man sagt, wenn morgen der Schöpfer im Traum erscheint, wird Er den Besten in seiner Nähe vierzigtausend Jahre eine niedrige Last geben. Einmal werden sie von hier wieder zu sich kommen und das Bedürfnis nach Wohlleben haben.

S. 415, Verse 3995-4016

Ich weine, weil man mich das wissen ließ und es mir einen Augenblick vor Augen führte. Was soll ich jetzt tun, außer vor Kummer zu sterben? Wenn ich selbst sehe, bin ich ein schlechter Seher. Sehe ich mit Gott zusammen, sehe ich ohne mich. Zu der Zeit, da ich von mir selbst frei geworden bin, ist das Vergebliche wie das Göttliche für mich.“

Wenn jemand stirbt, ist das Vergänglichkeit (fana). Wenn die Vergänglichkeit aus der Vergänglichkeit hervorgeht, dann ist das der Zustand der Fortdauer (baqa). Wenn du sie hast, unruhiges Herz, dann gehe den Weg durch das brennende Feuer. Sei unbekümmert, wenn das Feuer durch das Öl in der Lampe schwarz raucht wie die Feder eines Raben. Wenn Öl in dem Feuer ist, gelangt es bis zur Tür. Obgleich der Weg voll brennenden Feuers ist, macht Er ihn selbst zum Mittel für die Tinte des Korans. Möchtest du hierher gelangen, kannst du das nur ohne etwas.

Mache dich erst von dir selber frei und dann bringe das Pferd der Nichtexistenz vor, ziehe das Kleid des Nichtseins über und trinke aus der Schale der Vergänglichkeit. Neige deinen Kopf nach unten und zieh dir das Gewandt des ‚Es ist nicht‘ über. Lass deinen Fuß im Steigbügel des Nichts verschwinden und reite das Pferd Keinerlei dorthin, wo das Nichts ist. Binde um die Taille, die aus Mangel an Aufregung und Unruhe nicht existiert, den Gürtel des Nichts. Wisch dir die Augen aus und öffne sie und dann ziehe den Lidstrich des ‚Es ist nicht‘. Verschwinde, und das in einem Augenblick. Dann verschwinde auch aus dem zweiten Teil und laufe so in Ruhe, bis du zur Welt des Verlorenseins kommst. Wenn du darin die Spur eines winzigen Haares findest, hast du von dieser Welt nicht ein bisschen gesehen.

Die Schmetterlinge und die Kerze

Eines Nachts kamen die Schmetterlinge zusammen, um in der Enge eine Kerze zu suchen. Alle sprachen: „Wir brauchen einen, der uns ein wenig von dem Gesuchten berichtet.“ Ein Schmetterling ging bis zu dem Schloss. Darin fand er das Licht einer Kerze.

S. 416, Verse 4017-4037

Er kehrte zurück und öffnete sein Heft und begann seine Beschreibung auf der Basis des Verstandes. Einer, der in der Menge als Kritiker bekannt war, sagte: „Er weiß von der Kerze nichts."

Ein anderer ging am Licht vorbei und warf sich von weitem in die Kerze hinein. Er schlug mit den Flügeln im Licht des Gesuchten. Die Kerze siegte, und er war der Besiegte. Auch er kehrte zurück und erzählte der Menge das Geheimnis, legte die Verbindung mit der Kerze dar. Der Kritiker sagte ihm: „Das ist kein Hinweis, Freund. Wie kannst du wie der andere vor dir einen Hinweis haben?"

Ein anderer stand auf und setzte sich betrunken und tanzend ins Feuer. Er umarmte sich mit dem Feuer und verirrte sich in ihm. Als ihn das Feuer von Kopf bis Fuß erfasste, wurden seine Glieder rot wie das Feuer. Der Kritiker, als er ihn von Ferne sah, wie er sich die Kerze zu Eigen gemacht und die Farbe des Lichts angenommen hatte, sagte er: „Dieser Schmetterling ist erfolgreich. Was weiß man schon? Dieser weiß es."

Wer nicht zu einem Unwisssenden und Spurlosen geworden ist, der hat unter allen das Wissen. Solange du nicht von Körper und Seele unwissend geworden bist, wie kannst du je etwas vom Geliebten erfahren? Alles, was sich dir von der Winzigkeit eines Haares zeigt, zieht hundert Schnitte durch das Blut deiner Seele. Das Heilige wie die Triebseele sind hier nicht. Hier hat niemand Platz.

Der Genickstoss

Während ein Sufi ging, versetzte ihm ein grausamer Mann grundlos einen Genickstoß. Mit voll blutendem Herzen drehte er sich um und sagte: „Der, der von dir einen Genickstoß bekam, ist schon seit fast dreißig Jahren tot und hat die Welt des Seins verlassen." Der Mann erwiderte: „Oh, dann ist die ganze Klage nicht angebracht. Wie kann ein Toter sprechen? Schäme dich!"

Solange du atmest, bist du kein Gefährte. Solange ein Haar übrig bleibt, bist du kein vertrauter Freund. Wenn nur ein Haar zuviel ist, gibt es dort hundert Welten Zwischenraum.

S. 417, Verse 4038-4060

Wenn du zu diesem Ort gelangen willst, wirst du Schwierigkeiten haben, solange ein Haar übrig bleibt. Zünde alles an, was du hast, bis zum Lendenschurz. Wenn dir bis auf das Grabtuch nichts mehr bleibt, wirf dich nackt in das Feuer. Wenn du und deine Habe zu Asche geworden ist, werden deine Gedanken ein wenig geringer. Aber wenn von dir, wie bei Jesus, eine Nadel übrig bleibt, wisse, dass es auf deinem Weg hundert Wegelagerer geben wird. Obgleich Jesus die Kleidung bei Ihm abgeworfen hatte, wurde eine Nadel bei ihm gefunden. Wenn die Existenz hier zu Ende ist, sind Hab und Gut und Besitz nichts nütze. Wirf alles weg, was du hast, und dann komme zur Ruhe in dir selbst. Wenn sich dein Inneres im Nichtsein versammelt hat, wirst du dich von Gut und Schlecht lösen. Bleibt weder Gutes noch Schlechtes, wirst du verliebt und dann bist du für das Vergehen in der Liebe angemessen.

Ein Derwisch verliebt sich in den Prinzen

Ein König, so schön wie der Mond und so prächtig wie die Sonne, hatte einen Sohn, der so schön war wie Joseph. Niemand hatte einen Sohn von solcher Schönheit. Niemand hatte solch eine Ehre. Alle waren innig seinem Staub ergeben und alle Herren Diener seines Angesichts. Wenn er in der Nacht aus dem Vorhang trat, kam eine neue Sonne hervor. Sein Gesicht kann man nicht beschreiben, weil der Mond nicht das Geringste vor seinem Anblick ist. Wenn er seine Locken zusammenband, versanken hunderttausende Herzen im Brunnen. Die Locken der Welt gaben der ganzen Welt durch das Leuchten jener Kerze von Taraz lange zu tun. Die Schlingen der Locken des schönen Joseph kann niemand in fünfzig Jahren beschreiben. Wenn er die Augen wie Narzissen zusammenschlug, schlug ein Feuer in die ganze Welt hinaus. Sein Lachen streute Zucker aus und hunderttausende Blumen blühten ohne Frühling. Aus seinem Mund wurde nichts offenkundig, weil man nichts über etwas sagen kann, was nicht existiert. Wenn er hinter dem Vorhang hervor kam, war jede seiner Haarspitzen in Blut getaucht. Jener Junge war das Verlangen der Seele und der Welt. Er war mehr als ich sagte.

S. 418, Verse 4061-4085

Wenn er mit dem Pferd auf den Platz hinaus ritt, war sein Schwert blank von vorn bis hinten. Jeden, der zu dem Jungen sah, holte man sofort vom Weg. Ein Derwisch, ein ahnungsloser Bettler, war völlig kopf- und haltlos aus Liebe zu dem Jungen. Außer Schwäche und Besorgnis hatte er nichts von ihm. Seine Seele ging und er hatte nicht den Mut, es zu sagen. Weil er für diesen Schmerz keinen Helfer fand, töteten ihn Liebe und Kummer in der Seele und im Herzen. Tag und Nacht hatte er in seiner Nähe gesessen und die Augen vor den Geschöpfen der Welt verschlossen. Niemand war ihm in der Welt heilig und so tötete der Kummer im Geheimen. Tag und Nacht wartete er auf das Gesicht aus Gold und die Tränen aus Silber mit geteiltem Herzen.

Der ungeduldige Bettler lebte dadurch, dass der Junge von Zeit zu Zeit an ihm vorüber ging. Wenn der Prinz von weitem zu sehen war, raunte der gesamte Basar. Die ganze Welt stand auf wie hundert Auferstehungen, und alle Menschen fingen auf einmal zu laufen an. Die Obersten kamen von überall her und jedes Mal töteten sie dabei hundert. Der Ruf, wegzubleiben, drang bis zum Mond und fast ein Farsang an Soldaten nahm das Heer ein. Als der Bettler den Ruf der Obersten hörte, drehte sich ihm der Kopf und er fiel hin. Er wurde ohnmächtig, lag im Blut und war außerhalb seines Wesens. Die Augen müssten in diesem Augenblick wegen ihm hunderttausendfach blutige Tränen weinen. Mal war der Unfähige dunkelblau aus Trauer, mal floss das Blut unter ihm hervor. Mal gefroren seine Tränen wegen seines Stöhnens, mal brannten sie aus Eifersucht um ihn. Halb tot, halb lebend hatte er in der leeren Hand nicht einmal ein halbes Brot. So war jemand, der in Leidenschaft entbrannt war, und so war es, wenn der Prinz zu sehen war. Der Ahnungslose war nur noch die Hälfte eines Atoms seines Schattens und wollte so zur Sonne gelangen.

Eines Tages war der Prinz bei seinem Heer, als der Bettler einen Schrei ausstieß. Der Schrei war aus ihm herausgefahren, und er war nicht mehr er selbst, als er sagte: „Meine Seele verbrannte und mein Verstand ist gewichen. Wie sehr soll meine Seele noch darunter leiden? Ich habe keine Geduld und keine Kraft mehr.“ Und während der verwirrte Mann dies sagte, schlug er mit seinem Kopf aus Schmerz gegen einen Stein.

S. 419, Verse 4086-4110

Nachdem er das gesagt hatte, verlor er das Bewusstsein und Blut lief ihm aus Augen und Ohren.

Der Anführer des Prinzen erfuhr davon und wollte ihn vor dem König verleumden. Er sprach: „Herr, ein ruheloser Gauner hat sich in deinen Prinzen verliebt.“ Aus Eifersucht war der König außer sich, dass durch die Glut des Herzens sein Inneres zu brodeln begann. Er sagte: „Steht auf und bringt ihn an den Galgen mit gebundenen Füßen und geneigtem Kopf.“ Sofort lief eine Truppe des Königs zum Bettler und bildete einen Kreis um ihn. Dann schleppten sie ihn zum Galgen. Wegen seines Blutvergießens versammelte sich eine Menge. Weder wusste jemand von seinen Schmerzen, noch leistete jemand Fürbitte für ihn.

Als der Wesir ihn unter den Galgen stellte, entrann dem Bettler aus Schwermut ein Schrei. Er sagte: „Gib mir eine Frist, damit ich noch einmal für den Schöpfer im Gebet unter dem Galgen niederknien kann.“ Der zornige Wesir gab ihm die Frist, damit er sein Gesicht in den Staub legen konnte. Im Gebet sprach der Bettler: „Oh Gott, da der König mich Sündlosen töten will: Bevor ich nichts mehr über die Seele wusste, suchte ich an einem Tag nach der Schönheit des Jungen, damit ich ihn auch einmal sehe und ihm meine Ehrbezeugung erweise. Da ich den Anblick des Prinzen sehr schön finde, könnte ich hunderttausend Seelen dafür geben. König, der Diener ist dein Bittsteller. Er ist verliebt und auf deine Weise getötet. Noch lebe ich, der Diener dieser Tür. Auch wenn ich verliebt bin, bin ich noch kein Ungläubiger. Und da du hunderttausend Fürbitten gewährst, gewähre auch meine und hilf mir."

Nachdem der Unglückliche sein Bitte ausgesprochen hatte, traf er damit sein Ziel. Der Wesir hatte heimlich seine Worte gehört und hatte Mitgefühl für den Schmerz des Armen. Er ging zum König, weinte und erzählte ihm vom Zustand jenes Verliebten, dass er seine Klage im vertraulichen Gebet gesprochen und seine Fürbitte in der Anbetung hervorgebracht hatte. Auch dem König fuhr ein Schmerz um ihn ins Herz. Er war besänftigt und bereit, ihn zu begnadigen. Er sagte zum Prinzen: „Wende dich nicht von dem Betroffenen ab, sondern gehe zum Galgen zu dem leidenden Verwirrten

S. 420, Verse 4111-4135

und sprich mit dem Unglücklichen. Er ist unglücklich verliebt in dich, gib ihm sein Herz zurück. Erbarme dich seiner, da er wegen dir gelitten hat. Gib ihm etwas Angenehmes zu trinken, da er wegen dir Gift zu sich genommen hat. Bringe ihn von dort in den Rosengarten und dann zu mir."

Der Prinz von der Schönheit Josephs ging, um mit einem Bettler zusammen zu sitzen. Der feurige Sonnengleiche ging, um mit einem Atom in Ruhe zu sein. Das schöne, edelsteingefüllte Meer ging, um einem Tropfen das Glück zu bringen. Aus Freude darüber schlagt ihr die Hände über dem Kopf zusammen, tanzt und klatscht. Schließlich kam der Prinz zum Galgen und wie am Tag der Auferstehung entstand Unruhe. Man sah den Bettler vor der Hinrichtung, den Kopf in den Staub gesenkt. Aber das Blut seiner Augen wurde zu Rosen und seine Welt voller Trauer kam zu einem Ergebnis. Wer war je so vernichtet, verloren und nichts und noch viel schlimmer als das? Als der Prinz ihn so mitgenommen sah, füllten sich seine Augen mit Tränen. Er wollte die Tränen vor dem Heer verbergen, aber es gelang ihm nicht. Als die Tränen wie ein Regen flossen, kamen hundert Welten von Schmerz zu einem Ergebnis. Wer in der Liebe aufrichtig ist, in den hat sich der Geliebte verliebt. Wenn die Liebe in Rechtschaffenheit zu dir kommt, wird dein Geliebter sich auch in dich verlieben.

Schließlich begnadigte der sonnengleiche Prinz den Bettler. Der Bettler hatte seine Stimme nicht gehört, aber er hatte ihn oft von weitem gesehen. Als er sein Gesicht aus dem Staub erhob, sah er sich dem Herrn gegenüber. Das brennende Feuer bringt, obgleich es lodert, mit dem Wasser des Meeres keine Hitze hervor. Jener verliebte Derwisch war ein Feuer, das dem Meer der Schönheit nahe gekommen war. Er brachte seine Seele über die Lippen und sagte: „Oh Herr, da es so um mich steht, kannst du mich töten. Es hätte nicht eines mutigen Heeres bedurft." Nachdem er das gesagt hatte, gab es niemals mehr ein Wort. Er stieß einen Seufzer aus, verschenkte seine Seele und starb. Und wie eine Kerze lachte er noch und verlosch.

Als die Verbindung mit dem Verliebten wahr wurde, kam das absolute Vergehen und er existierte nicht mehr.

S. 421, Verse 4136-4157

Die Reisenden auf dem Platz des Schmerzes wissen, was das Vergehen aus Liebe mit den Männern gemacht hat. Oh du, dessen Wesen mit Fehlern behaftet und dein Genuss mit dem Schmerz verbunden ist. Wenn du nicht einmal unruhig gewesen bist, wie kannst du die Ruhe kennen? Mit offenen Armen hast du wie ein Blitz gezuckt, und wegen des Abfalls bist du wie ein Wasserkanal zum Stehen gekommen. Was ist das für ein Verhalten von dir? Sei mannhaft, brenne den Verstand nieder und werde verrückt. Wenn du dies nicht tun willst, dann komm einmal für einen Moment zur Einsicht. Wie oft du auch nachdenkst, werde wie ich und verliere dein Selbst und komme einen Augenblick in dir dem Nachdenken zuvor. Wenn du schließlich für einen Moment zu einem Derwisch wurdest, wirst du die Vollkommenheit der Selbstlosigkeit spüren.

Ich bin weder ich noch etwas anderes als ich. Höher als der Verstand sind mein Übel und mein Wohl. Ich verlor mich plötzlich in mir, und es gibt für mich keinen Ausweg außer der Ausweglosigkeit. Wenn die Sonne der Armut über mir scheint, bescheint sie auch beide Welten aus einer Öffnung. Wenn ich den Glanz jener Sonne sehe, bleibe ich und das Wasser kehrt zum Wasser zurück. Alles, was ich mal gewann und mal verlor, alles habe ich in das schwarze Wasser geworfen. Ich bin vernichtet, verloren und nichts bleibt mir. Ich bin ein Schatten und nicht ein verirrtes Atom bleibt mir. Ich bin ein Tropfen, der sich im Meer der Geheimnisse verloren hat, und ich kann diesen Tropfen nicht wieder finden. Auch wenn ich verloren ging, ist das nicht jedermanns Sache. Ich bin in der Vergänglichkeit verloren und davon gibt es viele wie mich. Wer in der Welt, vom Fisch bis zum Mond, möchte hier nicht verloren gehen?

Der Weg zur Vereinigung

Ein Frommer fragte das Licht: „Wie kann mein Weg bis zur Vereinigung führen?“ Es sprach: „Ich habe sieben Meere aus Feuer und Licht. Du musst einen sehr langen Weg gehen. Hast du die sieben Meere durchzogen, dann wird dich der Fisch mit einem Mal fangen. Wenn der Fisch einen Atemzug einholt, hat er damit das Erste und das Letzte eingezogen. Von dem Fisch ist weder Kopf noch Ende sichtbar und sein Platz ist im Meer des Verzichts.

S. 422, Verse 4158-4181

Wenn der Wal in aller Ruhe beide Welten einziehen kann, dann kann er auch die gesamten Geschöpfe mit einem Atemzug hineinziehen.

45. Das Ende der Reise der Vögel

Als die Vögel des Tals die Worte vernahmen, neigten sie sich bis ins Blut des Herzens nieder. Alle wussten, dass der Bogen nicht mit der Kraft einer Hand gespannt werden kann. Sie wurden ob der Worte unruhig und es starben auch an diesem Ort viele aus Leid. Die anderen Vögel setzten alle in Trauer ihren Weg fort. Sie gingen jahrelang in Klagen und Erhöhung und verbrachten ein Leben lang auf dem Weg. Was sich ihnen auf diesem Weg zeigte, wer kann diese Frage beantworten? Wenn auch du einmal den Weg einschlägst und die Gefahren erblickst, weißt du auch, was sie getan hatten, und dir wird klar, was sie zu ertragen hatten.

Schließlich führte der Weg nur wenige von dem großen Heer zu jenem Ort. Von allen Vögeln kamen nur wenige dort an, von Tausenden nur einer. Einige waren im Meer versunken, einige starben und verschwanden. Einige starben durstig auf dem hohen Berg in Sorge, den anderen Besorgten verbrannten die Flügel von den Strahlen der Sonne. Einigen brachten Leopard und Löwe auf dem Weg plötzlich die Verderbnis, einige verschwanden in den Krallen der Raubvögel. Einige starben aus Anstrengung durstig mit trockenen Lippen in der Wärme, einige starben wie Verrückte wegen des Wunsches nach einem Korn. Andere waren sehr bemüht, aber blieben zurück und waren verlassen. Wiederum andere blieben aus Erstaunen vor den Wundern des Weges stehen und einige beugten sich, frei von der Suche, vor dem Anblick der Freude. Schließlich blieben von den hunderttausenden Vögeln nicht mehr als einer, der dorthin gelangte. Eine Welt voll von Vögeln hatte sich auf den Weg gemacht, aber nicht mehr als dreißig kamen an. Dreißig Vögel ohne Federn, kraftlos und schwach, mit gebrochenem Herzen, ohne Seele und Körper.

S. 423, Verse 4182-4206

Sie sahen einen Herrn, unbeschreiblich und ohne zu benennende Eigenschaften, höher als alles Auffassungsvermögen von Verstand und Erkenntnis. Ein Blitz der Bedürfnislosigkeit leuchtete auf und verbrannte hundert Welten auf einmal, hunderttausende große Sonnen, hunderttausende Monde und noch mehr Sterne. Sie sahen alles, erstaunt und wie ein Atom tanzend vor Freude. Sie sagten alle: „Oh Wunder, die Sonne geht wie ein Atom zugrunde vor diesem Herrn. Wie können wir hier erscheinen? Oh, wehe unseren Mühen auf dem Weg! Wir haben unser Herz vollständig weggegeben und es ist nicht so, wie wir es uns gedacht hatten."

Alle Vögel waren ohne Herz wie halbgeschlachtete Vögel. Sie waren zugrunde gegangen, verloren und zu nichts geworden, wie es ihr Schicksal auch vorgesehen hatte. Schließlich trat der Höchste des Palastes und Oberste an Würde plötzlich vor sie. Er sah die dreißig schwachen Vögel, die keine Flügel und Federn, keine Seele und keinen Körper mehr hatten, vor sich, von Kopf bis Fuß erstaunt, weder leer noch voll. Er sprach: „Ah ihr, das Volk welcher Stadt seid ihr? Warum seid ihr zu so einem Ort gekommen? Wie heißt ihr Verlorenen und wo ist eure Ruhe geblieben? Was sagt man zu euch in der Welt und in welcher Angelegenheit seid ihr unfähige Truppe gekommen?“ Alle antworteten: „Wie kamen hierher, damit der Simorgh (Dreißigvögel) unser König wird. Wir sind alle Verirrte in diesem Palast, ohne Herz und Ruhe des Weges. Wir sind schon eine Weile unterwegs und von Tausenden sind nur wir dreißig übrig geblieben. Wir haben den weiten Weg in der Hoffnung unternommen, dass uns hier der Herr erscheint. Wie kann dem König unser Leid gefallen? Ach, er soll aus Gnade einen Blick auf uns richten.“ Der Oberste sagte: „Oh Verwirrte und wie Blumen im Blut des Herzens Ertrunkene, auch wenn ihr nicht auf der Welt wärt, ist Er wahrlich der König der Ewigkeit. Hunderttausende Welten voller Heere sind nur eine Ameise vor Seiner Tür. Was kommt von euch außer Wehklagen? Also kehrt zurück, ihr beklagenswerte Gruppe.“

Durch diese Worte verlor jeder die Hoffnung und wurde wie ein ewig Toter.

S. 424, Verse 4207-4225

Alle sagten: „Wie kann uns dieser verehrte König mit solcher Verachtung auf den Weg zurückschicken? Gab es jemals für jemanden solche Schmach? Oder wenn er so eine Verachtung zeigt, ist das dann eine Ehre?“

Das Lob Madschnuns

Madschnun sagte: „Und wenn mich alle auf der Welt immer loben würden, ich möchte das Lob von niemandem, denn mein Lob ist die Beschimpfung durch Laila. Schöner als hundertfaches Lob ist ihre Beleidigung, besser als aller Besitz der zwei Welten ist der Schimpfname, den sie mir gibt.“

Ich habe dir meine Lehre genannt, Verehrter. Wenn es auch Schelte war, was wird es noch sein?

Der Wiedehopf sprach: „Der Blitz Gottes erscheint und alle Seelen werden vernichtet. Aber wenn die Seele mit hundert Klagen verbrennt, was hat das für einen Nutzen? Was nützt dann Würde oder Schande?“ Da fragte die verbrannte Gruppe: „Unsere Seelen und das entfachte Feuer – wie kann ein Schmetterling sich vor dem Feuer fürchten, wenn er im Feuer ist? Obgleich der Freund uns nicht die Hand zur Verbindung reicht, tut er etwas, um uns zu verbrennen. Was für eine Sache! Wenn wir nicht zum Geliebten kommen können, gibt es hier keine andere Möglichkeit als völlig zu entwerden."

Fragen an den Schmetterling

Alle Vögel der Welt erfuhren von der Geschichte des Schmetterlings. Sie sagten zu ihm: „Oh Schwacher, wie lange noch dieses Spiel mit der edlen Seele? Da es für dich keine Vereinigung mit der Kerze geben wird, gib die Seele nicht durch Unwissen hin. Wie lange noch diese Ungereimtheit?" Von diesen Worten wurde der Schmetterling betrunken und müde. Er gab diesen Aufrichtigen darauf eine Antwort. Er sagte: „Mit reicht es, dass ich ewig ohne Herz bin. Wenn ich nicht zu ihr kommen kann, dann will ich vergehen."

Weil alle in der Liebe zu Ihm zu einem Mann des Weges geworden sind, sind sie von Kopf bis Fuß im Schmerz versunken. Obgleich die Bedürfnislosigkeit über das Maß hinausgeht, hat Seine Güte auch ein anderes Gesicht.

S. 425, Verse 4226-4247

Der Schleier der Gnade kam und wurde geöffnet und jeden Augenblick wurden hundert weitere Vorhänge gelüftet. Es erschien eine Welt ohne Schleier. Sie fand dann Ordnung durch das Licht der Lichter. Er zeigte allen den Thron der Gunst, der Würde und des Respekts. Er legte allen ein Schreiben vor und sagte: „Lest alle bis zum Ende." Das Schreiben jener Leute machte diesen besorgniserregenden Zustand an einem Beispiel deutlich:

Die Brüder Josephs werden mit ihrem Verrat konfrontiert

Joseph, für den die Sterne Esfand verbrannten, wurde von seinen zehn Brüdern hinterrücks verkauft. Als der König von Ägypten ihn von diesen kaufen wollte, verlangte er auch eine Rechnung von ihnen und erwarb ihn. In einer Sitzung ließ er sich von ihnen eine Rechnung ausstellen und nahm dieses Zeugnis an sich. Nachdem der Verehrte von Ägypten Joseph gekauft hatte, erhielt Joseph diese Schrift der Treulosigkeit.

Nachdem er dann König geworden war, kamen die zehn Brüder zu ihm. Sie erkannten Joseph nicht wieder und warfen sich vor ihm nieder. Sie wollten für sich eine Lebenshilfe. Sie verloren ihre Ehre, um Brot zu verlangen. Der rechtschaffene Joseph sagte: „Oh Männer, ich habe eine Schrift in hebräischer Sprache. Von meinen Leuten kann sie niemand lesen. Wenn ihr es lest, gebe ich euch genug Brot." Alle konnten Hebräisch lesen und aus Freude sagten sie: „König, bring die Schrift."

Blind möge der sein, der in dieser Situation aus Sorglosigkeit nicht seine Geschichte hört. Joseph gab ihnen ihre Schrift und ein Zittern überfiel ihre Körper. Nicht einen Schriftzug konnten sie von dieser Schrift lesen und auch nicht die Legende wiedergeben. Aus Kummer bedauerten dies alle und waren wegen der Geschichte Josephs betroffen. Die Zungen aller wurden daraufhin schwer und ihre Seelen wichen von allen wegen dieser Angelegenheit. Joseph sagte: „Es scheint, als hättet ihr das Bewusstsein verloren. Warum schweigt ihr, anstatt zu lesen?" Sie antworteten ihm alle: „Uns zurückzuhalten und zu schweigen ist besser, als diese Schrift vorzulesen und uns zu köpfen."

S. 426, Verse 4248-4271

Auch die dreißig Vögel blickten auf die Schriftzüge jenes einflussreichen Schreibens. Alles, was sie getan hatten, war in einem Bild festgehalten worden. Es war für sie alle schwer, aber so war es geschehen. Jene Gefangenen waren gegangen, nachdem sie sich gut umgeschaut hatten, und hatten einen Weg gefunden, ihren Joseph in den Brunnen zu werfen. Sie hatten die Seele Josephs durch Verleumdung verbrannt und ihn dann verkauft.

Du weißt nicht, unbekannter Bettler, dass du jeden Augenblick einen Joseph verkaufst. Aber dein Joseph wird ein König, der vorderste Anführer, werden. Ach, du bist sowohl Bettler als auch hungrig und du wirst entblößt zu Ihm gehen. Wenn du durch Ihn zum Ziel kommst, warum soll man Ihn umsonst verkaufen?

Die Seelen der Vögel wurden aus Scham frei vom Leben und der Körper zu Staub. Und nachdem sie von allem frei und rein waren, erhielten sie vom Licht Gottes wieder eine Seele. Sie wurden wieder zu neuen Dienern und auf andere Weise wieder erstaunt. All ihre alten Gepflogenheiten wurden rein und aus ihrer Brust verbannt. Die Sonne der Güte leuchtete vor ihnen und alle erhielten durch ihren Glanz eine Seele.

Da sahen sie das Abbild Simorghs auf der Erde. Als die dreißig Vögel genauer hinschauten, sahen sie, dass sie selbst Simorgh, Dreißigvögel, waren. Aus Erstaunen waren sie ganz verwirrt. Sie hatten es nicht gewusst, bis sie es geworden waren. Sie sahen sich als den richtigen Simorgh, der Simorgh selbst waren die dreißig ewigen Vögel. Als sie nach Simorgh schauten, war jener Simorgh der Simorgh hier. Als sie sich anschauten, waren sie, die dreißig Vögel, er. Und wenn sie beide betrachteten, waren sie beide genau ein Simorgh. Dieser eine war der andere und der andere war dieser. Niemand hat auf der ganzen Welt jemals davon gehört. Alle waren in Erstaunen versunken. Sie blieben in Gedanken gedankenlos.

Weil sie nichts von nichts hatten, fragten sie Gott ohne Sprache.

S. 427, Verse 4272-4292

Sie verlangten die Enthüllung dieses starken Geheimnisses, wollten die Lösung des ‚wir' und ‚du'. Und sprachlos kam auch die Antwort Gottes: „Diese Macht wie die Sonne – wer kommt, sieht sich selbst in ihr und Körper und Seele sehen sich ebenfalls in ihr. Da ihr dreißig Vögel hierher gekommen seid, erschient ihr dreißig auch in diesem Spiegel. Wärt ihr vierzig oder fünfzig, hättet ihr auch den Vorhang gelüftet. Und wenn ihr viele gewesen wärt, hättet ihr euch ebenfalls selbst gesehen. Wie kann überhaupt jemand den Blick auf mich richten? Wie kann eine Ameise die Plejaden erblicken? – Hast du eine Ameise gesehen, die einen Ambos aufhob, oder eine Mücke, die einen Elefanten bei den Zähnen packte? Wie du siehst, war alles, was du wusstest, nicht Er, und auch nicht das, was du sagtest und hörtest, war Er. – Alle Täler, die ihr durchwandert habt, und die große Tapferkeit, die ihr aufgebracht habt, alles habt ihr wegen mir getan. Das Tal des Wesens und der Eigenschaften habt ihr verschlafen. Weil ihr dreißig Vögel erstaunt seid, seid ihr ohne Herz, ohne Geduld und ohne Seele. Ich stehe viel höher als Simorgh, denn er ist die Wahrheit meiner Existenz. Ihr seid durch mich vernichtet worden in hundert Ehren und Gunst, bis ihr euch vor meiner Schwelle selbst wiedergefunden habt."

Sie sind schließlich auf ewig durch Ihn vernichtet und der Schatten ist in der Sonne verloren gegangen. Solange sie gingen, sprachen sie dies. Nachdem sie angekommen waren, blieb weder Anfang noch Ende. Hier kürzen wir die Rede ab, es bleibt kein Weg und kein Führer mehr. Der Weg ist zu Ende.

Die Asche Halladschs

Als Halladsch im lodernden Feuer vollständig verbrannt war, kam ein Verliebter mit einem Holz in der Hand und saß neben der Schale der Asche. Da setzte er an, um wie ein Feuer zu reden. Er vermengte die Asche und sprach dann: „Sagt wahrheitsgemäß, wo ist der, der so schön sagte ‚Ich bin die Wahrheit'?"

S. 428, Verse 4293-4316

Was du sagtest und was du hörtest, was du wusstest und was du sahst, das alles ist nur der Anfang der Geschichte. Vergehe, denn dein Platz ist nicht diese Ruine. Man braucht den Ursprung, den bedürfnislosen und reinen Ursprung. Ob es eine Abweichung gab oder nicht, wozu Angst? Die wahrhafte Sonne ist ewig, aber von uns bleibt kein bisschen, kein Schatten.

Viele hunderttausend Zeitalter, zeitlose Zeitalter später rühme dich der Vögel der Vergänglichkeit. Die Unvergänglichkeit des Ganzen gibt man zurück. Wenn alle Selbstverlorenen zu sich kommen, werden sie im Verweilen in Gott nach dem Vergehen mehr. Niemand hat jemals ein Wort, ob neu oder alt, von der Vergänglichkeit und dem Verweilen danach. Wenn er sehr weit vom Blickfeld entfernt ist, ist die Beschreibung nicht möglich. Aber vom Weg unserer beispielhaften Gefährten suchte man eine Beschreibung vom Verbleiben nach der Vergänglichkeit. Woher kann man etwas erfahren? Ein neues Buch muss geschrieben werden, denn die Geheimnisse des Verweilens in Gott nach dem Vergehen weiß nur der, der dessen würdig ist. Solange du bist, in der Existenz und im Nichtsein, wie kannst du einen Schritt an diesen Ort setzen? Wenn dir auf dem Weg nichts geblieben ist, wie kann dir Dummem dann der Schlaf kommen?

Schau, was am Anfang und was am Ende war. Wenn du es bis zum Ende weißt, was hat dieses Ende dann für einen Nutzen? Die Nachkommenschaft ist in hundert Würden und Ehren erzogen, damit sie sowohl vernünftig als auch fähig ist. Er wurde seiner Geheimnisse kundig und ihm wurde die Erkenntnis über seine eigenen Angelegenheiten zuteil. Danach wurde er vollkommen vernichtet und durch diese ganze Würde ins Unglück gestürzt. Dann wurde er wieder zum Staub des Weges und er wurde wieder mehrmals dem Vergehen überantwortet. In diesem Vergehen gibt es hundert Arten von Geheimnissen, die ohne ihn ausgesprochen werden, aber gleichzeitig auch mit ihm. Danach wird ihm das völlige Verweilen gewährt. Die Größe wird dem verliehen, der so niedrig ist. Was weißt du schon, was du vor dir hast? Komm doch zu dir und denke nach! Solange deine Seele nicht vom König verstoßen wurde, wie kannst du dann hier von ihm akzeptiert werden? Solange du im Vergehen nicht weniger geworden bist, wirst du im Verweilen niemals das Richtige sehen.

S. 429, Verse 4317-4339

Zuerst erniedrigt Er dich auf dem Weg, dann holt Er dich plötzlich zur Größe zurück. Vergehe, bis nichts mehr von deiner Existenz übrig bleibt. Denn solange du bist, wie kann in dir später das Sein in Gott erreicht werden? Solange du nicht in der Niedrigkeit des Vergehens vernichtet worden bist, wie kannst du dann Bestätigung von der Größe des Verbleibens in Gott erhalten?

Die Liebe zum Sohn des Ministers

Es gab einen König, dem die Welt gehörte. Sieben ganze Länder standen unter seinem Befehl. In der Befehlshaberschaft war er Alexander gleich, und sein Heer reichte über die ganze Welt. Seine Macht setzte den Mond schachmatt, der über dem Staub des Weges für jene Macht leuchtete.

Der König hatte einen herausragenden Wesir, der sehr schlagfertig und kritisch war. Dieser kunstfertige Minister hatte einen Sohn, dessen Gesicht die Schönheit der Welt als Vermächtnis hatte. Niemand hatte je solch eine

Schönheit wie ihn gesehen und nichts Schönes von solchem Ausmaß. Wegen des schönen Angesichts jenes Herzerquickenden konnte niemand in den Tag hinausgehen. Wenn jener Mond am Tag erschien, gab es einen Tumult von hundert Auferstehungen. Es gab in der Welt keine größere Freude und bis in alle Zeiten keinen Beliebteren als ihn. Der Junge hatte ein Gesicht wie die Sonne, ein gleichfarbiges Haar und der Duft von reinem Moschus. Der Schattenwächter seiner Sonne war Moschus und das Wasser der Tiere hatte ohne seine Lippen trockene Ufer. In der Mitte der Sonne des Geliebten war die Form seines Mundes wie ein Atom, welches für die Menschen zu einer Versuchung geworden war. Und darin gab es dreißig verirrte Sterne. Den Zähnen wie Sternen gab er den Weg in die Welt frei. Wie kann man die dreißig in dem Atom auch verbergen? Seine Locken fielen offen über seinen Rücken und jede Locke im Haar jener Silbergestalt brachte hundert Welten von Seelen mit einem Mal in Unordnung. Seine Locken über dem Antlitz hatten eine Bestimmung und besaßen in jeder Haarspitze hundert Wunder. Seine Augenbrauen hatten die Form eines Bogens. Woher hatte der Bogen die Kraft? Seine zauberhaften Narzissenaugen hatten in der Liebe aus jeder Augenwimper hundert Zauber gemacht. Seine rubinroten Lippen waren die Quelle des Wassers des Lebens, so süß wie Zucker und blühend wie die Pflanzen.

S. 430, Verse 4340-4364

Sein feiner Schnurrbart und das rosige Gesicht sind so schön wie der Papagei an der Quelle der Vollkommenheit. Über seine Zähne zu sprechen schickt sich nicht, denn dieser Schatz seines Ruhmes ist hinter einem Schleier verborgen. Der Moschus seines Schönheitsmals ist wie der Punkt auf dem ‚i' der Schönheit.

Aus Vergangenheit und Zukunft hat er die Gegenwart angenehm gemacht. Wie kann ich, selbst wenn ich ein Leben dafür gäbe, die Schönheit dieses Jungen beschreiben? Der König war von ihm völlig trunken und vergaß sich aus Liebesleid zu ihm. Obgleich der König von so hohem Rang war, war er wie ein Halbmond aus Kummer um den Vollmond. Er war so in Liebe zu dem Jungen verfallen, dass er sich von ihm nicht lösen konnte. Wenn er einen Moment nicht bei ihm war, floss ihm das Blut aus seinem unruhigen Herzen. Er hatte ohne ihn nicht einen Augenblick Ruhe und aus Leidenschaft nicht einen Moment Geduld. Ohne ihn ruhte er Tag und Nacht nicht und war ihm ein enger Freund. Den ganzen langen Tag bis zur Nacht ließ er ihn zu sich setzen und weihte den Mondgesichtigen in Geheimnisse ein. Wenn die dunkle Nacht kam, hatte der König weder Schlaf noch Ruhe und auch der Junge ging im Schlaf zum König. Der König schaute in sein Gesicht und konnte im Glanz und Licht der Kerze des Geliebten die ganze Nacht auf dem Rücken schlafen. Wenn der König in den Mond seines Gesichtes schaute, weinte er jede Nacht hundertfach Blut. Mal streute er Blumen über sein Gesicht, mal zerteilte er seine Locken. Mal liefen ohne Reue aus Liebesschmerz Tränen über sein Gesicht wie der Regen aus einer Wolke, mal veranstaltete er mit dem Mond ein Fest und mal trank er vor ihm aus Freude. Nicht einen Augenblick ließ er ihn von sich gehen, weil er ihn für sich als notwendig betrachtete.

Wie kann der Junge ständig sitzen? Nur aus Furcht vor dem König blieb er bei ihm. Verließ er nur für kurze Zeit seine Gegenwart, war der König außer sich vor Eifersucht. Wollten Mutter und Vater ihn einmal sehen, hatten sie keinen Mut dazu aus Furcht vor dem König, bis folgendes geschah.

In der Nachbarschaft des Herrschers gab es ein Mädchen. Die Sonne ihres Antlitzes war eine Schönheit. Jener Junge verliebte sich bei ihrem Anblick und wurde warm wie ein Feuer wegen ihr.

S. 431, Verse 4365-4389

Eines Nachts saß er mit ihr zusammen und freundete sich mit ihr an. Im Geheimen traf er sich mit ihr, während der König betrunken war. Um Mitternacht sprang der angetrunkene König mit einem Dolch in der Hand vom Lager auf und suchte den Jungen, aber niemand fand ihn. Schließlich kam er dorthin, wo er sich aufhielt. Er sah ihn mit dem Mädchen zusammensitzen, beide in Innigkeit miteinander verbunden. Als der König dies sah, loderte das Feuer der Eifersucht in ihm.

Weil sein Geliebter mit einer anderen zusammen war, sprach der König in Betrunkenheit, Liebe, Herrschaft und Ansehen: „Wie konntest du Dummkopf eine andere so jemandem wie mir vorziehen? Was ich für dich getan habe, hat niemand jemals für jemanden getan. Ist das, was du tust, die Belohnung für mich? Wende dich der Wahrheit zu, denn du handelst wie Schirin.[107] Der Schlüssel zu den Schätzen ist in deiner Hand, und die hohen Würdenträger der Welt sind niedriger als du. Du bist mir ständiger Freund und Vertrauter, Leidensgefährte und engster Verbündeter. Du sitzt mit einer Bettlerin im Verborgenen. Ich werde die Welt auf der Stelle von dir befreien."

Nachdem er das gesprochen hatte, gab jener Herrscher den Befehl, dass man ihn festnehmen solle. Der König machte mit einem Holz sein reines Silber im Staub des Weges zu reinem Indigo. Dann befahl er, ihn hinzurichten. Und man brachte ihn auf die Estrade des Audienzplatzes. Er sprach: „Zuerst zieht ihr ihm die Haut ab und dann hängt ihr ihn mit dem Kopf nach unten auf, damit der, der zur Familie des Königs zählt,

107 Schirin hat Farhad den Steinmetz dem König Chosro vorgezogen.

am Ende nicht nach jemand anderem Ausschau hält." Jämmerlich und erniedrigend raubten sie den Jungen aus, um ihn benommen an den Galgen zu hängen.

Der Wesir erfuhr von dem Schicksal seines Sohns und sagte aus Sorge und Gram: „Oh Seele des Vaters, was war das für eine Ungnade, die dich ereilte? Was ist geschehen, dass der König zu deinem Feind wurde?"

Zehn Diener des Königs waren dort, um ihn zu töten. Da kam der Wesir mit schmerzvollem Herzen, gab jedem von ihnen eine kostbare Perle und sagte: „Der König ist heute Nacht betrunken, und der Junge hat keine Sünden begangen. Wenn der König wieder zu Bewusstsein kommt, wird er verwirrt und beunruhigt sein.

S. 423, Verse 4390-4414

Jeder, der ihn getötet hat, dem wird er zweifellos von hundert Leben keines lassen."

Die Diener sagten alle: „Wenn der König niemanden hier sieht, wird er sofort unser Blut vergießen und uns auch mit dem Kopf nach unten an den Galgen hängen."

Der Wesir holte einen Mörder aus dem Gefängnis und zog ihm die Haut vom Körper wie einem Löwen. Dann hängte er ihn an dem Galgen auf und das Blut machte den Staub rosenfarben. Den Jungen aber versteckte er hinter dem Vorhang. Was würde die Welt wohl aus diesem Vorhang hervorbringen?

Als der König am anderen Tag wieder bei Bewusstsein war, brannte ihm das Herz aus Zorn. Er rief jene Diener zu sich und sagte: „Was für eine Bestrafung habt ihr dem Hund gegeben?" Sie antworteten: „Wir haben ihn auf der Estrade des Platzes fest an den Galgen gebunden und ihm die Haut Stück für Stück abgezogen. Jetzt hängt er am Galgen mit dem Kopf nach unten." Als der König diese Antwort von den Dienern hörte, war er erfreut darüber und gab jedem von ihnen ein prächtiges Ehrenkleid. Jeder von ihnen erhielt Amt und Würden. Der König sprach: „Genauso lasst ihn elendig bis zum Tod hängen, damit den Leuten die Tat dieses schmutzigen Übeltäters als Warnung dienen möge."

Als die Bewohner seiner Stadt dies vernahmen, waren alle wegen ihm sehr betrübt. Viele kamen, um ihn dort zu sehen, aber niemand erkannte ihn wieder. Sie sahen ein in Blut getränktes Fleischstück, dem die Haut abgezogen worden war. Jeder, der ihn so sah, weinte Blut wie ein Regen im Geheimen. Er war Tag und Nacht in Trauer um den Mond und die ganze Stadt war voller Schmerz, Weh und Ach.

Nach einigen Tagen ohne seinen Geliebten wurde der König verwirrt über seine Tat. Sein Zorn wurde weniger und seine Liebe stärker. Die Liebe machte den löwenhaften König zu einer Ameise. Tag und Nacht hatte er mit dem Josephgleichen in angenehmer Ruhe zusammen gesessen und war immer durch den Wein des Zusammenseins betrunken gewesen. Wer kann da im Rausch der Trennung sitzen? Schließlich hatte er keine Kraft mehr, denn er hatte sehr zu leiden. Seine Seele brannte durch den Schmerz der Trennung, und er wurde ungeduldig und ruhelos aus heftigem Verlangen.

S. 433, Verse 4415-4439

Der König wurde völlig verwirrt, seine Augen waren mit Blut gefüllt und sein Kopf voller Staub. Er zog ein dunkles Trauerkleid an, schloss die Tür und saß in Blut und Staub. Weder aß er etwas, noch trank er, und der Schlaf mied seine blutunterlaufenen Augen. Wenn die Nacht kam, ging der König hinaus und ließ den Platz unter dem Galgen von anderen räumen. Dann ging er allein zum Galgen jenes Jungen und erinnerte sich an dessen Taten. Als er sich an jede einzelne erinnert hatte, stieß er einen markerschütternden Schrei aus. Der Schmerz in seinem Herzen war unermesslich groß und jedes Mal begann er eine neue Trauerklage. Er weinte fürchterlich an der Seite jenes Toten und rieb sich dessen Blut in sein Gesicht. Er warf sich in den Staub und es war, als hätte er den Handrücken von der Hand gezogen. Wenn jemand seine Tränen zählen wollte, wäre es mehr gewesen als hundert Regengüsse. Er war die ganze Nacht bis zum Tag allein gewesen und brannte wie eine Kerze inmitten der Tränen. Als die Morgenbrise aufkam, ging der Herrscher in seine Behausung zurück. Er ging in Staub und Asche, und jedes Mal begann er die Klage von neuem.

Als vierzig Tage und Nächte vergangen waren, war der hohe König so dünn wie ein Haar geworden. Er schloss die Tür und ging zum Galgen und war im Kummer krank geworden. Keiner hatte in den vierzig Tagen den Mut gehabt, zu dem König zu sprechen. Nachdem er vierzig Nächte kein Brot gegessen und kein Wasser getrunken hatte, sah er auf einmal jenen Jungen im Traum. Sein Gesicht wie der Mond war von Tränen getränkt, und er saß von Kopf bis zu den Füßen im Blut. Der König sprach zu ihm: „Oh reizender Freund, warum sitzt du völlig im Blut?" Er antwortete: „Ich sitze wegen der Bekanntschaft mit dir darin, wegen Untreue. Du hast mir Sündlosem die Haut abziehen lassen. War das Treue, König? Macht ein Freund denn mit einem Freund so etwas? Ich bin ein Ungläubiger, wenn ein Gläubiger so handelt. Was habe ich getan, dass du mich an den Galgen und um den Kopf gebracht und mich erniedrigt hast? Ich wende mich nun von dir ab. Bis zur Auferstehung werde ich von dir Recht verlangen. Wenn die Sammlung des Rechtsbringers da ist, wird der Schöpfer mein Recht von dir verlangen."

S. 434, Verse 4440-4464

Als der König die Antwort von diesem Mond vernahm, fuhr er plötzlich aus dem Traum auf mit dem Herz voller Blut. Bestürzung breitete sich über seine Seele und sein Herz aus und sie wurde ihm immer schwerer. Er wurde verrückt und außer sich, und Schwäche und Kummer kamen dazu. Das Haus der Verrücktheit öffnete die Türen und eine jämmerliche Klage setzte ein. Er sagte: „Oh mein Herz und meine Seele, ich bin nutzlos, weil ich mein Herz und meine Seele aus Beschämung vor dir verlor. Oh, ich bin so verwirrt und aus Leid fast tot. Wer hat sich jemals wie ich selbst zerstört. Wer hat sich selbst das zugefügt, was ich getan habe? Mir gebührt es, dass ich im Blut versinke, denn warum habe ich meinen Geliebten getötet? Ach sieh, Junge, wo du bist, beende nicht unsere Bekanntschaft! Handele nicht schlecht, auch wenn ich schlecht gehandelt habe, denn ich habe dieses Schlechte gegen mich selbst gerichtet. Ich bin so traurig und verwirrt wegen dir. Mit dem Staub auf dem Haupt liege ich im Staub wegen dir. Wo soll ich dich suchen, meine Seele? Erbarme dich meines verwirrten Herzens. Wenn du von mir Untreuem eine Strafe erhieltest, so sei du treu und strafe mich nicht. Wenn ich Ahnungsloser auch dein Blut vergoss, wieviel Blut meiner Seele vergießt du dagegen? Ich war betrunken, als ich diesen Fehler beging. Was war das, was plötzlich über mich kam? Weil du plötzlich vor mir gingst, wie kann ich da noch ohne dich auf der Welt leben? Ohne dich bleibt mir nicht ein Augenblick, nicht mehr als ein, zwei Atemzüge zu leben. Ohne dich ist dem König die Seele auf die Lippen gekommen, um sie als Blutgeld für dich zu geben. Ich fürchte mich nicht vor dem Tod, aber ich fürchte mich vor meiner Strafe. Wenn meine Seele ewig um Verzeihung bitten muss, so soll sie nicht um Verzeihung für diese Sünde bitten. Würde man mir doch die Kehle mit dem Messer durchschneiden, dann würde mein Herz von diesem Schmerz befreit! Oh Schöpfer! Meine Seele ist durch diese Verwirrung verbrannt, ich bin aus Leid von Kopf bis Fuß verbrannt. Ich habe nicht die Kraft für die Trennung. Wie lange soll meine Seele aus Verlangen brennen? Nimm meine Seele in Gnade, oh gerechter Richter, denn ich habe keine Kraft mehr." Nachdem er das gesagt hatte, schwieg er und verlor das Bewusstsein.

S. 435, Verse 4465-4487

Schließlich kam die Botschaft der Gnade nach der Anklage. Als der Schmerz des Königs das Äußerste erreicht hatte, war der Wesir dort versteckt gewesen. Er schmückte den Sohn insgeheim, dann schickte er ihn zum König der Welt. Er kam hinter dem Vorhang hervor wie der Mond hinter den Wolken und ging zum König mit einem groben Tuch und einer Klinge. Er fiel vor dem König auf die Erde und vergoss fürchterliche Tränen wie ein Regen.

Als der König der Welt diesen Mond sah – ich weiß nicht, wie ich es sagen soll: Der König lag im Staub und der Junge im Blut. Was weiß man schon von diesen Wundern? Was ich auch sage, dies ist unaussprechbar. Eine Perle, die auf dem Grund liegt, ist nicht durchbohrt. Als der König von der Trennung befreit war, liefen beide in den besonderen Palast. Danach erfuhr niemand die Geheimnisse, denn hier ist kein Ort für andere. Was der eine sagte, hörte der andere. Der Blinde sah und der Taube hörte. Wer bin ich, dass ich dies beschreiben kann? Und wenn ich es beschreiben würde, würde ich mein Todesurteil unterzeichnen. Kaum gebe ich eine Beschreibung, muss ich aufhören, weil ich davon ausgeschlossen bin. Hätte ich die Erlaubnis der Obersten, würden sie mir es sofort schildern. Weil es hier aber kein einziges Haar gibt, gibt es darüber nichts als Schweigen. Es ist unmöglich, dass jemand einmal den Edelstein der Zunge findet außer den des Schweigens. Obgleich eine Lilie mehr als zehn Zungen hat, ist sie verliebt in ihr Schweigen. Jetzt beende ich die Rede. Ich muss noch einiges anderes sagen.

Epilog

Oh Attar, du hast jeden Augenblick hunderttausend Geheimnisse der Moschusdrüse über die Welt verstreut. Die Horizonte der Welt sind von dir voller Duft. Und wegen dir sind die Verliebten der Welt voller Aufregung. Mal sprich über die Liebe, mal spiele die Melodie der Verliebten. Deine Dichtung gab den Verliebten ein ständiges Kapital. Zu Ende ist für dich die Konferenz der Vögel und ihre Stationen.

S. 436, Verse 4488-4512

Dies sind die Stufen des Weges des Erstaunens oder auch das Buch der Verwirrung. Hole es bei Schmerz hervor. Baue der Seele ein Schild und komm auf diesen Platz. Wenn hier die Seele unsichtbar ist, ist auch der Ort unsichtbar. Kommst du nicht wegen des Schmerzes dazu, zeigt es sich dir nicht. Suche darin. Hat dein Herz sich aufgeregt, setze einen Schritt hinein. Tust du einen Schritt, dann gib deine Wünsche auf. Solange du nicht die Kraft zur Wunschlosigkeit hast, wie kann dein verwundertes Herz leben? Erlange den Schmerz, der das Heilmittel deines Schmerzes ist. In beiden Welten ist dein Schmerz das Medikament deiner Seele. Schau nicht in mein Buch, Mann des Weges, wegen der Dichtung oder der Größe. Schau wegen des Schmerzes hinein, damit du von hundert nur noch einen hast, glaube mir. Den Ball des Glücks bringt der dahin, der wegen des Schmerzes in mein Buch hineinschaut. Lass die Askese und die Einfachheit, der Schmerz braucht den Schmerz und die Bereitschaft. Wer einen Schmerz verspürt, möge kein Schmerzmittel, und wer ein Schmerzmittel will, soll keine Seele haben. Der Mann muss durstig, ohne Essen und Schlaf sein. Durstig ist, wer nie zu Wasser kam. Wer aus diesen Worten keinen Schmerz verspürte, hat den Weg der Verliebten nicht gefunden. Jeder, der dies liest, ist ein Mann der Tat und zieht Nutzen aus dem, was er findet. Diejenigen, die auf die Äußerlichkeiten achten, sind ertrunken in meinen Worten. Diejenigen, die nach dem Sinn suchen, sind die Männer meiner Geheimnisse. Dieses Buch ist ein Schmuck für die Tage. Es ist für die Hohen und die Niederen. Wenn jemand, der zu Eis erstarrt ist, dieses Buch sieht, kommt er wie ein Feuer aus dem Vorhang hervor. Meine Dichtung hat eine seltsame Besonderheit, denn sie schenkt jeden Augenblick mehr. Wenn dir das Lesen leicht fällt, wird es bestimmt mit jedem Mal besser. Von der Braut dieser Familie fällt der liebliche Schleier nur langsam herunter.

Wenn der Stift die Worte nicht auf Papier bringt, ist für mich bis zur Auferstehung die Rede aus dem Perlen verstreuenden Meer der Wahrheit zu Ende. Dies ist das Zeichen! Wenn ich mich selbst viel lobe, wie kann es jemandem außer mir gefallen? Aber wenn der Unparteiische selbst meinen Wert kennt, dann ist das Licht meines Vollmondes nicht verborgen.

S. 437, Verse 4513-4535

Ich habe insgeheim ein wenig über meine Lage gesprochen. Der Kenner wird mir zweifellos rechtgeben. Was ich über die Menschen ausgestreut habe, auch wenn ich nicht bleibe, wird bis zum Tag der Auferstehung auf den Zungen der Leute bleiben. Ich werde Erinnerung. Aber nun genug der Erinnerungen! Wenn die neun Kreise zusammenfallen, werden die Punkte dieser Erzählungen nicht geringer. Wenn das Buch jemandem den Weg zeigt, dann lüftet es den Schleier vor ihm. Wenn er dann durch diese Erinnerung zur Ruhe kam, dann sag zum Sprecher im Gebet: Erinnere dich! Ich habe aus diesem Garten Blumen verstreut. Erinnert euch gut an mich, Freunde. In dieser Art verschaffte sich jeder einen Glanz, doch der ging schnell vorbei. Ich bin auch einer der Gegangenen, den Glanz aber gab ich dem Seelenvogel der Entschlafenen. Und wenn jemand ein Leben lang schlief, wird er von diesen Worten für einen Augenblick wach für die Geheimnisse. Zweifellos weiß ich, dass mein Werk kommt und mein Kummer endet. Ich habe oft genug wie eine Lampe gebrannt, um die Welt wie eine Kerze anzuzünden. Die Nase wurde wegen des Rauchs für mich zu einem Kerzenhalter. Wie lange noch besteht die Kerze meiner Ewigkeit aus dem Rauch der Lampe? Am Tag entging mir das Essen, in der Nacht der Schlaf. Wegen des Feuers im Herzen hatte ich nichts. Zu meinem Herzen sagte ich: „Vielredner, so viel du auch sagst, halte ein und suche die Geheimnisse.“ Es antwortete: „Ich bin im Feuer versunken, tadele mich nicht. Ich werde verbrennen, wenn ich nichts sage. Das Meer meiner Seele brodelt auf hunderterlei Weise, wie kann ich da einen Augenblick still sein? Ich mache dadurch niemandem Ehre, aber ich bin selbst dadurch beschäftigt."

Obgleich das Herz nicht frei von Schmerz ist, wieviel soll ich sagen, da ich kein Mann dafür bin? Diese vielen Geschichten sind umsonst und die Sache der Männer ist von der Prahlerei gereinigt. Wenn das Herz sich umsonst damit beschäftigte, was kommt von ihm, wenn die Rede zerstampft wurde? Man muss die Seele zahllos verlassen und für dieses ganze Sinnlose um Vergebung bitten. Wie lange will das Meer der Seele brodeln? Man muss die Seele aufgeben und schweigen.

S. 438, Verse 4536-4555

Zuhören ist besser als Reden

Als ein Weiser des Glaubens im Sterben lag, sagte er: „Wenn ich vorher gewusst hätte, wieviel Ehre das Zuhören hat, wie hätte ich dann mein Leben durch Reden vergeuden können? Wenn das Reden von Schönheit und Güte Gold ist, ist nicht zu reden besser."

Nun liegt es an den Besten der Männer, etwas zu tun, und uns obliegt es, zu schlussfolgern, oh Schmerz! Wenn du den Schmerz des Glaubens wie die Männer hast, ist dir gewiss, was ich sage. Durch die Selbsterkenntnis ist dein Herz dir fremd. Alles, was ich dir erzähle, sind Geschichten. Schlafe aus Koketterie wie ein Stolzer, bis ich dir eine Geschichte erzähle. Es wird dir gefallen, wenn Attar sie dir erzählt. Du wirst schöner träumen. Schlafe gut. Ich habe so viel Sinnloses getan, wie Öl in die Adern zu gießen oder Edelsteine aus der Kehle eines Schweins zu holen. Ich habe diese Rede so fein geschmückt und bin dann durch die vielen Worte hungrig geworden. So viel ich gesagt habe, die Triebseele hat nicht gehorcht. So viele Heilmittel ich ihr gab, sie hat sie nicht genommen. Wenn durch mich nichts geschieht, dann werde ich meine Hände reinigen und beiseite gehen. Die Begeisterung für Gott muss man von den Altvorderen verlangen, denn das ist etwas, was in meiner Hand nicht richtig wäre. Die Triebseele wird mit jedem Augenblick dicker und es gibt nichts, durch das sie besser wird. Hört sie nichts, wird sie davon nicht dicker. Hört sie dies alles, wird sie nicht einen Moment besser. Solange ich nicht in hundert jämmerlichen Klagen sterbe, nimmt sie keinen Rat an. Vorsicht, oh Herr!

Aristoteles und der Tod Alexanders

Als Alexander auf dem Weg des Glaubens starb, sagte Aristoteles: „Oh König des Glaubens, solange du lebtest, hast du ständig Rat erteilt. Heute ist für diese Menschen der Rat zu Ende."

Nimm den Rat an, oh Herz, wenn du im Strudel des Leids bist. Sei heiter, wenn der Tod dir im Genick sitzt. Ich erzählte dir, was die Vögel gesagt haben. Begreife, Ahnungsloser.

S. 439, Verse 4556-4578

Die Vögel sind unter den Verliebten, die vor dem Tod aus dem Käfig fliegen wollen. Alle haben eine andere Erklärung, denn sie haben auch eine andere Sprache. Vor Simorgh hat der das Elixier gebraut, der die Sprache aller Vögel kennt. Wie kannst du das Glück der Engel in der Weisheit der Griechen erkennen? Solange du dich nicht von dieser Weisheit entfernst, wie kannst du dann ein Mann in der Weisheit des Glaubens werden? Wer keinen Namen auf dem Weg der Liebe hat, kennt die Liebe im Buch des Glaubens nicht. Das U des Unglaubens in der wahren Erkenntnis ist mir lieber als das PH der Philosophie. Denn wenn der Vorhang des Unglaubens gelüftet wird, kannst du dich vor dem Unglauben zurückhalten. Aber die Wissenschaft, die nach dem Wie und Was fragt, ist mehr für die erfahrenen Männer. Wenn ein Herz von jener Weisheit erfasst ist, wie konnte Omar sie dann niederbrennen? Als Omar, die Kerze des Glaubens, die Weisheit der Griechen verbrannte, konnte die Kerze des Herzens durch dieses nicht mehr leuchten. Die Weisheit von Medina genügt dir, Mann des Glaubens. Streue im Schmerz um den Glauben Staub über Griechenland. Wie lange willst du, Attar, noch sprechen? Du bist kein Mann dieser wundersamen Tat. Reiner, komm aus deiner Existenz heraus, und werde Staub im Staub durch die Nichtexistenz. Solange du existierst, bist du von jeder Niedertracht zertreten. Bist du zum Nichts geworden, bist du die Krone für jeden. Vergehe, damit dir alle Vögel des Weges den Weg frei machen für das Verbleiben am Ehrenplatz. Meine Worte mögen für dich und jeden Führer und Weisen des Weges sein. Wenn ich nicht bin, hat niemand die Vögel des Weges. Ich habe sie erwähnt, ist das nicht genug? Das Ende der Reise jener Karawane ist gekommen, und ich erhielt den Schmerz wegen den Gegangenen.

Anekdote

Ein alter Weiser sprach zu einem Sufi: „Wieviel willst du über die Männer Gottes erzählen?“ Er sprach: „Den Frauen wird es immer gefallen, was man über die Männer sagt. Wenn ich auch nicht von ihnen bin, habe ich doch über sie gesprochen. Ich bin froh, dass ich dies aus meiner Seele erzählt habe. Wenn ich aus Dank nur einen Namen als Wert habe, ist das besser, als Gift wegen eines Wunsches.“

S. 440, Verse 4579-4602

Mein ganzes Buch ist Verrücktheit. Diese Rede ist für den Verstand befremdlich. Die Seele wird dadurch nicht rein, solange sie nicht den Geruch der Verrücktheit vernahm. Ich weiß nicht, wie lange ich noch reden und wieviel Verborgenes ich noch suchen soll. Aus Dummheit habe ich vom Loslassen des Glücks gesprochen und den leichtsinnigen Untätigen eine Lektion erteilt. Wenn man mir sagt, ich hätte den Weg verloren, verlange deinetwegen auch Vergebung für meine Sünde. Ich weiß nicht, ob es gelingt, oder ob ich Vergebung für diese hundert Leben verlangen kann. Wäre ich einen Moment auf seinem Weg, wie könnte ich dann in die Verse versunken sein? Hätte ich einen Platz auf seinem Weg, wäre das G meines Gedichts für immer das L des Leids. Zu dichten ist ein Beleg für Unproduktivität und sich selbst hervorzuheben ist Unwissenheit. Weil ich auf der Welt keinen vertrauten Freund fand, habe ich mich dem Dichten zugewandt. Bist du ein Mann, der nach dem Geheimnis sucht, suche es, opfere deine Seele, lasse dein Blut und suche es. Da ich blutige Tränen vergossen habe, habe ich meine Worte bis zu solch einem Blutvergießen gebracht. Wenn du deine Nase in mein tiefes Meer steckst, nimmst du den Geruch des Blutes in meinen Worten war. Wer durch das Gift der von der religiösen Tradition abweichenden Neuerung Schmerzen bekam, dem sind diese großen Worte ausreichendes Gegengift. Obgleich ich ein Drogerist und Gegengiftverkäufer bin, habe ich verbrannte Leber wie gefälschte Waren. Ein nicht scharfsinniges Wesen ist ahnungslos. Nur über diese bin ich ganz bestimmt betrübt. Wenn ich ein trockenes Brot zu essen bekomme, befeuchte ich es mit der salzigen Brühe meiner Augen. Für den Tisch röste ich mein Herz und lade von Zeit zu Zeit Gabriel ein. Wenn der Heilige Geist für mich die Schale ist, wie kann ich dann das Brot jedes Unglücklichen essen? Ich möchte nicht das Brot jedes unglücklichen Wesens. Mir reichen mein Brot und seine Zutaten. Die Fülle des Herzens wurde meine Belebung und die Genügsamkeit mein unzerstörbarer Tresor. Jeder Fähige, der so einen Schatz hat, wie kann er sich der Gnade jedes Niederträchtigen hingeben? Gott sei Dank, dass ich keinen Kummer habe und nicht mit jedem Unwürdigen liiert bin. Wozu soll ich wegen jemandem Fesseln über mein Herz binden und einem jeden den Namen des Herrn geben?

S. 441, Verse 4603-4624

Ich habe weder etwas von einem Peiniger gegessen, noch das Buch jemandem gewidmet. Mein hohes Bestreben ist mir Lob genug. Die Kraft für Körper und Geist genügt mir. Die Altvorderen holten mich zu sich. Wie lange also noch von diesen Egoisten? Da ich von der Schöpfung frei bin, freu ich mich trotz der hundert Leiden. Ich bin frei von den missgünstigen Menschen, ob sie mich schlecht machen oder gut von mir reden. Ich bin so in meinem eigenen Schmerz geblieben, dass ich meine Hand von allem gelassen habe. Wenn du von meinem Schmerz hören würdest, wärst du viel erstaunter als ich. Körper und Seele gingen und außer Schmerz von Seele und Körper ist mir nichts zuteil geworden.

Der letzte Wunsch

Ein Frommer sagte zur Zeit seines Todes: „Da ich vom Weg keine Frucht und kein Blatt habe, habe ich aus Schande eine Hand voll Lehm genommen und daraus einen Ziegel gemacht. Ich habe auch ein Glas voller Tränen und zerrissene Lumpen für ein Leichentuch. Führt zuerst mit den Tränen die rituelle Waschung durch und legt mir zuletzt den Ziegel unter den Kopf. Jenes Leichentuch habe ich in die Tränen getaucht und überall ‚Oh weh!' darauf geschrieben. Wenn ihr mir dieses Tuch überzieht, dann trauert sofort dort im Staub um mich. Wenn ihr dies getan habt, wird es bis zum Jüngsten Gericht über meinem Staub nur Klagen regnen."

Weißt du, weswegen die vielen Klagen sind? Eine Mücke kann nicht mit dem Wind leben. Der Schatten sucht mit der Sonne die Vereinigung, aber er findet nichts außer starke Leidenschaft und Ungereimtheiten! Auch wenn ihm die Ungereimtheiten bekannt sind, hat er nichts zu tun, außer so zu denken. Wer nicht solche Gedanken hegt, was hat er dann besseres, worüber er nachdenken kann? Ich sehe meine Schwierigkeiten mit jedem Mal größer. Wie kann ich mein Herz davon befreien? Wer ist wie ich so einsam und allein mit trockenen Lippen im Strudel des Meeres geblieben? Weder habe ich einen Gefährten und Freund, der mit mir die Geheimnisse teilt, noch habe ich einen engen Vertrauten, der meinen Schmerz teilt.

S. 442, Verse 4625-4644

Weder habe ich das Bedürfnis, aus Gnade gelobt zu werden, noch die geistige Ruhe aus Ungnade. Weder mein Herz noch das eines anderen sind zusammen, noch das Gute und das Schlechte. Ich habe weder die Hoffnung auf einen Bissen vom Herrscher, noch die Strafe einer Ohrfeige von einem Wächter. Ich habe weder Geduld, für einen Moment allein zu sein, noch den Herzen der Menschen fern zu bleiben. Mein Zustand ist so bewegt, wie der des Alten, von dem er berichtete.

Sinnlosigkeit des Lebens

Ein Frommer sagte: „Dreißig Jahre meines Lebens habe ich völlig sinnlos verbracht. Wie Ismail, der unsichtbar war, als ihm sein Vater den Kopf abschlug. Für jemanden, der sein Leben so verbrachte, war es genauso wie jener Augenblick, den Ismail hatte."

Was weiß jemand, solange er in der Gefangenschaft der Mühsal ist, über sein Leben und wie ich es verbringe? Mal brenne ich wie eine Kerze vor Erwartung, mal weine ich wie eine Frühlingswolke. Du findest den Schein der Kerze schön, aber du siehst nicht, dass an ihrem Kopf ein Feuer ist.

Wer von außen einen Blick in den Körper wirft, wie kann er jemals den Weg in die Brust finden? In der Krümmung des Poloschlägers gibt es, wie du sagst, nichts. Ich kenne den Kopf nicht durch den Fuß und den Fuß nicht durch den Kopf. Von meiner Existenz habe ich keinen Nutzen. Denn das, was ich sagte, und das, was ich tat, war nichts. Oh weh, bei niemandem bleibe ich in Erinnerung und das Leben war vergeblich wegen meiner Untätigkeit! Selbst wenn ich könnte, wüsste ich nicht, welchen Nutzen das hätte; selbst wenn ich es wüsste, könnte ich es nicht. Außer Schwäche und Hilflosigkeit habe ich jetzt nicht einmal einen Ausweg.

Schibli erscheint im Traum

Nachdem Schibli diesen zerstörten Ort verlassen hatte, sah ihn bald darauf ein junger Mann im Traum. Er fragte: „Was hat Gott mit dir gemacht, du Glücklicher?“ Er antwortete: „Als ich eine schwere Last aufgebürdet bekam, betrachtete ich alle als meine Feinde und sah mich schwach und hoffnungslos.

S. 443, Verse 4645-4665

Dann erbarmte Er sich meiner misslichen Lage und schenkte mir mit einem Mal Ehre.“

Gott! Du bist die Ausweglosigkeit meines Weges. Ich bin wie eine lahme Ameise im Brunnen. Ich weiß nicht, wer ich bin oder woher ich stamme. Ich bin körperlos, besitzlos, nutzlos, unglücklich, unruhig und mutlos. Das Leben ist im Blut des Herzens zerflossen und einen Wert vom Leben hatte ich nicht. Was ich auch tat, war alles eine Strafe. Mit der Seele auf den Lippen geht mein Leben zu Ende. Das Herz habe ich in der Welt verloren, meine Gestalt ist nicht geblieben und hat an Bedeutung verloren. Ich bin weder Ungläubiger noch Moslem, sondern zwischen beiden verwundert geblieben. Wie kann ich weder Moslem noch Ungläubiger, wie so verwirrt und eingeengt sein? Ich bin in einer engen Tür gefangen und mit dem Gesicht zur Wand nachdenklich geblieben. Öffne mir Armem die Tür und zeige dem Abgekommenen den Weg! Wenn der Diener nichts vom Weg hat, kann er vor Tränen und Schmerzen keine Ruhe finden. Du kannst durch sein Seufzen die Sünde verbrennen und mit seinen Tränen das schwarze Buch, das Sündenregister, rein waschen. Jedem, der ein Meer aus Tränen hat, sage ‚Komm‘, denn für ihn ist dieser Platz. Aber wessen Augen nicht blutunterlaufen sind, sag ‚Geh‘, denn er hat nichts mit uns zu tun.

Die Engel mit Silber und Gold

Ein weiser Führer ging des Weges, als er eine Gruppe Engel sah. Sie hatten viel bares Gold und Silber bei sich, welches man ihnen stahl. Da fragte der Alte sie: „Sagt, was ist das für Geld?" Der Engelsvogel antwortete ihm: „Oh Weiser des Weges, es ist etwas Schmerzliches geschehen. Er seufzte aus dem reinen Herzen, vergoss warme Tränen auf den Staub und ging. Ich trage nun die warmen Tränen und kalten Seufzer von einem anderen auf dem Weg des Schmerzes."

S. 444, Verse 4666-4686

Oh Herr, ich habe viele Tränen und Seufzer. Auch wenn ich nichts habe, diese Last habe ich. Wenn Tränen und Seufzer dort so viel Erfolg haben, hat der Diener dies auch. Säubere meine Seele von den Seufzern und wasche mit meinen Tränen mein Sündenregister rein.

Ich gehe verirrt und verloren und das Herz hat nichts außer Schwärze wie das Sündenregister. Sei mein Führer und wasche mein Register sowie die Tafel meiner Seele von den zwei Welten rein. Ich habe wegen Dir einen unendlichen Schmerz im Herzen. Da ich eine Seele habe, schäme ich mich vor Dir. Mein Leben habe ich in Kummer um Dich verbracht. Hätte ich doch noch hundert weitere Leben, damit ich sie aus Kummer um Dich verbringen könnte und jedes Mal einen anderen Schmerz ertragen müsste. Wegen mir selbst bin ich in hundert Sorgen. Oh Helfer, nimm meine Hand.

Ein Betrunkener vor dem Derwischkloster

Abu Sa'id Minha war eines Tages mit den Männern des Weges in einem Derwischkloster. Ein Betrunkener kam unaufhaltsam weinend und aufgewühlt zur Tür dieses Klosters. Er zog den Vorhang der Unwürdigkeit zurück und fing an zu weinen und zu trinken. Der Scheich kam zu ihm, als er ihn sah, und stand aus Mitleid bei ihm und sagte: „Betrunkener, sei hier nicht so unverschämt. Warum verweilst du hier? Gib mir die Hand und steh auf!" Der Betrunkene sagte: „Gott der Erhabene ist dein Freund, aber die Hilfe ist nicht deine Angelegenheit, Scheich. Hilf dir selbst, wenn du mutig gingst. Lass mich bei Ihm mit gebeugtem Kopf. Wenn du jedem helfen würdest, wärst du eine Ameise vom Rang eines Herrn. Deine Sache ist das Helfen nicht und ich bin nicht einer von den Deinen, geh!" Der Scheich fiel aus Schmerz um ihn in den Staub und sein blasses Gesicht wurde von den Tränen rot.

Oh du! Sei mein Helfer. Fiel ich, sei mein Helfer. Blieb ich im Gefängnis des Brunnens, wer kann mir in solch einem Brunnen die Hand reichen außer dir?

S. 445, Verse 4687-4705

Sowohl mein gefangener Körper ist schmutzig geworden, als auch mein unglückliches Herz zerrieben. Auch wenn ich ganz schmutzig auf den Weg kam, verzeihe, da ich aus der Gefangenschaft und dem Brunnen kam.

Worte eines Sufis

Ein Sufi sagte: „Wenn mich morgen Azrail am Ort der Wiederauferstehung fragt: ‚Niedriger, was hast du vom Weg mitgebracht?' werde ich sagen: ‚Was bringt man schon aus dem Gefängnis mit, oh Gott?'"

Versunken im Missgeschick bin ich aus dem Gefängnis gekommen, Kopf und Fuß verloren, bin ich verwirrt. Wie der Wind in der leeren Hand bin ich der Staub an Deiner Schwelle, bin Diener und Gefangener Deines Weges. Es steht sich nicht an, dass Du mich verkaufst, sondern mir ein Ehrenkleid aus Gnade überziehst. Reinige mich von diesen vielen Verschmutzungen, und bringe mir den Glauben der Muslime herunter in meinen Staub. Wenn mein Körper im Staub und Kies verschwindet, erlass mir alles, was ich getan habe an Gutem und Schlechtem. Mich unentgeltlich zu schaffen, ist üblich, aber wenn Du Dich meiner unentgeltlich erbarmst, ist das eine Auszeichnung.

Der Käufer der Wahrheit

Als Nizam al-Molk[108] im Sterben lag, sagte er: „Oh Gott, ich gehe mit nichts in der Hand. Oh Schöpfer und Herr, Wahrheit dessen, der ich bin! Jeder, den ich sah und der von Dir gesprochen hat, von allen Arten war ich dessen Käufer. Ihn behandelte ich freundlich und wurde sein Freund. Ich lernte durch den Kauf von Dir und habe Dich niemals an jemanden verkauft. Wenn ich auch so viel von Dir gekauft habe, habe ich Dich doch niemals verkauft wie jeder andere. Kaufe mich nun beim letzten Atemzug. Der Freund ohne Freunde bist Du. Behandele mich freundschaftlich."

Oh Herr, gib mir einmal jenen Atemzug Deiner Freundschaft, sodass außer Dir niemand da sein wird. Den Blick voller Blut sollen meine reinen Freunde meine Asche verstreuen. Gib eine Hand in dem Moment, damit ich Deinen Rock der Weisheit geschickt fassen kann.

S. 446, Verse 4706-4724

108 Berühmter Seldschukenwesir (erm. 1092 n. Chr.).

SALOMON FRAGT DIE AMEISE

Einmal fragte Salomon mit solcher Vollkommenheit die Ameise, lahm vor Schwäche, dies: „Sag, du Unglücklichere als ich, welcher Schlamm ist im Kummer geschaffen?“ Die lahme Ameise gab ihm sogleich eine Antwort. Sie sagte: „Der letzte Ziegel im engen Grab.“

Wenn sich der letzte Ziegel mit dem Staub verbindet, stirbt alle Hoffnung. Wenn mir unter der Erde die Hoffnung allen Seins schwindet, dann legt Er den letzen Ziegel auf mein Gesicht. Wende nicht das Gesicht des Wissens von mir ab. Wenn ich Verwirrter das Gesicht in den Staub lege, dann sprich in keiner Weise über mich, als würdest Du mich nicht kennen. Es schickt sich aber, dass Du nichts über meine Sünden sagst, Gott. Du bist der absolute Edelmütige, oh Schöpfer. Lass von allem ab, das ging, und öffne die Tür.

DER SCHMUTZ VOM BADE

Abu Sa'id Mihna war im Bad und seine aufrechte Haltung vergangen. Und es war dort ein unreifer Mann. Er holte dem Scheich den Schmutz herunter bis zu den Knien und sammelte alles vor ihm zusammen. Dann fragte er den Scheich: „Sag, reine Seele, was ist Mut auf der Welt?“ Der Scheich antwortete: „Den Schmutz des Körpers zu verbergen und nicht den Leuten vorzuführen.“ Diese Antwort war über ihm, denn er war aufrecht zu seinen Füßen niedergefallen. Als er sich in seine Unwissenheit ergab, wurde der Scheich froh, und er vergab dem Aufrechten seine Sünde.

Oh Schöpfer und Wohltäter, Helfer der Könige und Verehrter, wenn die Tapferkeit der Menschen der Erde ein Tau aus dem Meer Deiner Weisheit ist, bist Du der absolut Aufrechte, aber im Wesen, und in den Eigenschaften der Tapferkeit bist Du nicht zu fassen. Dulde unsere Scherze und Schamlosigkeit, aber führe uns unseren Schmutz nicht vor Augen.